沖縄密約

ふたつの嘘

諸永裕司

集英社文庫

沖縄密約　ふたつの嘘　目次

第Ⅱ部　「過去の嘘」と「現在の嘘」
――弁護士　小町谷育子

沖縄密約　ふたつの嘘

はじめに

かつて、「空言《そらごと》」という言葉があった。中身がからっぽ、というところから生まれたのだろうか、嘘《うそ》をこう呼んだのだという。古くは万葉集にも使われている。そして、それよりもはるか昔から、時代も国境も超えて、人は嘘を重ねてきた。

嘘をめぐっては、作家の村上春樹氏に印象的なスピーチがある。社会の中の個人の自由のための優れた表現に贈られる「エルサレム賞」を受けた二〇〇九年二月、授賞式でこう語りかけた。

「私は一人の小説家として、ここエルサレム市にやってまいりました。言い換えるなら、上手な嘘をつくことを職業とするものとして、ということであります。

もちろん、嘘をつくのは小説家ばかりではありません。ご存じのように政治家もしばしば嘘をつきます。外交官も軍人も嘘をつきます。中古自動車のセールスマンも肉屋も建築業者も嘘をつきます」

ただ、小説家の嘘はほかの職業人とは異なるところがある。

「小説家のつく嘘が彼らのつく嘘と違う点は、嘘をつくことが道義的に非難されないところにあります。むしろ巧妙な大きな嘘をつけばつくほど、小説家は人々から賛辞を送られ、高い評価を受けることになります」

小説家はうまい嘘、つまり本当のように見える虚構を創りだすことによって真実を別の場所に引っ張りだし、その姿に別の光をあてることができるからだ、という。

そうであるならば、本当のことを見えにくくするために嘘をつくのが政治家ということになるかもしれない。嘘が明らかになっても認めようとしないどころか、事実を塗りつぶしてでも偽りを貫くことをいとわない。一部の政治家にとって、嘘とは目的を達するための手段のひとつにすぎないのだろう。

しかし、それによってたしかに損われるものがある。

一例に、米軍占領下にあった沖縄の返還をめぐる嘘がある。

一九七二年、毎日新聞記者だった西山太吉《にしやまたきち》氏（当時四十歳）が、外務省の女性事務官をそそのかして機密電信文を入手したとして、女性事務官とともに国家公務員法違反（そそのかし）で逮捕された。まもなく、ふたりが男女の関係にあったことが暴かれ、西山氏が問いただそうとしていた日米間の密約の問題はどこかに吹き飛んだ。

公表されなければならない国家の秘密が伏せられ、本来、公にされるべきでない個人の秘密が公表された。佐藤（栄作）政権のもとでの見事なまでの「すりかえ」に、メディアも国民も騙《だま》された。

西山氏は会社を辞めてペンを折り、表舞台から消えた。結局、密約が問われることはなかった。

非核三原則を掲げ、〝核抜き、本土並み〟のキャッチフレーズで沖縄返還を成し遂げた佐藤栄作・元首相はその二年後、日本人として初めてノーベル平和賞を受賞する。

あの嘘はいったい、だれのためにあったのだろう。

三十年近い時が流れてから、密約は裏づけられた。しかも、日本ではなく、交渉相手であるアメリカの公文書によってだった。佐藤氏はすでに他界し、日米同盟はいびつながらも絆《きずな》を強めているにもかかわらず、国は過ちを認めない。それどころか、臆面もなく「密約はない」と押しとおし、世紀を超えて嘘を重ねたのだ。

それだけではない。国がなりふりかまわず覆い隠そうとしてきた密約には、単なる過去のできごとと片づけられない根深さがある。沖縄返還当時の財政負担をめぐる外交交渉のからくりは、いまなお燻《くすぶ》りつづける沖縄の基地問題にも影を落としている。

あのときの疵《きず》はいまも、消えていない。

これは、沖縄密約という国の嘘を前に、決して崩すことはできないように見えた厚い壁を前に、あきらめることなく挑みつづけた二人の女性の物語である。

第一部では、西山氏の妻の半生をたどる。

夫が逮捕されただけでなく、浮気をしていたことまで暴かれながら、別れを選ばなかった。社会的に抹殺されたに等しい夫を見守り、衝突を重ねながらも、ともに歩んできた。なぜ別れなかったのか。別れようとは思わなかったのか。だれにも打ち明けたことのない胸のうちを初めて明かす。

第二部では、西山氏が「最後の戦い」として挑んだ情報公開請求訴訟（一審）で歴史的な判決を導きだした女性弁護士に光を当てる。

情報公開のスペシャリストでもある彼女はこの訴訟を、西山氏という個人の名誉回復を超えて、この国にどこまで自由があるのかを測るリトマス試験紙と位置づけていた。それだけに、もし負けるようなことがあれば、情報公開訴訟から離れよう。ひそかに、そう思い定めていた。

これはまた、不条理をめぐる物語ということもできるかもしれない。

突如として降りかかった不運をどうすることもできず、思い描いていた人生の軌道が狂わされたとき、人はどう振る舞うのか。

うつむいたまま逃げるのか、顔をあげて立ち上がるのか。あるいは、ただ時をやりすごすのか。逆境は、それぞれの美学をより鮮明に映しだす。

どん底から抜けだすために、もしかしたら、人はやはり嘘を必要とするかもしれない。ありのままの現実から逃れて前に進むために。あるいは、嘘を嘘と知りながら自分を駆り立てるために。すべての嘘が悪いものとは限らない。

ただ、国の嘘となると、意味合いは異なる。嘘をつくことがあっても、いつか嘘を嘘として認めることができなければ歴史は歪《ゆが》められ、「本当のこと」が消えてしまう。

あの日から、三十八年。

沖縄をめぐる「空言」のあとを追った。


（本文は敬称略）

第Ⅰ部　「夫の嘘」と「国の嘘」——西山太吉の妻　啓子

序章　十字架

夏の夕暮れ、玄関から続く暗い廊下に一瞬、光が差し、蟬時雨《せみしぐれ》がなだれ込む。続いて、新聞受けがコトリと音を立てた。

もう、そんな時間なのか。西山啓子《ひろこ》（七十四歳）は台所を離れると玄関へ向かった。夕刊を手にテーブルに戻ると、いつものように一面から順に記事を追う。すべてを読むわけではないが、隅から隅まで目をとおす。それが長年の習慣になっている。最後のページをめくって社会面に目を落としたときだった。

「あっ」

下段の片隅にある顔写真に目が留まり、声にならない叫びが胸のうちで消えた。そこにあったのは、まぎれもなくあの人の名前だった。

〈佐藤道夫さん　76歳（さとう・みちお＝元札幌高検検事長、元参院議員）15日、死去〉

啓子は自分でも驚くほど落ち着いていた。二〇〇九年七月十六日付の毎日新聞夕刊。短い訃報を読み進めていくと、やはり、そのくだりはあった。

〈東京地検時代の72年に外務省機密漏えい事件を担当、「ひそかに情を通じ」と書いた起訴状が議論を呼んだ〉

もう四十年近く前のこととはいえ、忘れることはない。

一九七二年三月、当時の社会党議員が国会で、沖縄返還をめぐる密約があるのではないか、と政府に迫った。振りかざした右手には、密約の証拠となる外務省の機密電信文の写しが握られていた。

政府はかたくなに否定した。

まもなく、その電信文に押されていた決裁印から漏洩《ろうえい》元が判明する。毎日新聞政治部の記者だった夫が外務省の女性事務官から入手し、社会党議員に渡したのだった。夫と女性事務官は国家機密を漏らすことに手を染めたとして、国家公務員法違反の疑いで逮捕された。

その直後、メディアを中心に、国家権力による「言論の自由」への弾圧だとの反発が広がった。ところが、あるときを境に、「知る権利」を掲げていた報道の火はプツリと消えた。流れを変えたのは、起訴状に二度も盛り込まれた言葉だった。

「情を通じ」

夫が情報源である女性事務官と男女関係を結んで機密を手に入れていたことが暴かれたのだった。密約を追及するはずだった夫は一転して、批判の矢面に立たされた。

起訴状を起案した佐藤道夫は生前、背景について次のように明かしていた。

〈当時、「言論の弾圧じゃないか」とか、「検察はやりすぎだ」という批判があったんです。本来なら、情状面について起訴状では触れないのですが、あまりにも世間が騒いでいるので、あえて盛り込んだ。めったにないことですが、起訴する前には幹部と一緒に検事総長のところへ何度か足を運びました。「ひそかに情を通じて」という言葉を私が思いつくと、幹部は喜んでね。「国民によく事件の全容を知らしめる。これはいい」と総長が言ったのを、いまでも覚えてますよ〉（二〇〇五年五月十五日付朝日新聞）

国民に嘘をついて密約を結んだという本質を男女スキャンダルにすりかえた、と告白しているに等しい。

佐藤の本音をつづり、密約を認めようとしない国の責任を問いただそうとするこの記事は、夫の言葉で締めくくられていた。

〈このまま放置していたら、また国の行方を左右する重要なことが国民に知らされないまま決められかねない〉

しかし、記事を読んだ夫・太吉（七十七歳）は激怒した。

「こんなもん、書きやがって」

吐き捨てるように言うと、見る間に顔色を変えた。反応したのは記事の中身ではなく、佐藤の発言に対してだった。テーブルの上に乱暴に新聞を放ると、名刺にある記者の携帯電話を鳴らした。

「あれほど言ったのに、また（男女問題を）蒸し返すつもりか」

相手の声にかまうことなく、怒鳴るようにまくしたてた。

「いいかい、これはいまの米軍再編につながる問題なんだよ。沖縄の基地問題こそが本質なんだ、と何度も言ったじゃないか。あんなこと、いまさら書いてどうすんだ」

たしかに、沖縄返還はいまに通じる日米同盟の転換点だった。沖縄の祖国復帰と引き換えに多額の財政負担を引き受け、アメリカに基地の自由使用を認めた。それがいまなお尾を引いている。米海兵隊が唯一、国外に駐留する沖縄では普天間《ふてんま》基地の返還も宙に浮いたままだ。

日米同盟の原点となる沖縄返還をめぐって夫が問いかけたのは、政治的な目標を遂げるためなら簡単に国民を欺こうとする国家の、そして権力者の姿だった。メディアは一組の男女の問題をあげつらい、裁判所も密約についての判断を避けたため、国民は事件の核心から目をそらされた。その結果、夫は汚名を着せられたまま、みずから「魂の牢獄《ろうごく》」と呼ぶ暗闇のなかを生きてきた。

電話口の向こうにいる記者とのやりとりがかみ合わないのか、夫はほとばしるような激しい言葉を投げつけている。ほどなく、叩《たた》きつけるように受話器を置く音が背中越しに聞こえた。

啓子はひと呼吸おくと、静かに声をかけた。

「パパ、事件のことを知らない人たちには、どういう経緯であの事件が起きたのかを書かなければ、わからないわ」

興奮がさめないのか、夫はぶっきらぼうに言い返す。

「でも、触れられるのが嫌なんだ」

「それは無理よ」

このとき、啓子の目には、夫が逃げているようにしか映らなかった。

この人はズルい。自分に都合が悪いことには耳をふさぎ、目を閉じる。攻めると強いけど、守りになると驚くほど弱い。もちろん、思いだしたくもない記憶だろうが、怒りの矛先を筋違いの相手に向けるのはやはり身勝手というものだろう。自分も記者だったのだから、問われたことにはきちんと答えるべきだ。

啓子もまた、あの言葉がなければ……と何度、思ってきたかわからない。しかし、それもうすぎたことだ。人生を暗転させ、まとわりつくように離れない一言を生みだした元検事はこの世を去った。

佐藤の訃報を読み終えると、啓子はとなりの部屋に向かって淡々と声をかけた。

「パパ、亡くなったみたいよ」

名前は口にしなかった。

まもなく顔を出した夫はテーブルの上の紙面に目をやると、フッと鼻を鳴らしただけで、なにも言わなかった。

逮捕から二年後、傍聴席の最前列から裁判に目を凝らしてきた作家の澤地久枝《さわちひさえ》は『密約――外務省機密漏洩事件』を出版した。そのなかに、こんな記述がある。

〈（注・一九七四年）一月十四日、午前九時すぎだったと思う。寝室で新聞を読んでいると電話が鳴った。その女性は、都合で名乗れないとことわってから、私が『婦人公論』に原稿を書いた当人であることを確かめた。「女性で、あれだけ冷静に客観的に事件を見てくださる方のあったことを、心から感謝しております」。丁寧な声で礼を言われて、私は感謝をするのはこちらの方ですとあわてて言った。「おぼつかない、手さぐりで書いた原稿ですから」と。

その人はつづけて、「今日の午後、テレビにHさん（注・原文は女性事務官の実名）が出られるのをご存じですか。ぜひごらんになっていただきたい」と言った。そして、「西山の近くにいる者でございます」とも。

私たちは事件についておたがいの感想をすこしずつ話しあった。言葉の区切り目に「私は西山さんのすべてを肯定する立場ではありませんが、西山さんもHさんも、国家権力のいわば被害者と考えております」と言うと「西山にもたしかに悪いところがございます」とまた静かな声が戻ってきた。私はあることを直感した。電話が切れるとき、思わず「西山さんの近くにいらっしゃる方なら、きっとお辛《つら》いことも多いと思います。どうぞお気持をつよくもって下さいますように」と言うと、電話の相手は絶句し、しのび泣きの気配が伝わってきた〉

この「西山の近くにいる者」というのは、啓子ではない。事件直後、メディアを避けるために一家を匿《かくま》っていた啓子の妹がたまらず電話をかけたのだった。

澤地は『密約』のなかで、起訴状をきっかけに男女スキャンダルを暴き立てる報道に背を向けるかのように、こう指摘した。

問題の核心は、取材者が男女の仲となった情報源から機密を入手していたことではない。国家が国民を欺いて密約を結んだことにある。

同時に、こんな疑問も投げかけていた。

彼女は、ただの「被害者」なのか──

西山に機密電信文の写しを渡した女性事務官は、西山が機密の処理を誤ったがゆえに罪に問われた。この点では、まぎれもない被害者だ。事件によって外務省を懲戒免職になり、家庭でも夫との離婚話がすすみ、そのうえスキャンダル報道の渦中に巻き込まれるというのは、たしかに生易しいことではなかっただろう。

とはいえ、ともに四十をすぎた大人同士でもある。職業人としての倫理を超えて繰り返し情報を漏らしたところに事務官の意志がなかった、ということは難しい。

それは、口にすることはなくても、啓子が胸のうちに抱えている思いそのものだった。

事務官は機密漏洩の責を問われた法廷で、こう語っていた。

「この裁判が早く終わって、世間の人が私を忘れてくださって、一日も早く平凡な生活をしたいと思います」

そして、ひとりの人間としての主体性を放棄したかのような態度に終始した。

機密文書をコピーし、ひそかに外務省の外へ持ちだし、西山が出張したときにはアメリカまで二度も郵送していたのは、ほかならぬ事務官だった。それでもなお、被害者の殻にこもり、男に騙された弱き女を演じる姿はまるで、問題をすりかえようとする検察側の証人のようだった。

その結果、一審の東京地裁は、女性事務官に懲役六ヵ月、執行猶予一年の有罪判決を下した。求刑の懲役十ヵ月より軽かったのは、改悛《かいしゅん》の情が認められたからだ。

事務官は「忘れてほしい」という言葉どおり控訴はせず、罰を受け入れた。

ところが、法廷の外で豹変《ひょうへん》する。雑誌の取材に次々に応じ、事件について赤裸々に語りはじめたのだ。「私の告白」と題した「週刊新潮」（七四年二月七日号）の手記から一部を引用してみよう。

〈その時の私は、この「個性的だよ」という言葉に酔った。それにお酒のほうの酔いも加わって、かなりいい気になってしまったことも確かだった〉

〈あまり行ったおぼえのない横浜を頭に浮かべて、「今日は中華街でお食事でもするのかな」なんて、ほんのちょっぴり胸をときめかしたりした〉

〈私の運命は西山記者の掌中に落ち込み、彼の遠隔操縦で好きなだけ踊らされた。私も、私自身をすっかり見失い、心ここにあらざる毎日の連続だった〉

さらに、「女性自身」（七四年三月二日号）には、こんなくだりもある。

〈汚ない言葉でいえばツラつかまえて（興奮で口ごもる）なんでもかんでも言ってやりたい気持ち……（泣く）。法廷で同じ被告人席に座るなんて、わたし、耐えきれなかった〉

そこには嘘もまじっていた。

澤地はそうしたすべてに目を配ったうえで、事務官に寄り添うでもなく、世間の非難にさらされている西山を擁護するでもなく、国が密約を結んだという本質が問われなかったことへの深い失望と怒りをつづった。また、国が問題をすりかえることを結果的に許した国民一人ひとりにも、針のような怒りを突きつけたのだった。

その冷静な眼差《まなざ》しに、啓子は深く心を動かされていた。

夫は一審で無罪だったが、情報源を守れなかった結果責任をとって毎日新聞社を辞め、ペンを折った。その後、二審で逆転有罪となり、七八年に最高裁で有罪が確定した。

啓子はいま、女性事務官についてほとんど語ろうとしない。わずかに口にしたのが、こんなセリフだった。

「たとえ、どんな事情があろうとも、結果責任は主人にありますから。一生、背負わなきゃならない十字架ですよ。もしかしたら、表にでていなくて二人だけにしかわからないことがあるかもしれませんが、それは二人だけにしかわからないこと。それでいいじゃないですか」

それ以上の質問を遮るかのように、こう続けた。

「折り合いなんてつきませんよ。私も死ぬまで背負っていくということでしょう。もう、あの方のことについて主人と話をすることはありません。終わったことですから」

夫に裏切られ、それを満天下にさらされ、そのうえ、夫を貶《おとし》めた国は嘘を重ねつづけた。夫の嘘と、国の嘘。

被害者といえば、啓子こそ二重の意味で被害者ではなかったか。

振り返れば、人生の半分を超えるほどの時間がすぎたのだから、長くなかったはずはない。それなのに、すぎてしまったいまとなれば、不思議なほど、流れた時の重さをつかまえるのはたやすいことではないという。それでも記憶をたどろうとすれば、いくつかの場面が鮮やかによみがえってくる。

不条理にからめとられ、葛藤のなかを生きてきた日々の意味を確かめるかのように、啓子は堅く閉ざしてきた口をついに開いた。

第一章　暗　転

次男が小学校へ上がるのを前に、マイホームを建てる準備を進めているところだった。夜討ち朝駆けに追われる夫に代わり、専業主婦の啓子が不動産会社を歩いて回った。

「ちょっと変わった物件があるんですけど」

税務署に差し押さえられた八十坪の土地が格安で売りだされているという。

高級住宅街で知られる東京・成城の一角。申し分のない立地だが、訳ありの物件を購入しても大丈夫なのか。啓子はみずから法務局へ足を運んで土地の登記簿を取った。税務署では、現金を納めれば所有権が移されることを確かめた。そうして、ひとりで不動産会社との交渉を乗り切り、遠からず工事がはじまることになっていた。

リビングの広い、鉄筋コンクリート二階建ての一軒家。敏腕でならす新聞記者の夫と、ふたりの息子。ある意味で絵に描いたような幸せの舞台が、もうまもなく手に入るはずだった。

一九七二年三月二十七日。

朝八時すぎ、啓子は東京・世田谷《せたがや》にある仮住まいのアパートでいつもどおりに夫を送りだすと、六畳間と四畳半、それに小さな台所に掃除機をかけた。その合間にテレビをつけると、国会中継にチャンネルを合わせた。夫の影響もあってか、国会中継があると、なんとなく見てしまう。

衆議院予算委員会では、秋には首相勇退が噂《うわさ》される佐藤栄作のもとで最後となる予算案が審議されていた。議題は沖縄返還。四十九日後の五月十五日に、戦後、アメリカのもとにあった沖縄の施政権が日本に戻ることが決まっていた。

佐藤はその七年前、首相として戦後初めて沖縄を訪れ、那覇《なは》空港で有名なスピーチを残している。

「沖縄の祖国復帰が実現しないかぎり、わが国にとって戦後が終わっていないことをよく承知している」

いわば、政治家生命をかけて取り組んだのが沖縄返還だった。そして、その実現のためには手段を選ばなかった。

太い黒縁の眼鏡をかけた社会党の新人議員、横路孝弘《よこみちたかひろ》が質問に立つ。

「もう一度、沖縄返還というものを考えてみると、アメリカ側の態度というのは、沖縄における米軍の基地の機能というのを損なわないようにするというのが原則のひとつ。それからもうひとつの原則は、沖縄の問題を解決するにあたって、アメリカ側は金をださないというのが原則だったわけです」

返還に際しては、沖縄の米軍基地にある核の撤去費や米軍資産の買い取り費用など総額三億二千万ドルを日本がアメリカに支払う、とされていた。

横路はそれまでにも、沖縄・北方領土問題に関する特別委員会などで、

「日米間に秘密の協定がある」

と政府に迫っていた。

焦点を当てたのは、三億二千万ドルのうち、「軍用地の原状回復補償費」四百万ドルだった。住民の四人に一人が命を落としたとされる沖縄戦のあと、米軍が銃剣とブルドーザーによって接収して使ってきた軍用地をもとの田畑に戻すための費用である。

返還前の琉球政府資料によると、当時、軍用地は沖縄本島の一四％を占めていた。基地が多く集まる中部地区では三二・四％。市町村別にみると、次のようになっていた。

嘉手納《かでな》村　七八％
読谷《よみたん》村　六二％
北谷《ちゃたん》村　七〇％
コザ市　六七％
金武《きん》村　六三％

宜野座《ぎのざ》村　五八％

この軍用地を原状回復させるための四百万ドルを日米のどちらが支払うかについては交渉の最終段階までもつれ、最終的に結ばれた沖縄返還協定の四条三項には、

〈アメリカが自発的に支払う〉

と明記された。

しかし、「金をださない」というアメリカ側の原則を考えれば、実際には日本が肩代わりして支払うのではないか――

横路はそうした疑念を抱いていた。

沖縄返還当時の為替レート（一ドル＝三〇八円）によると、四百万ドルは十二億三千万円。本来はアメリカが支払うべきものを日本が肩代わりするとなると、差し引きで負担額は倍になる。つまり、米軍が使ってきた軍用地をもとどおりにするために、日本が二十四億六千万円を負担する。もちろん、国民の税金から支払われる。

なにより、重要な決定を国民に知らせないまま進めようとする政治家の背任が問われなければならないはずだった。

横路はこう、切り込んだ。

「ここに外務省の文書にもとづいてその事実を明らかにして、あのとき（注・前年の国

会で）みなさんがたは偽りを言われた、その責任というものを追及をしたいと思うのです」

横路はおもむろに紙の束を手に取った。

沖縄返還をめぐる日米交渉についてつづられた外務省の機密電信文の写し。七一年五月二十八日付で、外相の愛知揆一《あいちきいち》から駐米大使の牛場信彦《うしばのぶひこ》へ宛てられ、「極秘」の判が押されている。

〈アメリカ側としては日本側の立場はよくわかり、かつ財源の心配までしてもらったことは多としている〉

〈問題は実質ではなくＡＰＰＥＡＲＡＮＣＥ（注・みせかけ）である〉

文面からは、軍用地の原状回復補償費を日本側が肩代わりする、としか読めない。それこそが、佐藤政権を闇に葬る「切り札」になるはずのものだった。横路は国の嘘をあぶりだす決定的ともいえる証拠を振りかざして、政府に迫った。

「（昨年の国会では）『そんなものは一切なにもない』『そんな話はきいたこともない』、こういう答弁で逃げられた。しかし事実は、この文書を見ると、アメリカ側との間に、この問題についてやりとりがあったことは明確じゃありませんか。責任をどう取られますか。文書がないと言ったのに、こういう文書があるじゃありませんか」

外相の福田赳夫《たけお》が答える。

「細かい経緯《いきさつ》は私はまだ聞いておりませんけれども、結論において裏取引というものは一切ないと、これだけははっきり申し上げます」

横路は追及を続ける。

「ともかく一切そんなことはない。知らぬ、存ぜぬ。総理大臣も『秘密の約束はなにもない』、こうおっしゃっておったのが、文書として少なくともあるわけですから、これが嘘なのか、本当なのか」

外相の福田に代わって答弁に立ったのは、日米交渉の責任者である外務省アメリカ局長の吉野文六だった。

「さきほども申し上げましたとおり、それらのいま読み上げられた文書につきまして、われわれとしては真偽のほどをひとつ調査させていただきまして、そして回答させていただきます」

文書の信憑性《しんぴょう》を確かめるとの理由を持ちだして、時間稼ぎに持ち込もうとした。

予算審議はそのまま中断され、結論は持ち越しになった。

密約をめぐる攻防を生々しく伝えるテレビを見ながら、啓子はなんだか大きな騒ぎになったなぁと思っていた。もちろん、衆院予算委員会室のとなりの部屋で、夫が傍聴していたことは知らない。まして、焦点となった電信文を横路に渡したのが夫であるとは想像さえしていなかった。

その夜遅く、自宅の電話が鳴った。

「外務省の事務官ですが」

声の主は女性だった。外務省に勤めているのは男性ばかりだと思っていたので、啓子は電話の主が女性だったことにまず驚いた。

「西山さんと至急、連絡をとりたいんですが……」

丁寧な口調ながら、有無を言わせない切迫した感じがあった。といっても、夫がいつ帰ってくるかはわからない。どこにいるのかさえ知らない。政治部記者の夫が帰るのは毎晩、午前様。特ダネを書けば、午前一時半締め切りの最終版が刷り上がるのを見てから帰宅する。あるいは酒席を重ねる。それが新聞記者なのだと思っていた。

だから、どこにいるかわからない、と啓子はありのままに伝えた。その口調にいくらか突き放すような響きがなかったとは言い切れない。

直後、受話器越しに舌打ちが聞こえた。

「いつも、ご主人の帰りは遅いの？」

突然変わった女性の口調にはどこか、人を見下すような響きがあった。この人はいったい、夫とどういう関係なのか。もしかしたら、スキャンダルになるかもしれない。啓子はそう直感した。

「申し訳ございませんが、何時に戻ってまいるかはわかりません」

ざらついた思いのまま、慇懃《いんぎん》無礼なくらい丁寧な言葉づかいで答えた。電話を切りながら頭をよぎったのは、昼間、テレビで見た国会の場面だった。

翌朝早く新聞が届くなり、夫は険しい顔で目をやった。一面には、機密電信文を手に追及する横路の写真も載っていた。前夜の女性事務官からの電話について伝えても、夫は答えない。問いかけさえ受け付けないような空気をまとわせていた。

それだけに、啓子はピンときた。

「これは、パパが渡したんだわ」

どうやら、夫が持ち帰ったまま無造作に机に置いていた機密書類のようだ。仮住まいのアパートでも、それを整理するのが啓子の役目だった。

無言のまま朝食を終え、夫が出かけてしまうと、啓子は再び、テレビの国会中継にチャンネルを合わせた。

衆院予算委員会では、前日につづいて機密電信文が焦点となった。

この二つの電信文が存在していたのか、いなかったのかと、横路はたずねた。

外務省アメリカ局長の吉野が答える。

「先生ご指摘の二つの電報につきまして、突き合わせた結果は、決裁の点につきまして、われわれのファイルにある原議と多少違うところがございますが、内容は全部同じである。決裁の点につきましては……」

言いかけるのを遮るように、横路が声を上げる。

「よけいなことは言わないでいい」

しかし、吉野はかまわず続ける。

「たとえば、大臣、次官、審議官その他の重要な決裁がございません。これはあとで取った、こういうことになるだろうと思います」

政府はそれまで、沖縄返還交渉について「記録もメモもとっていない」と突っぱねてきた。ところが、電信文の写しをつきつけられたことにより、電信文という記録があることを認めざるをえなくなった。

にもかかわらず、政府が追いつめられたかにみえたのは束の間《つかま》だった。横路が示した電信文の写しには、審議官より上の役職の決裁印がなかった。このため吉野は、審議官に渡る前に文書が外部に漏れた可能性がある、と切り返したのだった。

動かぬ証拠をもとに政府を追及するはずが、横路はその証拠によって逆に攻め手を封じられてしまった。事実上、攻守は逆転した。それでも、行政の最高責任者としての責任をどう考えるのか、と懸命に食い下がる。

首相の佐藤栄作が答弁に立った。

「いま言われるように、最高の責任者は総理大臣だ、総理大臣が逃げるわけにはいかぬ。（略）私の部下がお答えしたこと、これはやはり総理としての責任はございます。さような意味合いにおいて、私も間違いは間違いを正す、その責任がある、かように思っております。（略）全然知らないというような答えをしたことはまことに不都合だ、私もかように思っております。これは言えないなら言えない、かように申すべき事柄ではなかったろうか、かように思います」

密約には一切触れることなく、これまで文書の存在について認めなかったという点についてだけ反省の弁を述べることでやりすごした。

外相の福田がさらに補う。

「経過はいろいろあったようです。あったようですが、大事なことは、最終的な日米間の合意がどうなったか、こういうことなんです。合意につきましては、これは日米間に食い違いもなければ、私どもが皆さんにご説明しているところにも食い違いもなければ、私はこの協定の内容というものは、これは最終段階の決着、それによってご理解を願うほかはない、かように考えております」

日本が肩代わりするという密約はない――

政府はあいまいな答弁を繰り返しながらも、密約について認めることはなかった。

数日後、啓子のもとにいとこから電話が入った。ＮＨＫの人気ドラマ「事件記者」のモデルにもなった毎日新聞社会部の記者だった。

「啓子ちゃん、西山さんは極秘文書のことで警察から調べられるかもしれないから、頭に入れておいて。もしかしたら出頭したほうがいいかもしれない」

出頭ということは、法に触れたということか。胸騒ぎがする。でも、夫はなにも説明しようとしない。

日付が変わった午前二時すぎ、電話が鳴った。こんな時間に、どういうことだろう。受話器を取ると、聞き覚えのある声がした。啓子は掌《てのひら》で受話器を押さえたまま、夫に告げた。

「外務省の女性の方からよ」

驚きに満ちた夫の顔を見て、悪い予感は確信に変わった。

「悪いようにはしないから」

「福田（外相）に頼んで、外務省のあとの仕事は世話するから」

厳しい横顔をした夫の言い回しから、問題になっている電信文にからむことだろうと察しはついた。どうやら、女性事務官は、夫が懇意にしていた外務審議官の秘書のようだ。そして、みずからが流出させたことを認めようとしているらしい。決裁印から絞り込まれ、逃げきれなくなったのだった。

「（横路が）弁護士なら、どうして隠さずに出しちゃったのかしら。ずいぶん、迂闊《うかつ》ね」

啓子が語りかけても、夫は眉間に皺《しわ》を寄せたまま口を開こうとはしなかった。

それにしても、どうやってこの事務官から電信文を入手したのか。

なぜ、それが社会党の新人議員に渡ったのか。

啓子にはわからないことばかりだった。

夜が明けきらない午前五時前、事務官は警視庁に出頭した。国会での騒ぎから一週間がすぎていた。

そして、啓子が案じたとおり、まもなく夫にも呼び出しがかかった。

「これから警視庁に行ってくる。事情聴取だから心配するな」

そう言ったきり口をつぐんだ夫を、啓子は途中の駅まで車で送っていくことにした。

助手席で険しい表情のまま前をにらみつけている。その横顔を目の端でうかがいながら、ハンドルを握る。浮気をしていたのか、とは聞けない。どう切り出していいかわからず、ほとんど言葉はかわさなかった。事情を聞きそびれたまま、渋谷駅に着いた。

夫は「じゃあ」とだけ言って車を降りると、雑踏に消えるまで振り返ることはなかった。そして、戻ってくることもなかった。

夫は警視庁から任意の事情聴取を受けている途中に、国家公務員法違反（そそのかし）の疑いで逮捕された。守秘義務を負う外務省の女性事務官をそそのかして機密を漏洩させたという。夜になって、毎日新聞の同僚から教えられた。

首相の佐藤栄作は、事件について日記にこうつづっている。

〈この節の綱紀弛緩《しかん》はゆるせぬ。引きしめるのが我等の仕事か〉（四月四日）

しばらくして、自宅のアパートに警視庁の捜査官がふたりやってきた。啓子の立ち会いのもと、刑事たちはこどもの二段ベッドや押し入れのなかまでもあらためていたが、どこか形式的な印象を受けた。事前に、

「お子さんたちは、ほかへ預けておいてください」

と伝えてくれてもいた。新聞記者の逮捕に対して、「言論の自由」への介入ではないかとの反発も強かっただけに、対応は驚くほど丁重だった。

ただ、友人から届いた葉書を押収しようとしたので、啓子は抗議した。

「それは、まったく関係ないんじゃありません？　やめていただけませんか」

友人たちにまで迷惑をかけることは避けたかった。刑事にそう強く言えたのは、機密書類はすでに処分しているとの安心感があったからかもしれない。

じつは、家宅捜索が入るかもしれない、といとこから事前に知らされたとき、啓子がまっさきに思い浮かべたのは、「秘」の判が押された大量の機密書類のことだった。

なぜ、これほどの文書を持っているのだろうか。夫の仕事に踏み込むことになると思って聞かずにきたが、考えてみれば、もともと外部に流出していいはずのものではないだろう。電信文の漏洩が問題にされているだけに、なおさらだ。

隠すべきか、捨てるべきか。

たずねようにも、夫はいない。

これ以上、騒ぎを大きくすることは避けなければならない。啓子は迷いなく捨てることを選んだ。

まっさきに思いついたのはトイレに流すことだった。わしづかみにした文書を狭いトイレに持ちこんで、千切っては捨てた。しかし、濡《ぬ》れた紙切れは便器に貼り付いてなかなか流れない。

仕方なく、台所で文書に火をつけて燃やそうとすると、顔の近くまで炎があがった。危なくてとても続けられない。途方に暮れかけたときに浮かんだのは、近くに住んでいる妹の顔だった。

「ちょっと来てくれない」

家の外を埋め尽くす報道陣の波が引いた深夜、こっそりと訪ねてきた妹に啓子は文書の束を預けた。

翌朝、午前五時。夜が明けきらないうちに、妹は裏庭の隅に置いた焼却炉で火を焚《た》くと、文書を次々と投げ入れた。「秘」「極秘」などの判が押された紙が勢いよく炎を上げる。まだ薄暗く、もやのかかった空に立ち上っていく煙を、庭の裏にある寮から現場に向かう労働者たちが眺めていた。

警視庁への差し入れは認められたものの、面会はかなわなかった。

逮捕から五日後、深夜になって、夫は釈放された。毎日新聞の関係者に迎えられ、日付が変わってから記者会見に臨み、取材の正当性を主張した。

「基本的には新聞記者として言論の自由を守るという権利を行使したことを恥じない。むしろ、言論の自由を守るためにたたかった。国益と新聞記者の権利のギリギリの調和点を追求したつもりです。しかし、結果的に（情報源である女性事務官に）非常なご迷惑をかけたのは残念です。今度の事件を契機に、国民の知る権利を防衛することを再認識しました」

夫との再会場所は、靖国神社に近いホテルグランドパレスの客室と伝えられた。韓国大統領候補だった金大中が翌年、拉致されることになるホテルである。

啓子が部屋を訪れると、毎日新聞政治部の記者たちが十人ほどいた。黒っぽい背広姿の一団が啓子に気づいて道をあけると、その先に夫の姿が見えた。髪は乱れ、眉間には深い皺が刻まれている。まるで幽霊みたいだ、と思った。

言葉を探しあぐねていると、記者のひとりから声をかけられた。

「西山さん、お子さんたちの面倒は僕たちがしっかり見ますから、心配しないでください」

夫に死ねというのか――

気持ちがざわついた。

はたして、記者を辞めなければならないほど悪いことをしたのだろうか。機密を手に入れるのが記者の仕事ではないのか。やはり、女性事務官と男女の関係があったということなのか。

頭のなかをめぐるさまざまな疑問をさえぎるように、別の記者が割って入った。

「奥さん、日本の総理大臣は世界中でいちばん強い権限をもっているんです。シロはクロ、クロはシロ、男は女、女は男にしてしまう。そういう人とケンカしたんだから、もって瞑《めい》すべきでしょう」

慰めも素直には受け取れなかった。

まもなく、全員が引き揚げていった。

夫とふたりだけ残された部屋で、啓子はどう切りだせばいいのかわからなかった。いったい、夫の思いはどこにあるのか。そう思いながらも、言葉が見つからない。いや、見つからないのではなく、あまりに憔悴《しょうすい》した姿を見て口にできなくなった。ためらいがちに、ベッドに横になるよううながした。

まもなく、聞き取れないほどの声が漏れた。

「こどもたちはどうしてる?」

夫はどんなに酔って帰っても、お茶漬けを食べて風呂に入り、息子たちの寝顔を見てから眠りにつくのが習慣だった。普段、やさしい言葉をかけるというわけではないが、愛情は注いでいた。

「大丈夫、妹が見てくれてますから」

啓子は短く答えた。

しかし、会話は途切れたまま、気まずい沈黙が訪れる。耐えかねるように、啓子は水を向けてみた。

「何があったの?」

夫は目を合わせず、下を向いたままだった。

「いずれわかることだから……」

しかし、そのあとに続くはずの言葉ははっきりと聞き取れなかった。ただ、その様子から、あの電話の主と関係をもっていたらしい、と察しはついた。やはり、予感はあたっていた。

このとき、夫を責めようという気持ちはなかった。事件がどう展開していくのか予測もつかないなか、啓子はただ妻として、夫の言葉を待っていた。「すまなかった」とか、

「ありがとう」とか、どちらかだけでも言ってほしかった。

しかし、聞きたかった言葉を、夫は最後まで口にすることはなかった。それに、相手について語ることもなかった。ただ、同じ日に逮捕された女性事務官はなぜか勾留されたままだと知らされた。

夫はその場を逃れるように言った。

「あんた、こどもたちのことがあるから、もう早く帰んなさい」

それでも、夫を残したまま部屋を出ることはためらわれた。まさか、命を絶とうと考えているのではないか。ふと、そんな思いがよぎった。一時間ほどして夫が眠りに落ちるのを確かめてから、ホテルをあとにした。

すでに日付は変わっていた。

西神田ランプから首都高速に乗るつもりが、工事のために入り口が封鎖されていた。土地勘もないため、仕方なく一般道をいくことにした。ところが運悪く、途中で検問にあう。夜中に女がひとりで運転しているのを不審に思われたのか、警官に止められた。

「なんでこんなところを走ってるの」

考えもなくありのままに説明すると、警官の語調が変わった。

「がんばってください」

やさしい言葉が染み入るように響いた。自宅に着くころには、すでに空が白みはじめていた。

その後も、毎日新聞記者のいとこからは断続的に連絡が入った。あるとき、言いにくそうに切りだされた。

「起訴状に、ちょっと嫌な文句があるんだけどね」

釈放された六日後の朝、夫は東京地検に起訴された。夕刊の一面に掲載された起訴状の一部を抜粋する。


〈被告人西山は、被告人H（注・起訴状では実名）とひそかに情を通じ、これを利用して同被告人をして安川審議官に回付される外交関係秘密文書ないしその写しを持ち出させて記事の取材をしようと企て〉


「ひそかに情を通じ」という死語のような表現をあえて持ちだしているのは、夫が男女関係を利用して情報を手にしたことを印象づけるためとしか思えなかった。そこまでするのか。時代がかった表現を汚らわしく感じながら、東京地検のなりふり構わぬ姿勢を目の当たりにして、啓子は震えるような思いだった。

翌日、ノーベル文学賞作家でもある川端康成がガス自殺した。文豪の衝撃的な死が新聞紙面を埋めるのと入れ替わるかのように、事件を報じるメディアの論調が変わった。

機密を手に入れようとした記者の行為を正当なものとする主張は勢いを失い、「国民の『知る権利』を守れ」というキャンペーンの灯は次第に消えていく。代わって、週刊誌を中心に男女スキャンダル一色に染まっていった。起訴状によって潮目が変わったのだ。

啓子は「夫に浮気された妻」として、否応なくその渦中に巻き込まれる。

小さなアパートの外には報道陣が詰めかけ、夜でも窓越しにフラッシュの光が走った。追いつめられながらも倒れるわけにはいかない。それだけを心に強く言い聞かせていた。一度でも涙を見せたら、寝込んだまま起き上がれなくなってしまう。張りつめた気持ちを少しでもゆるめたら、二度と立ち直れなくなる。決して泣くまい。自身にそう言い聞かせていたが、体中の水分まで涸《か》れてしまったようで涙さえでなかった。

「枕には、だいぶシミがついていたわよ」

のちに妹からそう言われたが、とにかくこどもたちの前では涙を見せてはいけない、と決めていた。

事件から一週間ほどはいつ、どこで寝ていたのかも覚えていない。ただ、人間は眠らなくても生きていける。自分のことながら不思議に思っていた。

第二章　傷　口

夫の逮捕から約二ヵ月後、佐藤栄作は首相の座を退いた。

「沖縄の復帰なくして、戦後は終わらない」

そう宣言して沖縄返還を成し遂げた直後のことだった。

夫を葬り去った政治家が無人の会見場でテレビカメラに向かって語りかける姿を、啓子は言い知れない思いで見つめていた。

一九七二年の夏、一家は事件直後から身を寄せていた妹の家を離れ、近くのアパートに部屋を借りた。

八月三十一日は夏休みの最終日だった。

炎天下に、啓子はこどもたちの宿題の材料を買うため近くのデパートへ足を運んだ。図工でスタンドをつくる次男のためにノミ、キリ、カナヅチ、くぎ類などを買いそろえ、裁判の陳述書を書かなければならない夫には原稿用紙も忘れなかった。

夕食を終えると、レモン酒づくりにとりかかった。レモン九個を輪切りにしてホワイトリカーにつけ、グラニュー糖を入れる。一ヵ月ほど寝かせてからレモンを取りだせば、飲みごろを迎える。

そのころ、夫との関係がどうなっているのか。家族は壊れずにいるのか。まったく見通しは立たない。ただ、瓶のなかのレモン酒だけはまろやかな風合いに変わっているのだろう。

十月に初公判を控えて、表向きは平穏な暮らしを取り繕ってはいても、夫から裏切られた傷が癒えたわけではなかった。それでも、夫を有罪に持ち込もうとする検察や、スキャンダル報道に手ぐすねをひいているメディアに潰されないためには、夫を支え、家族を守るよりほかない。

こうなったら、身に降りかかるすべてをとことん見てやろう。

啓子はどこかでそう覚悟を決めた。日記はだれにも打ち明けられない心のうちを吐きだすことのできる、たったひとつの場所となる。

この日、啓子は大学ノートの一ページ目に次のように記した。

〈早いもので一月半の夏休みも終り、明日より二学期が始まる。そして、試練の時も又やって来る。私は目をそらす事なく（私自身には理解の限界を越える問題もあるかもしれないが）接して行きたい。そして私の忍耐の限界が来た時は、それは私自身の運命で

もあるし、又耐え得る事が可能かもしれない〉

小学校四年生と一年生の男の子を抱え、日常を途切れさせるわけにはいかない。事件となってしまった以上、余計な詮索をされないためにマイホームの建築工事は延期することにした。それでも、新居となる予定地近くの学校に通う手続きは終えていたため、毎朝、啓子が車で送っていかなければならなかった。片道二十分ほど。夕方には再び、学校まで迎えに行き、曜日によっては放課後、塾に連れていくこともあった。

もちろん家事に追われ、買い物もしなければならない。どうかすると一日中、車に乗っているような錯覚を起こすほどだった。

仮住まいの狭いアパートに戻れば、夫がパジャマ姿のまま、昼間からじっと座っている。抜け殻のような丸い背中にかける言葉が見つからない。

「ああ、忙しいわ」

つとめて明るく口にすると、逆に夫がこぼす。

「あんたみたいに、忙しいのがうらやましい」

夫が外出できるのは夜だけだった。メガネや帽子で変装し、メディアや世間の目を避けて星空の下を散歩するのが、せめてもの息ぬきだった。

〈夫婦間の絆といったものも決して強まったわけでもなく、只同居《ただ》しているにすぎない様な状態。愛もない。そして憎しみもない。私自身は自分の心をどう考え、どう処置したら良いのか方向を模索している状態。考え方に依《よ》っては、これ程深刻な問題はないだろう（又、此《こ》れ程馬鹿バカしい問題もないだろう）〉（九月一日）

あるとき、長男を塾へ送る途中のことだった。啓子は運転しながら車窓の景色に目をとめた。木々の葉がぐっと色合いを濃くしている。ふいに淋《さび》しさにとらわれた。

「ママは秋がきらいなのよ。ママは今度のことですっかりおばあさんになってしまったわ……。もう、人生の秋だわ」

後部座席に聞こえるように言うと、長男の声が返ってきた。

「ママはまだ秋じゃない、と僕は思うよ。真夏の中頃だな。ママの人生は、パパだけのためにあるんじゃないから、そんなこと言わないほうがいいと思うよ」

たしかに、自分の人生は自分のもの。事件の影響を受けたとしても、それだけに左右されてはいけない。まだ、三十七歳。夫のせいですべてを失った、と考えるのはやめよう。

啓子はこぼれそうになる涙をこらえ、自分を奮い立たせるようにアクセルを踏んだ。

〈(長男は）大分、体格もがっしりして来、ニキビもボツボツと点在。成長して来るのが目に見えて来た様子。動揺しやすい思春期をうまく過せる様に配慮必要。親が思う以上に神経のデリケートな所もあり、此の頃はポーカーフェイスでいる事もあり要注意。ことにパパとママの関係には、神経を立てている様な所あり〉（九月十一日）

そうした不安は、次男にも伝染する。

「ママ、パパは会社へ行っているの？」

「そうよ、ときにね」

「でも、月火水木金土日と、いつでもお家《うち》にいるじゃないか。ボク、ちゃんと知っているんだから。それから週刊誌がパパの事悪く書いているんでしょ？　そのことも知っているんだから」

まだ小学校一年生だというのに、次男は「週刊誌」という言葉を覚えていた。

新聞に掲載される雑誌広告をこどもの目に触れさせないようにすることすら簡単ではない。啓子は自分だけでは堰《せ》き止めることのできない情報の洪水に呆然《ぼうぜん》とするばかりだった。

いまできるのは、少しでも落ち着いた日常を取り戻すことだ。そう考えて、台所に立ち続けた。九月十一日には、ニンニクの焼酎漬けとキュウリの酢漬けを、その三日後には、ニンニク酒を仕込んでいる。そのレシピが日記に残る。

〈ニンニク酒
ニンニク　五〇〇g
レモン　大三個
W.R　一・五ℓ
ベイリーフ　一〇枚
はちみつ　三〇〇g
二～三カ月位で飲める方法を漬けてみる。ニンニク八分蒸す〉

気持ちが揺れるなか、夫の無念を思うときもあった。
沖縄返還を実現させた直後に退陣した佐藤栄作のあとを継いだのは、「日本列島改造論」を発表したばかりの田中角栄だった。この小学校卒の学歴しかもたない庶民宰相が日中国交正常化に道筋をつけたとき、啓子はこう記している。

〈田中総理訪中、TV中継をみる。
パパ健在なりせば特派員となりてその活躍一段と華々しきものを……と思うとつらい

が、此れも愚痴だろう。終日TVをじっとみつめている〉(九月二十五日)

夫は、中国政府からのちに「井戸を掘った」とたたえられることになる田中角栄から、「おう、ボス」と声をかけられるような間柄だった。懇意にしていた政治家の大平正芳《おおひらまさよし》が「毎日新聞政治部のボス」と紹介したため、そう呼ばれるようになった。

事件が起きる前年には、当時、通産相だった田中がアメリカで開かれる日米貿易経済合同委員会に出席するのに同行して取材した。夫はこのとき、共同コミュニケの内容をいちはやくつかんで発表前に報じ、田中を激怒させたという。それでも、信頼関係は途切れなかった。

「角栄は自民党総裁選の票読みまで教えてくれていた。俺がいたら、日中国交回復でも抜いていたのに」

あながち誇張とばかりもいえない夫のつぶやきを、啓子は耳にしていた。

〈日中明日、共同声明。今朝の朝刊で朝日に共同声明の骨子等全部きれいに抜かれている。これを見ると、パパの身体を張ってのがんばりが良く分る。このみじめさを社の人達はどうかみしめているのだろうか。或《あるい》は西山がいたら……と思う人もいたかもしれな

い〉（九月二十七日）

社内に敵が多かったのは、新聞記者としての力が抜きんでていたためというばかりではない。傲慢と紙一重、謙虚さとはほど遠い振る舞いが敵意を膨らませていたことも容易に想像できる。男の世界の嫉妬や中傷は、外からは自由にみえる新聞社という組織でも無縁ではなかった。

沖縄返還の次は日中国交正常化、その取材を終えたら政治の世界に進む――

夫はひそかにそう考えていた。父親が商売をし、自分も中学高校時代をすごした下関《しものせき》（山口一区）から出馬するつもりでいた。

啓子は反対だったが、妻の声に耳を傾けるとは思えなかった。

〈もしパパが健在の場合、全く怖いものなしで鼻もちならぬ人間になり上がっていたものと思われるので矢張り天のハイザイ？だろう。あるいみでは、これで良かったのだと二人で話し合う（まけおしみでなく）〉（九月一日）

夫が外出するのは、ほとんどが裁判の打ち合わせのためだった。狭い家に閉じこもっていても気がふさぐが、会社へ出かけて事件についての記憶を掘り起こし、言いたくないことを口にしなければならないのもまた苦痛のようだった。

そのため、出かける直前になると、夫はよく「欠席する」と言いだした。そんなとき、啓子は弁護士に電話した。

「自分の記事が載っている週刊誌を買って読んだようで、『今日は行きたくない』と申しているんですが……」

「ともかく、そのような心理状態のときだからこそ出られたほうがいいと思うので、お尻を叩いてでも送りだしてください」

まるで駄々っ子のように腰を上げようとしない夫をうながして送りだす。その後、人目を避けるように、啓子が車に乗って追いかけ、申し合わせておいた路上で拾う。メディアにつかまらないよう、日によってルートや合流地点も変えていた。

目の前に迫った裁判から逃げだそうとする夫とは対照的に、啓子は遠からずやってくる審判を冷静に見つめようとしていた。


〈パパは冒陳（注・弁護側の冒頭陳述）で、H女史に関する事にあまりふれて欲しくない様子であるが、検察の方でその問題を大きくクローズ・アップした場合、当然、こちらでも受けて戦わねばならぬので、仕方がない様だ。裁判というものはそんな甘いものではないから当然だろう〉（九月二十九日）

〈大野先生にニュース・ソースの秘匿については君の考え方は甘すぎるとかなり激しく攻撃されたとの事〉（十月六日）

初公判の直前、啓子は夫とともに二度、弁護人である大野正男の自宅に招かれている。ともに弁護士で多忙な夫妻が時間を割いてくれることに恐縮した。

一度目は、手づくりのフルコースをご馳走《ちそう》になった。二度目のとき、夫は裁判の打ち合わせのために二階へ上がり、啓子は大野の妻と三十分ほど雑談してすごした。冷静に見える啓子が精神的に追いつめられて自殺するおそれはないかを見極めるためだった、とあとで知った。

たしかに、危ういところで気持ちのバランスを保っていた。気持ちを鎮めるためか、一時でも現実から離れようとするためか、啓子は深夜にひとり、テレビで流れる映画を観ることがあった。

〈夜、「哀愁」みる〉（十月五日）
〈「赤と黒」みる〉（十月八日）

十月十四日、いよいよ初公判を迎えた。

啓子は自宅にあるテレビの前に座ると、ニュース番組を追った。午前十時すぎにはじまった法廷の様子は、昼のトップニュースで報じられた。

傍聴席の前に置かれた長椅子に、ふたりは腰かけた。長椅子の幅は約七メートル。夫は中央から少し左よりに、女性事務官は右端に座った。

罪状を認めるかどうかを問われ、夫はまず、女性事務官への謝罪を口にした。

「ニュース源の秘匿について私の配慮が足りなかった。はかりしれない打撃を与えたHさんにお詫《わ》び申し上げたい」

そのうえで、取材は正当だと主張し、起訴事実を全面的に否認した。

一方、女性事務官はかぼそい声で起訴事実を認めた。

「そのとおり、間違いございません。ご迷惑をおかけして申し訳なく思っています。このうえは、早く裁判を終えて、世間が私を忘れ去ってくれることを望みます」

語尾は乱れていた。

午後になって、次男が学校から帰ってきた。啓子はテレビを見ないように注意をそらしながら、それでもニュースを確かめずにはいられない。

夜の八時前、弁護士の大野から電話がかかってきた。

「ご主人はたいへん立派になさいました。我々、弁護士一同、感服いたしました」

「帰りましたら、お電話させればよろしゅうございましょうか」

啓子がそうたずねると、大野は言った。

「いいえ。奥様にお電話したのです」

思いがけない言葉だった。夫へ注意を向ける人はいても、妻にまで心を配ろうとすることのできる人は稀《まれ》だった。驚くと同時に、気持ちがゆるむようだった。

「先生方のご指導がよろしかったのでございましょう」

「いやいや、そんなことはありませんよ。いま（ご主人と）別れたところなので、まもなくお帰りになるでしょう」

結局、夫が帰宅したのは日付が変わったあとだった。若手弁護士の山川らと河岸を変えて飲んできたという。緊張が解けたのか、めずらしく風呂にも入らずに眠りについた。

〈長い様な短い様な一日かくして終れり〉（十月十四日）

再び、日常が戻る。

ニュースを追いかけたり、さまざまなことに神経をとがらせたりすることなくすごせることがうれしかった。なにかが解決したわけでも、決着がついたわけでもなかったが、束の間、解放感のようなものに浸ることができた。

啓子は近くのデパートまで出向いて、大型のスクラップ帳を買った。初公判を伝える新聞記事の切り抜きを夫に整理させようと考えてのことだった。しかし、夫は落ち着くどころか、心のうちは乱れたままのようだった。

〈夕食後、軽い冗談にカッとなり大声。自分というものを抑制する事が全く出来ない人。怒りより絶望感がひしひしと胸をしめつける。何度投げ出したく思った事か。その度に思い直したのは、何故だろう。自分のためか。子供のためか。パパのためか。つきつめて考えるのも疲れた。此の秋は何度風邪をひくのだろう。もう3回目だ。矢張り身体が弱っているのかもしれない。が弱気は禁物。私がたおれたら一家滅亡。子供は何としても守らねばならない〉（十月十六日）

感情の波が激しい夫を刺激しないよう心を砕き、気をつけているつもりでも、ときとして地雷を踏んでしまう。軽はずみな言葉を口にするのは慎もうと思い直す。口論したところで意味はない。ただ傷口を広げるだけだ。自分がのみ込めばすむ。啓子は次第に自分にそう言い聞かせるようになった。

初公判の五日後、どうやっても通じ合えない夫への思いをつづっている。

〈パパが弱っているなと思う時、一生懸命はげましているつもりだが、果してその気持も通じているかどうか疑わしい。さして感謝している風もないし。絶望感を身体ごと私にぶつけて、少しでもなぐさめの様なものを求める姿勢であれば、私も応じ、すべてを投げ出しても協力できるが、今の様な中途半端な生活は息苦しい。私には力になれる能力がないとはじめから問題にしていないのか。私にはもう何の魅力も感じていないのか。夫婦とは何なのか。私達はこのまま事件とは別問題として、夫婦でいていいのか。果して、夫婦と云《い》えるか〉（十月十九日）

週刊誌の報道は洪水のようにあふれ、途切れることがない。

決して手にしようとはしない夫の代わりというわけではないが、啓子は新聞広告などで記事を見つけると、自宅から離れた書店へ足を延ばして買い求めた。

何があったのか、嘘も含めて全部知っておきたい。知っておかなければならない。そんな思いに駆られていた。夫のように目を背けたほうが楽なことはわかっていた。読んだら苦しむのは間違いない。それでも、知らずにはいられなかった。

夫に相手への思いがあったのか、それとも単に情報をとるためだったのか。

関係はいつはじまって、いつ終わったのか。それとも、ずっと続いていたのか。

わきでる疑問を無視するかのように、夫は一切、説明しようとしない。問いただせば、癇癪《かんしゃく》を起こして怒鳴りつけられるだろう。

そのためもあって、啓子は事件に関する情報なら、どんなものでも追いかけた。週刊誌を買うと、住宅街の一角に残る田んぼのあぜ道に車を止め、運転席でひとりページを繰った。読むたびに、まるで鉄板をはめこまれたように背中が重くなった。それでも、手に取らずにはいられなかった。

〈赤信号の間にチョコチョコ読み、（略）厚生年金の前の道を気づいたらサーと通りすぎていた。ハッと気がついた時は橋の所まで来ていた。取締りがないから良かったものの、かなりのスピードを出していたらしい。冷静に冷静に〉（十月二十日）

その二日前には、「週刊朝日」と「週刊文春」で、女性事務官の記事を読み、めずらしく彼女について触れている。

〈あの様な立場に置かれた場合、だまされたといってしおしおしながら改悛の情を示す方が一番世間受けをし、裁判にも有利な姿勢である事は間違いない。エルズバーグを求める事自体、無理だと思う〉（十月十八日）

エルズバーグとは、ちょうど一年前にアメリカでベトナム戦争をめぐる機密文書「ペンタゴン・ペーパーズ」をニューヨーク・タイムズに提供したダニエル・エルズバーグ博士のことだ。戦局の転換を狙ったトンキン湾事件をめぐって国民に嘘を重ねる政府への不信感から、エルズバーグはみずから文書の作成にもかかわった当事者でありながら、メディアへ告発したのだった。

夫と関係を結んだあと、求められて情報を漏らした女性事務官を、みずからの意思で国の嘘を暴いたエルズバーグと比べることはできない。啓子は冷静にとらえていた。

〈仮に彼を愛していたから……と開き直られたら、私の立場はどうなる……。H氏が少々嘘をついたとしても、それは仕方がないのではないか。裁判に対しては許されない事なのかもしれないが〉（十月十八日）

逗子《ずし》にある実家の母が訪ねてくることもあった。夫の気まずそうな表情が目に入る。傷つけられたのは自分なのに、両親への後ろめたさが募る。

〈ゆっくり老後を楽しむ事も出来ず、全く申し訳ない。神よ、父母に安穏な日々を与え給え！〉（十月二十日）

信仰をもっているわけでもないのに、神という言葉をつづっていた。ただ、祈るよりほかできなかった。

弁護士からは、夫から目を離さないようにと念を押されていた。

「あまり家にこもってばかりいると拘禁性ノイローゼになりますから、ときにはドライブに連れだしてください」

そう言われても、いったいどこへ行けばいいのか。ふたりきりでは気づまりで話も続かない。ほかの人がいなければ、会話らしい会話にならなかった。

そんなとき、「女性自身」（七二年十一月四日号）に、女性事務官への「三〇問三〇答」が掲載された。三ページにわたる独占インタビューには、「西山記者は私に詫びていない！」という大きな見出しの文字が躍っていた。

〈――事件のことで何かいいたいことがありますか？

「(眉をくもらせて) 私が軽率だったばっかりに、こんなことになってしまって……外務省の上司の方々やいろんな人に迷惑をかけてしまいました（略）それから、わがままでしょうけど（とうつむいて）一方では、このことはもう一刻も早く忘れたいという気持ちもあります」

――〝Hさん（注・原文は実名）のことを考える女性の会〟は、あなたにもっと勇気を持ってほしい、といっていますが……？

「（不満そうにしばらく沈黙）〝知る権利〟に協力しないからといって、私の意識が低いといわれますが（と顔をあげて）私はそれに反発を感じてしまうんです……だって……夫もいいますが〝知る権利〟の前に、個人的人権、幸福追求の権利（と一言一言かみしめるように）健康で文化的な生活を送る権利があると思うんです……それを破って、不幸のどん底に人を落としこんでも〝知る権利〟が大切だと……それでもいいんでしょうか」

――事件前の西山記者はどんな印象でしたか？

「（青ざめてうつむくとボソボソと）外務省の女子職員の間では……私を含めて、頼もしい人物だと映っていました……」

――彼とはどんな場所で何度くらい会いましたか？

「（うつむいたまま低い声で）思い出しただけで気持ちが悪くなりますので……答えたくありません」

――西山記者を魅力のある男性だと思いますか？

「いまですか？（と顔をあげて）とんでもない！（と吐き出すように）私が軽率でした」

――では、いまの気持ちは？

「(くやしそうに) あんなに嘆願して (マル秘書類のコピーを) やらせといて……社会党に渡したことなど、ひと言もいわないで……事件が発覚すると (と激高した口調で) 電話で (略) 〝ちょっとしたミスでこうなった〟なんて……彼は男らしくない人間です。関係もないのに横柄に〝役所をやめてもらう〟といわれた言葉は (と声をふるわせて) 私一生、忘れられませんわ」

――事件後、西山記者からおわびなり、なんなり、何か連絡はありましたか?

「(即座に) 全くありません」

――いま、彼に何をいいたいですか?

「彼は公判のとき〝個人的な関係は自ら裁く〟といっていますが、(と顔をあげて) では、これまでになぜ、もっと早くおわびのひと言もいわないのでしょうか? 公判のときだって、あれは裁判長にわびたもので、私にわびたものとは受け取れません」

――最後に、いまの隠遁《いんとん》生活はいつまで続けますか?

「(すがるような表情で) それはもう……世間が忘れてくれさえすれば……それに (注・毎日新聞による) 賠償の目鼻がつけば (と声を落として) でも、当分はまだまだ、いまの状態が続くと思います……悲しいけど (とポツリと) 仕方がありませんわね……」

第二回の公判が迫り、日記には冒頭陳述についての記述が目立っていく。

冒頭陳述では、夫が女性事務官とどのように関係を結び、どのようにして機密電信文を入手したかという容疑事実を検察が詳しく再現する。「情を通じ」という言葉で起訴した検察がはたしてどういう表現で、どんな物語を仕立ててくるのか。

啓子の気持ちが波立つのも無理はなかった。

〈検察側の冒陳に社会部は頭をかかえている様。新聞に「肉体関係」「情交」の言葉を載せる事は全く不名誉な事であろうし、イメージダウンにもなる〉(十月二十二日)

啓子は日記に〈またひとつ試練〉と記し、覚悟を決めているつもりだった。それでも、冒頭陳述の内容を事前に弁護士から知らされ、あらためて夫の不実をつきつけられると、穏やかではいられなかった。

〈情を通じの代わりに肉体関係との表現にしてあったとの事。なにか聞きなれた言葉とは云え、妙に生々しい表現であり、いずれにしてもキタナラシイ感まぬがれない。Japan Times の romantic relation 風の表現はないものか〉(十月十九日)

とはいえ、かりに「恋愛関係」と訳されたとしても、起きたことが変わるわけではないだけに、心穏やかではいられなかっただろう。

裁判がはじまって、忌まわしい記憶だけが生々しく呼び起こされるというのに、夫は謝るでもない。狭いアパートでは、声を上げてケンカすることもできない。思いを吐きだす術《すべ》はなく、次第に夫への思いは薄れていった。

〈言葉のきたなさもともかく、実際の事実関係（略）に間違いはないのだ。妻というものの立場はどうなる。全くどう考えれば良いのだろう。心が定まらず、はげしく動揺する。パパとその事で話し合う。やり切れないこの気持も時にははけ口としてパパにぶつける以外ないのか。気持としては、別れた方がお互いに気持の上でスッキリするのではないかと思う。どうして此の様な運命〉（十月二十四日）

ついに「別れ」という言葉を書きつけたものの、すぐに結論が出せるわけではない。揺れながらも、なんとか日常に留《とど》まりつづけようともがくしかなかった。

〈球根植える準備。来年花の咲く頃は、どの様な状態で迎えているのだろうか。恐ろしい気もする〉（十月二十五日）

そして、第二回公判を迎えた。

検察による冒頭陳述では、夫が外務省の機密文書を手に入れようとした動機について、次のように述べている。

〈西山は沖縄返還交渉の前記懸案事項につき、その交渉過程などを通常の方法で外務省当局から取材することが至難であることに焦慮していた時期であり、加えて、この問題に関する各新聞社の取材競争が熾烈《しれつ》であったため新聞記者としての競争心もあって是非H（注・起訴状では実名）から情報を得ようと考えた〉

そのため、夫は強引かつ執拗《しつよう》に秘密文書を持ちだすよう働きかけた、とされていた。

たとえば、次のようなやりとりが再現されている。

西山　取材に困っている。助けると思って、（秘書として仕える）安川（審議官）のところにくる書類を見せてくれ。

事務官　そんなことできない。

西山　絶対に外務省、安川さん、もちろん君にも迷惑をかけないから。書類の内容を頭に入れておいて、記事を書くときの参考程度にするだけだから。

冒頭陳述で明らかにされた事実のなかには、啓子が初めて知ることも少なくなく、あらためて活字でつきつけられると、心に重しのようにのしかかってきた。

公判のあと、電話をかけてきた弁護士の山川は、男女関係のくだりについて軽い調子で言った。

「さらりと書いてあり、どうということはなかったでしょう」

そんなはずがあるわけがなかった。啓子は煮えたぎるような怒りを押し殺しつつ、なんとか読みとおしたのだった。とはいえ、正直にそう打ち明ける気にもなれない。

「ある程度は事前に主人から聞かされていたので覚悟をしておりましたが、読んで気分のいいものではありませんでした」

でも、起訴状のときと比べるとずっとショックは少なかったのでは、と山川はたずねる。たしかにそうかもしれないが、矢が胸を射るような痛みに大差はなかった。

「あのころは自分の意志というものはまったく働かず、ただ機械的に体を動かしていた状態でしたので……」

わかってはもらえない。わかってもらえるはずもない。言葉を濁すしかなかった。

公判が終わると、夫は新幹線に乗り、逃げるように母親のいる故郷・北九州へ向かった。次回の法廷までしばらく羽を伸ばすという。向こうにいたほうが自由に歩き回ることもでき、わずかでも気持ちも晴れるだろう。

そう思って送りだしたものの、東京に残された啓子はただ日々をやりすごしていくしかない。日記のなかで、こどもたちに語りかけるかのように自問自答していた。

〈ママはどうしたらいいのかしら。あなた等の幸せの為《ため》にはパパが必要かしら。あの様なパパでもあなた等は欲しいかしら。（略）ママは此の現実に背を向けたくはない。そして、負けたくない〉（十月三十一日）

しかし、思いとは裏腹に、啓子は心だけでなく、体もきしみはじめていた。だるさが残り、左下腹には原因のわからない痛みが走る。疲れからか、体の芯がしぼんでいくような感覚もあった。

冒頭陳述の二日後、熱を測ると、三八度五分まで上がっていた。気分がすぐれず、思わず寝込んでしまう。そして、なかなか起き上がることができない。

〈休みの日なのに子供達何処へも連れて行けず一日寝ている。けだるい

パパよりtel　子供の声を聞かせろとの事?·?〉（十一月三日）

遊び盛りのこどもたちをどこへも連れだせずにいることに自己嫌悪を覚えつつ、外へ出るのが億劫《おっくう》に感じられてならない。かわいそうと思いつつ、胸のうちでは「許してね」とわびていた。

平日になれば掃除、洗濯、布団干し。こどもたちの送り迎えも代わる者はいない。すべてをひとりで切り盛りしなければならない。このころ、啓子は何度か〈けだるい毎日〉と記している。

あるとき、アパート近くの電柱で工事をしていることに気づいた。妹の家に身を寄せていたときにも、不自然にみえる電話工事があった。

「盗聴されているんじゃないか」

神経が高ぶっているからか、その疑いは一度抱くと消えない。消えないどころか、ますます膨らんでくる。しばらく、寝つけない夜が続いた。

啓子は思い切って近くの電話局に行って確かめてみることにした。窓口で趣旨を伝えると、担当者はそっけなかった。

「こちらでは、そのあたりで電話の工事はしていません。そういうことは認められてはいないんですけどねえ」

どこか思わせぶりな口ぶりだった。

だとすれば、いったい、だれなのか。

電話局は調べるわけでも、やめさせようとしてくれるわけでもない。ただ、無関係というばかりだ。相談しようにも、警察には行けない。根拠があるわけではなかったが、夫を逮捕した警察こそ怪しいと思っていた。落ち着かないものの、どうすることもできず、途方に暮れた。

ある昼下がり、玄関の薄いドアを叩く音がした。なかにいたのは啓子ひとりだった。

「西山さんですか」

そう聞かれて、言葉につまった。しかし、認めるわけにはいかない。どうやら週刊誌記者のようだ。

「じつは、この周辺のアパートを探してましてねぇ」

名前を変えて契約しているのに、なぜ住所がわかったのか。動揺を隠してドア越しに応じようとしたものの、続く言葉が出てこない。啓子はとっさにドアを開け、みずからの顔をさらした。

「そんな人、知らないわ。大家さんの家があそこにあるから、そこで聞いたらどうかしら」

記者が立ち去るのを確かめると、閉めたドアの前でそのまま床に座り込んだ。しばらく動くことができなかった。

公判翌日の十一月十六日は、十三回目となる結婚記念日だった。いつもはささやかに祝うものの、夫は余裕がないのか気づいていないようだ。いや、気づかないふりをしていたのかもしれない。啓子もとても祝う気にはなれず、そのままやりすごしたが、淋しさがひたひたと胸に染みてきた。

〈(結婚式を挙げた) あの時、今日のこの事あろうと誰が思っただろうか。運命のなせるわざとは云え、あまりに悲惨だ。此の件については沈黙を守る事が第一だと分りながら、つい口に出、ぐちになり、不愉快な気分になる。愚かなりし我が心を、そのまま地で行っている様な有様。我ながら恥かしい気持と悔んでも悔みきれない思いがする。何故この様な事を繰り返すのか——それは矢張り、パパの気持が全然、私の心にひびかないせいではないかと思う。彼の心の中に果して私に対する気持……思いやりとか、詫びの気持、いたわりの気持が存在するのだろうか。その時一度あやまれば、もうすんだ事だという傲慢な気持がいつも感じられる。私の思いすごしだろうか〉(十一月十六日)

自分にそう問いかけながら、こう続ける。

〈十三年目を迎え、もう一度、自分自身を良く見直し、彼を良く見直し、子供達の事を考え、結論を出したい。何か今のところは絶望的……〉(同)

日記では、その翌日分の見開きのページが糊《のり》で貼り付けられている。ほかにも、記述のところどころが、ざっくりと黒塗りされている。歳月をへて読み返した啓子が、当時のほとばしる思いを封じ込めた跡が生々しい。

夫と顔を合わせても、かわす言葉を見つけださなければいけないことに疲れはて、狭いアパートに閉じ込められた日々にも限界が近づいていた。

ある日、こどもたちを寝かしつけると、夫は火がついたように怒鳴りはじめた。

「離婚しよう」

なにがきっかけだったか、ついにその二文字が飛びだした。まだ時期が早すぎる、と啓子は首を振った。それでも、夫は続ける。

「一審が終わったら別れよう」

啓子が答えを口にするより早くふすまが開いて、十歳の長男が駆けだしてきた。

「いやだー」

寝ていると思っていたが、とげとげしい両親のやりとりに耳をそばだてていたようだ。

「パパとママが離婚するなんていやだー」

そう言って、狂ったように泣きわめいた。啓子は我に返って、息子を抱きとめた。

「わかった。約束する。ぜったいに離婚しないから」

何度も何度も、そう繰り返した。息子の背が反り返るほど抱きしめるしかなかった。

そのわきで、夫は茫然《ぼうぜん》と見ているだけだった。

もはや、夫婦という感情とは別の次元へと思いが移っていた。啓子は諍《いさか》いをしたくないから口をつぐみ、諍いをしたあとの虚《むな》しさが嫌だから黙っていた。息を殺し、感情も殺し、目の前の時間をやりすごす。

そんな日々に堪えかねたのか、音を上げたのはまたも夫のほうだった。

「あんた、いろいろ考えたけど、やはり離婚したほうがいいんじゃないか。こどもたちが西山姓のままじゃ生きていかれんだろう。将来がない。あんたの姓に変えたほうがいいんじゃないか」

小さな丸いちゃぶ台の前にちょこんと座って、夫は言った。たしかに、あの西山の息子というのでは生きづらくなるだろう。妻への愛情が残っているようにも思えなかった。別れれば、息がつまるような暮らしから逃れられる。

でも、毎日新聞の同僚や弁護士たちが、夫を守るために力を尽くしてくれていた。そのありがたみが身に染みているだけに、自分たちの都合だけで別れることはできない。

離婚はしない、とこどもたちに約束してもいた。

それに、もし別れれば、週刊誌の餌食になることがわかっている。こんなときに彼らを喜ばせるようなことは意地でもしたくなかった。

それでも、思いは揺れ続けた。

師走に入ると、啓子は気持ちを切り替えようと、工事を中断したままの新居に思いを振り向けるようになる。ふいに時間があくと、成城界隈《かいわい》に車を走らせては、瀟洒《しょうしゃ》な家々を見てまわったりした。

〈いちょう並木角のベージュの家が一番落ち着いたたたずまいをみせ、感じが良かった。どうせなら、あの感じにしたい〉（十二月四日）

アパート前の小さな庭にユリが白い花を咲かせたときには、思わずこう記した。

〈花は良い！　早く成城の家に落ち着き、花作りでもしたい。自分の好みの花を一杯咲かせて楽しみたい。子供達の情操教育にもなるし〉（十二月七日）

だが、家を建てるのはもう少し待つように、と弁護士から言われていた。

事件直後から、夫が外務省の機密電信文を暴いたのは、佐藤栄作を首相の座から追い落とすためではないか、と疑われていた。そして、佐藤の政敵からカネをもらったのではないか、などとも噂されていた。

かりに夫が金銭を受け取って政治的に動いたというのであれば、国の嘘を国民に知らせるためではなく、みずからの懐を潤し、親しい政治家の意に沿うための行為だったということになる。それが事実ならば、指弾されても仕方ないだろう。

しかし、夫は茶菓子ひとつ、一銭たりとももらったことはない。実際、検察が預金通帳や銀行口座を調べたものの、なにもなかった。疑わしいことがあれば黙っているはずはない。

「その点は完全にシロですから、安心してください」

弁護士からも、そう言われていた。

とはいえ、余計な誤解や批判を招くことは避けなければならなかった。

週刊誌の報道は五月雨式に続いた。裁判の期日に合わせるかのように途切れることはなかった。

「知ってると思うけど、また書かれているらしいのよ」

朝早く、妹から電話が入った。こんどは「週刊アサヒ芸能」(七二年十二月七日号)。しかも、俎上《そじょう》にあげられているのは啓子だという。啓子はすぐに、記事を手にしているという親戚に連絡して、電話口で読んでもらった。

〈「彼女(西山夫人)の実家は、逗子(神奈川県)でも指折りの名門でして、家屋敷なども広壮なもンだよ。彼女は県立の湘南高校を出てから学習院大に入ってるんだが『学習院じゃロクなこと教えてくれない』ってんで、翌年、慶応大文学部に入り直してるんだな。慶応では新聞サークルに入り、ま、ここで先輩の西山と知り合ったというわけだ。西山はむろんだが、彼女も有能な部員だったらしいぜ。いずれ『浮気してもいいから言論の自由を』って、亭主のケツピシャピシャ叩くようなタイプの女だよ。だいいち、西山にゾッコンだったからな」(消息通の話)〉

文学部、新聞サークル、夫との馴れ初め……。いずれも事実ではない。そのうえ、啓子を中傷するようなコメントが続いている。

〈「背の高い理知的な顔をした奥さんですけど、ツンツンして、人を見下すようなところがありましたね。絶対、他人に心を打ち明けず、つねになにかを警戒してるっていう

ふうな感じもありました。あの方（夫人）、内にこもる性格じゃないかしら」（注・近所の人）〉

〈「一見、お嬢さんタイプだが、シンの強い女だし、底意地もかなりはってるよ。西山から裏切られたという気持ちは、奥底にじっくり培養しているハズだから、そのうちにおそらく大爆発させるんじゃないかな」（注・縁戚のひとり）〉

啓子にとっては記事の粗さよりもむしろ、話題の尽きたほかの週刊誌が似たような記事を書き散らしてくることのほうが気がかりだった。日記には、こうある。

〈divorce の問題は待ちかねている問題であろうから、誰が此れ以上の話題を週刊誌に提供するものですか。腹だたしさで一杯。…………〉（十二月九日）

思いがあふれたのか、最後の一文はまたも塗りつぶされていた。

裁判の準備に関連して、啓子のもとには弁護士の山川からよく電話がかかってきた。

「ご主人はすっかりお元気の様子で、大野先生とともに安心しています」

夫も外では気丈に振る舞っているのだろうが、返す言葉を探しあぐねる。家で見せるすさんだ姿との落差に戸惑っていた。

「人間ですので上がったり下がったりがあります。とくに落ち込んでいるときは『生きてる意味がない』なんて申すものですから、困ってしまいます」

話題は、夫を支えてくれる毎日新聞の同僚のことへと移った。

事件直後、毎日新聞の政治部員たちは夫への励ましをつづったノートを送ってくれた。

〈この試練に耐えて一日も早く戦列に復帰してほしい〉
〈世を憂える西さんの熱情、必ずわかってもらえる日がくると信じる〉
〈信念は信念、情念は情念。千万人が敵となろうとも、オレは最後までお主の側に立つゾ〉
〈〝西山親分〟の帰りを待つ〉
〈一億人がみている。民主主義がかかっている。カラダを大切に〉

ある同僚からは、思いの込もった封書も届いた。日付は七二年四月十五日。起訴状が出た日に書かれたものだ。

〈きびしい新聞記者の道は刃《やいば》の上を渡るもの。問題の核心にまともに鋭く迫ろうとすればするほど、そこに刃がある。適当にホイホイと立ちまわっていれば、そんな苦労はな

かろう。けれども、それを新聞記者といえるのか。運命の痛烈な皮肉を感じる。（略）

君のようなすぐれた仲間が、いま戦列を離れようとしているのは何といっても悲しい。

（略）

これからの戦いで、君は決して孤独ではない。

それを心に留めながら、背筋を伸ばしてしっかり前を向いて進んでいってもらいたい。毅然《きぜん》とした魂と、謙虚な心と、そして西山太吉らしいファイトをもって、新しい人生をきり開いていかれるのを切に祈っている〉

弁護士の山川が語りかける。

「部下の人をかわいがっていらしたからでしょう」

「かわいがるよりむしろ、しごいたほうだと思います」

啓子はそう言って、笑った。

男の世界での男同士の結びつきというものが弁護士にも好ましく映っているということが、啓子には素直にうれしかった。冷え切った思いのなかで、夫の人間的な魅力がたしかにある、ということを思いださせられたような気がしていた。

こうした人たちの存在は財産でもあるのに、夫は無自覚にみえるばかりか、みずから心を砕くほどの余裕はなかった。人を大切にするという意味では、啓子こそ、もっと大切にされてもいいはずだった。

夫婦間の隙間はたしかに、そしてとめどないほどに広がっていた。

ある日の昼前のことだった。

啓子が新聞を広げておにぎりを食べていると、夫が起きだしてきた。前夜の感情的なやりとりのしこりが残り、どことなく気まずい。たがいに言葉を見つけられずにいたところ、夫が突然、口を開いた。

「もう、小倉《こくら》から打ち合わせや裁判に通うことにするから荷物を送ってくれ」

いかにも唐突だったが、そう言われれば、ご自由にどうぞと言うほかない。心が通うやりとりもなく、心配して口をはさめば「うるさい」と一蹴される。もはや、どこにも救いは見当たらない。

年末には出ていく、と夫は宣言した。

クリスマスを前に知人から電話があったとき、夫はまもなく北九州へひとりで帰る、と伝えた。

「別々でさびしいですね」

そう言い切られると、かえって強がりたくなる。

「私どもには、お正月はないと同じですから」

嘘ではなかった。とても、新年を寿《ことほ》ぐような思いにはなれなかった。

日記のなかに、ひときわ目立つページがある。十二月二十八日の日付とともに、大小の手形が押してある。啓子と次男のものだ。どういう心持ちだったのか、文字はなにも記されていない。ただ、啓子の年齢があるだけだ。

〈三十七歳十一ヵ月〉

試練の年が終わろうとしていた。

〈今年が果してどの様な年になるのか恐ろしい様な気がする。唯、私の新年に際しての心構えとしては、出来得る限りの忍耐と努力の年である事。そして、子供二人の幸せという事を考えなくてはならない（略）心の傷は私の生のある限りいえる事なく私を苦しめるだろう。それが私の宿命なのだろうか。時として生々しく血をふき出す此の傷をどう手当てして行くか〉（七三年元旦）

穏やかな元日は、こどもたちとトランプをしたりテレビを見たりしてすごした。昼前、妹がふたりの息子を逗子の実家へ連れだしてくれる。

「ママも、一緒にくればいいのに」

そう言われたが、ひとり静かにすごしていたかった。

夜になると、啓子はめずらしく酒を口にした。お屠蘇《とそ》をなめながらテレビをつけた。

ブラウン管の向こう側の騒ぎをぼんやりと眺めながら、ほとんど感情が動かない。ものを考える気にもならない。ただ、時の流れに身をまかせるように横になった。

翌朝、逗子の実家までこどもたちを迎えにきてほしい、と連絡が入った。あるいは、啓子をひとりにしておかないほうがいいと考えてのことだったかもしれない。このとき、「週刊ポスト」が新年号で、女性事務官の弁護士のインタビューを報じていると知らされた。

落ち着きかけると、雑誌が取り上げる。その繰り返しに、さすがに消耗していた。気持ちを穏やかに保ち続けるのは至難の業だった。

そんな心中を察してか、山川が語りかける。

「本当によくここまでこられた、と（弁護団で）話していたんです」

そして、あらたまった口調でこう続けた。

「西山さんは、奥様のような〝賢夫人〟をお持ちだから、ここまで頑張ってこられた、と私どもも感じ入っています」

啓子は一瞬、言葉を失った。うれしさより、恥ずかしさが先にたつ。

「いいえ、そうでしたら、このようなことは起こらなかったわけでございまして。そうでないからこそで……。お恥ずかしく思っており、私も反省いたしております」

啓子のスキャンダルをかぎまわる週刊誌記者たちもいた。懇意にしている、いとこの毎日新聞記者がそう教えてくれたときには、こう言った。

「私には（スキャンダルは）ないから、大丈夫よ」

結婚は二度とごめんだ、と思っていた。


一月中旬になると、秋に植えたチューリップがようやく芽を出した。

いったい、春はいつ訪れるのか。

啓子にははるか遠く思えてならなかった。

第七回の公判が終わると、夫は再び、北九州へ戻った。

その後、夫からはほとんど音沙汰がなかった。怒りと虚しさが混じりあう。いったい、家族をどう思っているのか。裁判の打ち合わせで東京に戻る前にならないと電話もかけてこない。梨のつぶてという状況にまた、気持ちがざわつく。

そして、息子にとっての父の不在についても思いをめぐらせていた。

〈父と息子というものは得てして断絶しやすいものであるが、その時期を上手にくぐり抜けて欲しいものだ。ことに、此の様な問題をかかえている時だけに、その願いは切実である〉（一月二十六日）
〈全然勉強せず。やる気が全くない。ビートルズをぼんやり何時間でも聞いている。英語の問題集を二ページずつやる様にしているが、それをすればもうすんだつもりである。注意すべきか、放っておくべきか〉（六月二十七日）

しかし、啓子に父の代わりはできない。両親の不仲を感じ取っているであろうこどもたちに、なにをしてあげられるというのだろう。

不思議なことに、夫のいない空間にはどこか歯の抜けたようなさびしさが漂っていた。なぜだかふいに、居間の片隅で背中を丸めていた夫の後ろ姿がよみがえる。続いて、精も根も尽き果てたかのような、うつろな目。眉の間に刻まれた二本の皺。そして、無精ひげ。あんなにも変わってしまうものなのか。

裏切られたのはまぎれもなく自分なのに、啓子はその痛みよりも、遠く離れた夫のことが気がかりだった。同情と憤り、虚しさと哀《かな》しさが入り混じりながら、放っておくことができない。このまま命を絶つのではないかと心配になる。気持ちは離れているにもかかわらず、このまま終わってしまっていいのか、との思いも消えない。別れを考えながらも、断ちがたい思いに揺れていた。

ある日、啓子のもとに北九州の義母から電話が入った。

「薬を持っているようだけど、大丈夫かしら」

夫がどこからか睡眠薬を大量に手に入れたというのだ。しかし、どうすることもできない。死なないでほしい。ただ、祈るしかなかった。

でも、夫は死を選ばなかった。

死んだら負けたことになる。嘘をついた政府から、ほらみたことかと見下される。そう思って踏みとどまったのだと、あとで知った。

啓子もまた、死を思うようになる。

ある日、気がゆるんで疲れがでたのか、まぶたが重くなった。畳に横になると、すうっと誘い込まれるように眠ってしまった。そんな日が続いた。

〈何と長く、短い此の一年。思い返すごとに胸が痛む。涙もでない様な此の一年。心の荒廃より果して抜け出すことが出来るのだろうか。考えたくない……。思い出したくない……。生きることの重さをひしひしと一瞬感じる。すべてから逃れ得るには、死よりは道はないのだろうか。何かに救いを求めたい……。弱い自分がうらめしい。もっと強く、強く、つよく……〉（二月二十一日）

頭では、命を絶つことなどできないとわかっていた。そうしようと思っていたわけでもない。ただ、疲れはてていた。夫は東京から逃げだしたが、啓子にはこどもを置いて逃げる場所はない。

ああ、楽になりたい。なにもかも投げだしたい。

そんな思いが一瞬よぎったのだった。

それでも、なんとか生きていかなければならない。

時間を見つけては、アパートの前にある小さな庭をいじった。水仙の白い花が一輪開き、チューリップにつぼみがつきはじめ、ヒヤシンスは最盛期を迎えた。それでも、気持ちが華やぐのは一瞬で、胸の空洞は埋まらない。

街角で知り合いを見かけても避けてしまう。どうしてるの、と聞かれたときに、答える言葉が見つからない。あるとき、デパートのなかで中学時代の同級生と二度、三度とすれ違った。啓子は気づかないふりをして通りすぎるほかなかった。

気を抜くと、仮住まいの狭いアパートにはモノがあふれてしまう。荷物を整理し、モノは増やさない。そうした丁寧な暮らしを身につけるには悪い環境ではない。啓子はつとめて前向きに考えようとしていた。

〈大分ふとった。体が重い感じがする。もっとすっきりとした娘時代の軽々しさを取り戻したい。痩せている方が身体がよく動き、気持ちも良い。間食をなくし、米、パン類、甘味を減らさなくては絶対だめ。強い意志の力が必要〉（二月二十四日）
〈此の所、顔色がさえず、何かむくんでいるような感じあり。顔色は少々土色っぽい感じがする。疲れやすい。根気がない。中年になると〈この中年という言葉は非常に嫌な言葉〉皮膚の透明度がなくなってくる事は分っているが、それにしてもあまりにさえない〉（三月二十五日）

そして、三月二十七日がやってきた。

夫の流した電信文を社会党の新人議員が国会で振りかざしてから一年がすぎた。

〈何と忙しく苦しく緊張した一年であった事か。あまりに張りつめた糸はある日突然に音もなくプツンと切れてしまうのではないかと思った日も幾度か。それとも大きな音と共にプツンと切れるかも……〉

忍耐の日々も限界が近づいていた。

啓子はついに、精神の不調を訴えるようになる。

〈いつもは疲労感がどっと出て、ぐっすり眠ってしまうのに今度はどうも解放感もなく只空虚な感じが胸一杯に広がり、何か様子が変で神経がやられたのではないかと心配。精神科の医者にかかる自分を想像しただけでもぞっとする〉（六月七日）

第十四回公判では、被告人尋問のため女性事務官が法廷に現れた。啓子が直接、耳にすることはなかったが、そのときの一部を再現してみよう。

検事　外務省の書類をもちだしました西山に渡した動機の点につきましては、(略) いろんな理由がありますね。それが同じような重みがあったのか。あるいはなにか特別、ひとつ重みのあるものがあったという上で出したというのか、その点はどうですか。

事務官　いろいろな理由がございますけれども、そのなかでやはり最も重いというか……。

検事　特殊なそういう関係ということですか。

事務官　はい。私にとって、やはりいろいろな理由はございますけれど、なかでも西山記者との間の特別な関係というのが明るみにだされることを私は非常に恐れていました。

ここで、西山の弁護人、大野が尋問に立った。

弁護人　五月十八日以後、最初に電話がかかってきたのがたぶん五月二十一日ということのようですが、そのときには場所の指定はだれがなさったんでしょうか。
事務官　私がしました。
弁護人　あなたのほうからバーを指定されたわけですか。
事務官　はい。西山さんから電話がございまして、西山さんが当然、場所を指定すると思っておりましたところ、西山さんからの指定がなく、いつまでも電話にでていると同僚の山田さんの手前もあり、私、ちょっと困りまして、自分が一、二度行ったことのあるホテルニューオータニのバーを指定したのです。
弁護人　八月ごろに一ヵ月近く、西山さんがアメリカに行っていますが、その間、何回くらい、あなたは西山さんに書類を送ったことがありますか。
事務官　それはちょっと記憶にありませんけれども、二回だった……。
弁護人　もう少し多くなかったですか。
事務官　二度か三度と記憶しています。
弁護人　西山さんとの個人的な間柄が切れたのはその年の九月、二度目の西山さんのアメリカ行きのあとの九月十四日、十五日ころだということですが、それには間違いないでしょうか。
事務官　私はもっと早い時期ではなかったかと記憶しているんですけれども、私の記憶間違いかもしれません。
弁護人　九月ごろにも秘密文書をお渡しになったことがあるんじゃないですか。
事務官　ちょっと記憶にございませんけど。

それまで、最後に会ったのは「八月初め」と語っていた供述内容を突かれ、言葉につまったようだった。ここから、女性事務官の弁護人が代わって尋問する。

弁護人　あなたのさきほどの供述を聞いておりますと、西山記者にあなたが文書をだしたということのもっとも大きい理由は、特殊な関係がばれることが怖かったからだ、とおっしゃいましたね。
事務官　はい。
弁護人　しかし、西山さんがあなたに「ばらすぞ」と言ったようなことはあるんですか。
事務官　それはございません。
弁護人　それならばなぜ、怖かったのですか。
事務官　別になにも西山さんから直接そのような言葉を言われたことはありませんけれども、私は主人から折に触れて、「男の人はそういう関係ができたときに、よく人に話したがるものだし、とくに新聞記者というのは口がそういう点では軽いから新聞記者は怖い人だよ」という話を聞かされたもんですから、すごくそれが自分の心に残っていました。

弁護人　ご主人はどうして新聞記者をご存じなんですか。

事務官　主人はもうずいぶん前ですけれども、以前、埼玉県庁に勤めていたことがございまして、そのころ、よく記者の方を知っていたようです。

弁護人　それであなたは、そういうご主人の言うことを信じておったということですね。

事務官　はい。

弁護人　明るみに出るということは新聞に出るとか、雑誌に出るということですか。

事務官　いいえ。そういう新聞とか雑誌とかいう以前に、私は人に聞かれる、とくに、主人にこのことを言っていませんでしたから、主人に知られるということと、それから自分の上司であって私を信用してくださっている安川外務審議官にひょっとしたら知られるんではないかというふうに恐れていました。そのバレるというのか、あからさまになるというのはそういう意味です。

弁護人　しかし、西山さん、そういうあなたの態度がわかっていたでしょうかね。あなたが一方的にそう思ったんじゃないんですか。だいぶん、誤解しているように……。

事務官　いいえ、やはり……。

弁護人　西山さんの言うことが本当とすれば、あなたの態度をだいぶ誤解しているように思うが、あなたはそういう態度を誤解されるようなことをなにか思われた節はありませんか。もっとそのことと離れて。

事務官　どういう意味ですか。

弁護人　頼めば秘密文書でもだしてくれるほど親しかったというようなことを、あなたが西山さんに思わせるようなことはなかったかどうかということです。

事務官　そのようなことはなかったはずです。

弁護人　それなら、「持ってこなければ、ご主人に言うぞ」「安川さんに言うぞ」と言ったわけでないのに、あなたがただ一人で恐れていたんじゃないのかということです。ご本人はわかっていただろうかということです。あなたが怖がっていることを。

事務官　それは、やはり、西山さんも西山さんの立場から、男の立場から女性を見た場合にわかるんじゃないでしょうか。わかっていたと思います。

一九七四年一月三十一日、わずかに雪がちらつく朝だった。

啓子は法廷で判決をじかに聞きたいと申しでたが、弁護士にたしなめられた。仕方なく、いつものようにテレビの前に座り、ニュース番組にチャンネルを合わせた。

女性事務官は「懲役六ヵ月の有罪」。

夫は「無罪」。懲役一年という検察側の求刑は退けられた。

だからといって、素直に喜ぶことはできなかった。

夫はすでに、辞表をしたためていた。アパートの部屋で、筆に墨を含ませていた腕の動きを思いだす。結果責任がある以上、ほかに身の処しようはないものの、あれほど打ち込んでいた天職を失うことになる。その無念を思うと、かわいそうでならなかった。

しかし、すべてが終わったわけではなかった。

判決の九日後、東京地検は控訴した。

「こどもたちとママをこの事件から解放しなくては……」

「物理的にこんな事件をなくしてしまわなくては……」

夫が口にする言葉は家族を思ってのものだったが、いくらか混乱してみえた。顔色はさえなかった。それでも、すぐに気を取り直したかのように威勢のいい言葉を吐いた。

「控訴したとしても検察のほうだって、今度はつらいぞ」

啓子は黙って聞いていた。

〈此のまま無罪、控訴なしというのは理想的ではあったが、弁論との兼ね合い又政界の一部に根強く残っている陰謀説に対する上にも控訴があってよかったのではないかとさえ思う〉（二月九日）

しかし、それは敗北へとつながる一里塚だった。

控訴から二週間ほどして、北九州にいる義母の容体が思わしくない、との連絡が入った。

がんの手術を受けたものの、目に見えて衰弱が激しくなっているという。

義母は美しい人だった。浅草生まれで、老舗の薬問屋の娘。まるでお雛様《ひなさま》のような顔立ちをしていた。大人になると三味線の名手として知られ、のちに西日本一と謳《うた》われる芸妓《げいぎ》となったという。遠く離れていたこともあるかもしれないが、嫁として一度も嫌な思いをしたことがなかった。

夫が逮捕される直前には、啓子が電話を入れた。

「新聞に大きく出るでしょうけど、びっくりしないでくださいね。心配はいりませんから」

詳細について語ることはなかったが、悪いことをしたわけではありませんから、と何度も強調した。新聞を見たあとで、義母はこう言った。

「新聞記者として誤ったことをしたわけじゃないだろう」

事件が起きて以降、裁判がはじまってからも新聞記事の切り抜きを欠かさなかった、と聞いた。

啓子はこどもたちの終業式を待って、夜行列車で小倉にかけつけた。義母が息を引き取ったのは、その二日後のことだった。

「ご臨終です」

病室で医師がそう告げた途端、枕元にいた夫はベッドの上の義母にしがみついた。

「俺がおふくろを殺したんだぁー」

吼《ほ》えるように泣きだした。まるで獣を思わせるような声が病室に響きわたる。啓子はなにも言えず、泣き叫ぶ夫をただ眺めていた。心の底からマグマを吐きだすかのような慟哭《どうこく》は、しばらくやまなかった。

「おふくろみたいな人と結婚する」

夫は少年のころ、そう口にしていたという。

毎日新聞に入社した夏には、これからの仕事に役立つこともあるだろうと、芸妓だった義母から小唄を二題仕込んでもらった。

そんな「理想の女性《ひと》」を、夫は永遠に喪った。

あとから知ったことだが、夫はその直後、義母が暮らしていた家の庭一面にチューリップを植えていた。ほかに花など知らなかった。ただ肥料をまき、球根を植え、水やりを欠かさずにいると、色鮮やかな花が次々と咲いた。

「ああ、植物は裏切らない」

しみじみとそう思った、という。

啓子もまた花に救われた。

一審判決からしばらくたって、ようやくマイホームを完成させた。八十坪の敷地に鉄筋二階建ての一軒家を建て、たっぷりと庭ももうけた。夫と離れたままの三人暮らし。啓子は丹精こめて花壇をつくり、花を欠かすことはなかった。

幼いころ、庭いじりの好きな父親がイギリスから園芸雑誌を定期的に取り寄せていた。その鮮やかなカラー写真をめくるのがなにより楽しみだった。写真からは匂いまで湧き立ってくるようで、あくことなく眺めていた。

その園芸が再び、啓子にとって生きがいとさえいえるものになっていた。


一審判決から二年後の七六年、東京高裁は逆転有罪の判決を下した。

さらに二年後の七八年、夫のもとに一通の封書が届いた。表には「特別送達」という判が押されている。最高裁の判決を知らせる通知だった。

〈懲役四ヵ月、執行猶予一年〉

二審で逆転した有罪判決が確定した。

弁護側は、沖縄返還協定に「(軍用地の原状回復補償費は)アメリカが自発的に支払う」と虚偽の記載をしたのは違法だから、機密電信文に書かれた「密約」は保護に値しないと訴えたが、退けられた。

無罪となった一審以来、女性事務官に反論しない方針を貫いたため、女性事務官の一方的な主張が垂れ流され、争点は男女問題にからんだ取材手法にしぼられた。その結果、密約が正面から問われることはなかった。ある意味で、潔さがみずからの首をしめたと言えなくもない。

しかし、ああなってしまった以上、ほかに振る舞いようはない。あれでよかったのだ、と啓子は思っていた。

ただ、ひとり北九州に留まる夫の胸中は測りかねた。夫のいない暮らしは不思議なほど穏やかで、その存在はすでに遠くなりすぎていた。

第三章　離　婚

それから、どれくらいの時間が流れただろう。長男が独立し、三つ違いの次男もいよいよ大学を卒業して社会へ巣立とうとするころ、啓子は選択を迫られていた。夫とすごすことのなかった東京・成城の家に住み続けるか、それとも夫のいる北九州へ引っ越してともに暮らすか。

それまで離婚を思いとどまってきたのは、なによりもこどもたちのためだった。少なくとも、そう思ってきた。

分かれ道を前に、ふたりの息子は口をそろえた。

「おふくろの好きなようにしたらいい。別れたかったら別れてもいいよ」

そろそろ潮時かもしれない。これ以上、耐え続ける理由はない。八〇年代後半、啓子はそんな思いを固めつつあった。

振り返れば、慶応大学の卒業を控えた四年の春、毎日新聞社会部の記者だったいとこに誘われて、ふらりと会社を訪れた。

西山は当時、入社三年目の運輸省担当。茶色のダブルの背広を着て、二十八歳という年齢のわりに老成している印象を受けた。一緒にお茶を飲むと、見かけによらず饒舌《じょうぜつ》だった。

「太吉という名前はねえ、本当はあんまり好きじゃないんだ。下関に父親がやっていた青果チェーンの支店があって、そのとなりで『炭鉱王』と呼ばれた有名なおじさんが太吉と言ってね。いつだったたか、気に入ってないと打ち明けたら、親父から怒られてね。日本一の炭鉱王と同じで、なんで恥ずかしいことがあるかって」

飾らない語り口と、のぞきみえる強烈な自負。同世代の男ともだちと比べると、はるかに大人びて見えた。

その後、日を待たずに、いとこを通じて「お付き合いしたい」と申し入れがあった。

啓子は六人きょうだいの三番目。大切に育てられたが、幼いころからずっと、言われ続けてきたことがある。

「だれから見られても恥ずかしくないように、きちんとしなさい」

祖父は町長を務めるほどの人物で、慶応大学時代には福沢諭吉から教えを受けたという。銀行員の父はまじめな性格で、趣味に生きていた。猟銃、釣り、園芸。犬も五匹飼っていた。

地元の名家だけに、一歩外に出れば、かならずだれかから声をかけられ、そのたびに挨拶を返さなければならなかった。そのため、啓子は気づかぬうちに、まわりの目を意識することが体に染みついていた。

戦争中に疎開した群馬では、燃料となる松の油をしぼるため、松の木を背負って学校へ運んだ。「東京の子は軟弱だから」と馬鹿にされたくなくて、手を抜かなかった。すると、いつしか膝に水がたまり、関節炎になって動けなくなった。長く入院した影響で、学年がひとつ遅れた。

その後、鎌倉女学院中学という〝お嬢様学校〟に通い、新制の湘南高校に進んだ。一学年四百人のうち女子生徒は一割ほど。クラスには四、五人しかいなかった。しかも、各中学校の成績優秀者ばかりが集まっているだけに学力が高い。こんなところに来ちゃって……と、啓子は後悔した。

それでも学習院大学へ進み、二年からは慶応大学法学部に編入した。面識はなかったが、西山は同窓の先輩でもあった。

西山は週末のたび、啓子の実家のある逗子まで訪ねてきた。

「ブンヤはだめだ」

銀行員だった父はそう言って、強く反対した。それでも顔を合わせるうちに、母親が認めてくれるようになった。

「あなたがよければ、いいわよ」

その言葉を知ってか知らずか、西山はかまわずやってきた。そして、いつしか食卓の席については、政治の裏話を披露するなど巧みな話術で場をにぎわせた。

啓子は、なにかに縛られているような息苦しさから抜けだしたい、とずっと思っていた。茶道、華道、香道、習字、能の免状をとり、花嫁修業に明け暮れる姉のようにはなりたくない。そう決めていた。

自由になりたい。解き放たれたい。結婚によってそれが手に入るのかどうかはわからなかったが、新しい暮らしがはじまることだけは確かだった。

ある日、実家の縁側に籐《とう》椅子を並べて座っているときだった。西山が顔を寄せた。

「結婚してもらえなければ、俺の人生が変わっちゃう」

突然のプロポーズを、啓子は深い考えもなく受け入れた。

一時、籍を置いていたという経済部の部長のところに挨拶にいくと、こう言われた。

「私なら、新聞記者に娘はやりませんよ」

その警告に気づけばよかったのにねぇ、と啓子は笑う。

民間出身の女性として初めて皇室に入った美智子さん（現上皇后）をめぐるミッチーブームが席巻した一九五九年、全国で八十五万組のカップルが生まれている。はからずも、ふたりはその一組となり、秋に結婚式を挙げた。啓子は二十四歳だった。

新婚旅行は箱根から京都へ。箱根では「奈良屋ホテル」の離れ、京都では「柊家《ひいらぎや》」に泊まった。十一月の京都は、文字どおりの底冷えだった。それでも、一般には入ることのできない修学院離宮を特別に参拝したほか、大原の三千院や比叡山《ひえいざん》へも足を延ばした。

行き先を決めたのは、すべて夫だった。啓子は後ろをなんとなく、よそよそしくついていくだけだった。どこか、おっかないと感じさせるところがあり、どうして結婚しちゃったのかしら、と思わないでもなかった。とはいえ、普段はしかめっ面ながら、時折、人懐っこい笑顔を見せる。その落差に惹《ひ》かれたのかもしれない。

正直に打ち明ければ、一緒に暮らしはじめたころから、自分でも不思議な結婚をしてしまったなあ、と思っていた。

「年取ってからのほうが顔がよくなりましたけど、当時はどこの組の人？　って感じでね」

プロポーズの言葉を思い起こすと、おかしくなる。振り返ってみれば、人生が変わってしまったのは、むしろ啓子のほうだった。

「大学生のあのとき、新聞社に行ってなければ、ここまで苦しむこともなかったかもしれません。それにしても、なんで一緒になったのかって聞かれるのが、いちばん困るわ。だって、自分でもよくわからないんですもの。私が優柔不断でいる間に決められちゃったのね。だから、その罰が当たったのかな、と思うの」

事件が起きたのは、結婚して十三年目の春。

それから二十年近く、夫と離れ、通じ合うことのない日々を送ってきた。ともに暮らした時間より、離れて暮らした時間のほうがはるかに長くなっていた。

「もう区切りをつけなければ」

一度は固めた離婚の決意はしかし、北九州へ何度か足を運ぶうちに揺らいでいく。

ＪＲ小倉駅からタクシーで十分ほどのところにある一帯はかつて、すべて西山家の土地だった。バナナ商として一代で財を築いた義父が戦前、買い占めたものだ。でも、義父から受け継いだ土地の大半は夫が売り払って、人手に渡っていた。

そうしてつくった現金も憂さ晴らしにさまようネオン街やボート場に消えていた。知り合いの財界人から勧められてはじめた株は、八七年十月の「ブラックマンデー」で株価が大暴落すると、紙くずになった。

それだけではない。啓子に知らせずに建てていたマンションの経営も危うくなっていた。新聞記者としては敏腕をうたわれた夫だが、金勘定に疎く、賃料の管理さえおぼつかず、人任せにしていたのだった。

あまりの荒《すさ》みように、あまりに頼りない姿に、啓子はかえって別れを切りだせなくなってしまった。絶頂から奈落の底に落ちていくかのような軌跡は、夫から聞かされていた義父の人生と重なった。

義父は明治二十五年に香川県の商家に生まれ、早くに母親を亡くしていた。長男ゆえ、一家を養わなければならない。目指したのは、当時、西日本最大の都市で、中国大陸への玄関口でもある下関だった。まだ二十歳前、無一文といってよかった。天秤棒《てんびんぼう》を担いで行商に歩き、そのうちバナナに目をつけた。

まだ青いままのバナナを台湾から大量に買いつけ、下関市内に設けた地下の室《むろ》で寝かせ、ガスを使って黄色く色づけしてから市場に出すと、爆発的に売れた。台湾バナナ協会から賞状をもらうほど売りさばいたという。

義父は下関でも一、二を争う納税者となり、まもなく下関市議になった。その後、県議にも推されたが、「〝商売の神様〟が政治の世界に入れ込みすぎるのは」と親族から反対され、再び商売に戻った。

そのうち、大陸へ出稼ぎにいく人々を当て込んで、京城《けいじょう》、平壌《ピョンヤン》、奉天、青島《チンタオ》、北京《ペキン》、上海《シャンハイ》などに支店を設け、柿やリンゴや梨を輸出するようになる。

羽振りのよかったころは、正月になると自宅の大広間に社員を招き、殿様のように上座の中央に腰をおろした。まだ小さかった夫はそのわきにちょこんと座り、満座を見渡す。その眺めは壮観だったという。

しかし、戦争がすべてを変えた。

統制経済によって自由な貿易が制限されると、金策に追われる。株に手を出しては、借金を重ねた。飛ぶ鳥を落とす勢いだった義父は次第に見る影もなくなっていった。

商売が傾いたところで、博多に証券会社を設立したり、山口・防府に広大な別荘地を購入したりして、さらに負債を膨らませた。最後は詐欺師に追われ、カネも底をついた。義父は転げ落ちるような晩年をすごし、夫と結婚する二年前、七十を前に亡くなった。

夫が「天職」と自負していた新聞記者の職を追われたのは四十二歳のときだった。

当時、その名前は社内外に知られていた。

たとえば、第二次池田内閣時代に、ふたつの大きな特ダネをものにしている。

ひとつは、佐藤栄作、河野一郎、三木武夫、川島正次郎などがそろって入閣する「実力派内閣」の組閣人事を他社に先んじて報じた。もうひとつは、最高裁長官に初めて民間人が登用される、といち早く伝えた。

のちに「アーウー宰相」と呼ばれることになる大平正芳とは、大平が「所得倍増」を掲げる池田内閣の官房長官になってから急接近した。知性派で、議論を好む。ただ、取材に対する受け答えはあいまいだった。禅問答のようなやりとりから感触を探り、ほかからえた情報と重ね合わせて記事にする。一度も間違えたことはないというのが、夫のささやかな自慢だった。

その後、首相官邸、外務省、自民党と、政治記者として権力の中枢を順調に渡り歩く最中に落とし穴にはまった。その半生はまるでジェットコースターのようだった。

啓子は結局、北九州に居を移すことにした。生ける屍《しかばね》のようになってしまった夫とともに暮らす道を選んだのだ。バブル経済がはじける直前のことだった。

「このまま別れたら、主人は文字どおり、だめになる。国からも、社会からも、新聞社からも捨てられ、そのうえ私が捨てたらと思うと……。踏ん切りがつかなくなってしまったのです。普通なら愛想を尽かしてもおかしくないんでしょうけど。……なぜでしょうね」

地の果てというイメージを抱いていた夫の故郷には、どこか荒んだ香りが漂っていた。自宅マンションの近くには競輪場と暴力団事務所があり、小倉の名前で栄えたころの名残りもわびしさを醸しだすだけだった。生まれ育った鎌倉の海が懐かしかった。

夫は、義父が興し、親族が経営する青果会社で働いていた。毎日新聞社を辞めたあと、拾ってもらうようにして仕事についたのだった。

市場の朝は早く、午前四時には出かけていく。夕食に戻るまで、どこで何をしているのかわからない。

九州一円で開かれる産地会議に足を運び、生産者や荷受業者を前に頭を下げる。それまで自民党の実力者や閣僚たちと侃々諤々《かんかんがくがく》の議論を重ね、堂々と批判する記事も書いてきた夫にとって、自分を空にしなければ、とてもできないことだっただろう。それまで身を置いてきたのとは、まったく異なる世界だった。

そして、ギャンブルにのめり込んだ。狂った、と言ってもいい。

仕事の合間を縫って競艇場に通いつめた。世間の目から逃れるように群衆にまぎれ、水しぶきを上げて競い合うボートを眺めた。もはや心震わせるような特ダネ競争には戻れない。失われた時間を取り戻そうとするかのように次々と賭けては、紙くずの山だけが残った。負けが込むと、一日で札束ごと消えることもあった。

「お願いだから、もうやめて！」

何度、言い合いになったかわからない。それでも、夫は耳を貸さなかった。

義父の遺産を食い潰しながらも、まだしばらく暮らしてはいける。啓子がなにより耐えられなかったのは、濁ったような夫の目だった。損なわれたものの大きさは想像できたが、虚しさを拭うことはできなかった。

当時、小倉駅前で義妹が営んでいた喫茶店にも、夫はよく足を運んでいた。昼下がりにふらりと現れ、カウンターに座ってコーヒーをすすると、「じゃあ」と言って帰っていく。なにを口にするというわけでもないが、所在なげに時間を潰していたという。もっとも荒れていたころには、睡眠薬を買ってくるように頼まれて、義妹が断ったこともあった。

啓子の前で、その義妹は言った。

「よく兄と一緒に暮らせるわね。私ならとっくに別れてるわ」

匙《さじ》を投げてもおかしくない。いや、匙を投げるほうが自然かもしれない。

実際、離婚するしかないと思い定めて、知り合いの弁護士のもとへ相談に行ったのも一度や二度ではなかった。そのたびに、別れるというのは大変なことですよ、と諭された。たしかに、啓子は職に就いたことがなく、ずっと夫の稼ぎで暮らしてきた。自分で働いて稼ぐ自信があるわけではなかった。

「いつでも帰ってこい」

父はそう言ってくれていたが、実家に迷惑はかけたくなかった。それに、母の辞書に離婚という二文字は存在していないようだった。

「父親のいない男の子というのはかわいそう」

ことあるごとに、そう口にするのを耳にしていた。

決断できないまま、諍いの絶えない日々について親戚にこぼすと、こう言われた。

「西山さんも、ギャンブルぐらいやらないと耐えられないんじゃないの」

不意を突かれた。にわかに受け入れることはできなかったが、その言葉が心のどこかに引っかかった。

ある日、帰宅した夫はうつむいたまま無言だった。顔を見た瞬間に、負けたとわかった。あまりにもみすぼらしい姿に、啓子は胸のうちにため込んできた思いを抑えることができなくなった。

「いい加減にしてください。ギャンブルだけはやめてって言ってるでしょ」

めずらしく思いの丈をぶつけた。すると、いつもなら声を荒らげ、にらみつけるような眼差しで言い募る夫が黙っている。啓子は身を縮めるような思いで待った。

「あのね……」

かぼそい声が聞こえた。拝むような表情で続ける。

「ギャンブルしているときだけは、すべてを忘れられるんだ」

事件によって追い込まれ、事件によって蝕《むしば》まれてしまった夫が、小鹿のようなおびえた目をしていた。啓子はもう、なにも言えなかった。

かといって、すべてを赦《ゆる》して受け容《い》れようとしたわけではない。

啓子にとって、夫は初めて付き合った相手だった。純粋なだけに、戯れに恋はするまじとの思いが強い。付き合っている女性がいるなら、私と別れて一緒になればいい。何度か、そう詰め寄ったことがある。そのたびに、夫は言った。

「これは血のせいだ」

西日本一のバナナ王になりあがった義父は一度、離婚していた。羽振りのよいときの豪遊ぶりは伝説のようだった。とはいえ、その血を継いでいるからと開き直られて、はいそうですか、と口にできるほど啓子は世慣れてはいない。

ただ、もう少し恋愛をしておけば、失恋のひとつやふたつ知っていれば、ここまで苦しまずにすんだのかもしれない、とは思う。

「パパ、好きな人がいるなら、私、話し合いに応じるわよ」

啓子は何度かそう口にしたことがある。すると、夫は憮然《ぶぜん》として答える。

「結婚したい女なんて、そんな奴《やつ》いるわけないだろっ」

そして、話はそこで途切れてしまう。

さよならと一言、口に出してしまえば終わるのに――

「結局、決断できないのは私自身だったのね。私が放りだしたら、ひとりでは生きていけないだろう。私さえ我慢すれば、まわりに迷惑をかけずにすむ。そう思っていたけど、言い訳だったのかもしれない。だから、どんなにわがまま言っても大丈夫だろうって、主人から見透かされてしまうのね」

ひと息ついて、ただ、と続ける。

「心の底のどこかに、これではあまりにもかわいそうすぎるという気持ちがあったことも確かでした。最後までしっかり生きてほしい。このままで終わってほしくない、と」

別れを選択しなかったのではない。一緒にいることを選択したのでもない。どちらも選択できなかった。選択できないまま日々に押し流されてきた、というほうが近いのかもしれない。

第四章　再　生

一九九一年、夫は六十歳になり、青果会社を定年退職した。

北九州市内のマンションでのふたり暮らしはいっそう息苦しくなった。このとき、啓子は五十六歳になっていた。

競艇のレースがない日はずっと、部屋のなかにこもる。新聞社を辞めて以来、夫が目にするのは新聞とテレビにニュース番組ぐらい。このままでは、頭が錆《さ》びついてしまう。そう啓子は案じていた。

「パパ、本屋にでも行ってきたら。一冊でもいいから本を買って勉強しないと、時代に遅れてしまうわよ」

小言のように繰り返しても、夫は聞き流す。

「本なんか読んでも役に立たない。現実に俺の身に起きたことを考えてみろ」

たしかに、生半可な仕打ちではなかった。新聞記者の仕事をとりあげられ、郷里でやりたくもない仕事をして、政治の話ができるような相手も見当たらない。でも、と啓子は言い返す。

「でも、男でしょ。だったら撥《は》ね返さないとだめじゃない。しっかりしてよ」

ためこんでいた本音をぶつけると、夫は激昂《げきこう》した。

「お前に何がわかるんだ。偉そうに」

ああ、かわいそうな人なんだ。事件がこの人を変えてしまったんだ。啓子はそう思い込むことで受け流してきた。それでいて、気になる本を見つけると、夫が手にとろうとしないことがわかっていても買ってきた。

やはり、立ち直ってほしかった。このまま死んでしまうのだけはもったいない。啓子はそう思っていた。夫としての西山太吉に翻弄されながら、新聞記者の西山太吉を忘れられずにいた。

その再生をどこまでも信じようとしていたのは、ほかならぬ啓子だった。


退職後、夫はボランティアで早朝のゴミ拾いをはじめた。近所を約一時間かけて歩き、ポリ袋に拾い集める。啓子を除けば、ほとんど他者とかかわることのない暮らしのなかで、かろうじて社会とつながる細い糸のようなものだった。

それが日課となって九年近くがすぎようとしていた初夏の朝、転機は突然、訪れた。

二〇〇〇年五月二十九日。

夫がゴミ拾いから戻ってまもなく、電話が鳴った。啓子が取ると、相手は毎日新聞の記者を名乗った。なぜ、いまごろになって。いぶかりながら用件をたずねた。

「今朝、密約を裏づける資料が出た、と朝日新聞が一面で報じているんです。西山さんにコメントをいただきたいのですが、いらっしゃいますか」

あわてて夫に替わった。

受話器を握り、前屈みになって話をする背中を見ながら、啓子は思った。

ああ、間に合ったんだわ。

夫は電話を切ると、まっすぐに玄関へ向かった。

「ちょっと、新聞買ってくる」

飛び出すように出ていったきり、なかなか帰ってこない。戻ってきたとき、手にしている新聞はくしゃくしゃになっていた。

〈朝日新聞と琉球大の我部《がべ》政明《まさあき》教授は、沖縄返還（一九七二年五月）に至る日米両国政府の交渉の実態と最終結果を詳しく記録した米公文書のつづりを入手した。それによると、返還土地の原状回復補償費四百万ドルを日本政府が肩代わりする▽日本政府が物品・役務で負担する基地施設改善移転費六千五百万ドルなどの「秘密枠」をつくる――がいずれも極秘扱いの密約だったことが明らかになった〉

原状回復補償費四百万ドルの肩代わりとは、かつて夫が問い、そのことによって罪を着せられた密約そのものだった。それを一面だけでなく、二、三面も見開きで報じていた。破格の扱いだった。

そこには、事件の裁判を取材して著書『密約』をまとめた作家、澤地久枝のインタビューも掲載されていた。

〈私は最高裁で（注・西山さんの）有罪が確定するまで、ずっと裁判を見ていました。返還される土地の原状回復費四百万ドルを日本政府がこっそり肩代わりする密約の存在はあの時から確信していましたが、今回の文書は最終確認の言葉を見る思いです。

外務省の責任者たちは法廷や国会で、返還交渉の場面では「メモを取らなかった」「密約はなかった」と見え透いたウソをつき通しました。メモを取らない外交交渉なんてありますか。物的証拠から明らかなことでも「覚えていません」と平気で言いましたし、最高裁の判事たちもそれを受け入れました。日本の政治や外交は貧しい。悲しいほどですね。（略）

交渉事の最中には、相手のあることですから公表できないことがあるかも知れません。しかし、一定の時間が過ぎたら公開する義務をすべての官庁に負わせるべきです。いずれ公開され、歴史家の目に触れ、主権者の知るところになるなら、役所も野放図なことはできません。それが権力を腐敗から防ぎ、歴史の審判を可能にします。そういう風潮を確立することが民主主義の大事な基本の一つです〉

台所のテーブルに新聞を置くと、夫はつぶやくように言った。

「あんたの言ったとおりだったな」

口にしたのはそれだけだったが、意味はわかった。事件が起きた直後から、啓子はしきりにこう繰り返してきた。

「パパねえ、アメリカってでたらめなところのある国だけど、きっと公文書とかが出てくるわよ。密約があったことは、きっと証明されるから」

予言したのではない。根拠や確信があるわけでもない。ただ、祈るような思いで口にしただけだった。公文書に記録されているのか。あるとしても、夫が生きているうちに出てくるのか。見当もつかなかった。それでも、こう繰り返してきた。

「いつか出てくるわよ」

そうとでも言わなければ、ほかにかける言葉が見つからなかったのだ。

そのたびに夫は返事をしなかったが、たしかに聞いていたようだ。淡い期待に望みをつないでも、実際に出てこなければ、再び失意を重ねることになる。そう思って聞き流すふりをしていたのだろう。

「ああ、奇跡が起きたんだと思いました。主人はこのまま名誉を回復させることなく死んでいくものだと、あきらめかけていましたから。長いこと、うれしいという気持ちを忘れてました。もう、味わうことはできないんだろうと思っていました。だから、こんな奇跡に遭遇できて、辛かったことも少しは差し引かれたかしら」

一般に、米公文書は二十五年たつと、機密が解除される。

事件が起きて、夫が新聞記者を辞めてから二十六年。闇に閉ざされたような日々は、密約が裏づけられるために必要な時間でもあった。

澤地は朝日新聞に掲載されたインタビューの後半で、ときの外相である河野洋平について、次のように述べていた。

〈河野さんは密約を隠した当事者ではありませんが、外務省の歴史のなかに国民を欺く密約が存在したと確認した時点で、外務省としてどうするかを決める当事者ではあります。偽りの歴史が残らないよう、納得のいく答えが出せる政治家であってほしいですね〉

澤地があえて期待を口にしたのは、河野がかつて事件の控訴審に弁護側証人として出廷し、外交交渉の過程における報道の重要性について証言していたからだろう。

そのとき、河野は三十八歳。当選三回、与党である自民党所属の衆院議員だった。

法廷では、メディアの重要性について初めて認識したときのエピソードを明かしている。

政治家だった父、一郎のもとに新聞記者が夜討ち朝駆けを重ねるため、河野が「これでは生活が落ち着かない」と意見したとき、父からこう言われたという。

「大勢の新聞記者と長時間、接触できることは、自分の主張を全国に伝えることが可能になるのと同時に、全国の人の思いをまた知ることでもある」

河野は、メディアの取材に不服を言うべきではない、とたしなめられたのだ。

また、日ソ漁業交渉に臨んだ父の鞄持《かばんも》ちとして随行したときの経験を引き合いに、河野は次のようにも語っていた。

「外交交渉の場合にも、相手国の担当者とやりとりをするときに、やっぱり説得力のひとつには国内世論というものがあると思うんです。新聞の大見出しをもっていって『国内はこの問題について妥協しちゃいかんと、こんなに沸いておるぞ』と。『これでは、私はここで妥協して帰るわけにはいかないではないか』というやりとりは当然あると思います」

国内世論こそ、交渉で引き下がらないための「つっかい棒」になる。その意味で、メディアの報道は重要なのだ、と強調したのだった。さらに、こう続けた。

「外交交渉というものは、外務大臣をはじめとする外務省関係者がやるわけですけれども、これはやっぱりなんのためにやるのか、だれのためにやるのかと言えば、日本国民のためにやるわけでございまして、国民の意思を抜きにしての交渉というものは、私はやっぱり、ありえないだろうと思います」

かりに、交渉途中の報道が相手国に有利に働くようなことがあったとしても、国民の支持がないままに交渉をまとめても、結果的には国会で批准・承認される段階で「わだかまり」が残るだろう、と指摘した。

これに対して、裁判長はこうたずねた。

——交渉過程での報道は制約があるべきとの意見があるが、どう考えるか。

河野はみずからの政治哲学をためらうことなく披露した。

「少なくともその（取材の）節度は、日本国民をめくら（発言ママ）にしていいということでは、私は決してないと思うんです。すべての政治的課題は議会制民主主義であるかぎり、特定の人間の判断でやっていいと私は思わないんです。つまり、議会制民主主義という制度は、特定のすぐれた人間の判断よりも、たとえ平凡であっても、大勢の人たちの了解をとりつけるということが、議会制民主主義の本質でなければならないというふうに私は思います」

受け取りようによっては、佐藤政権への批判ともとれる主張を繰り広げた。

それから二十四年後の二〇〇〇年、密約を裏づける米公文書について朝日新聞が報じたとき、河野は外相の立場にあった。記者会見の場で、こう語った。

「歴代外相が『密約は存在しない』と繰り返し、国会などで明言してきた。政府の立場は歴代外相が述べてきたことに尽きる」

アメリカ政府の公式文書に書かれた内容を、理由を示すこともなく一蹴した。

胸のうちに秘めていたであろう個人の信条が、内閣の一員としての立場を超えることはなかった。

そして、政府が公式見解として密約を否定すると、大手メディアはそれ以上、密約を追及することもなかった。

しかし、このとき見つかった米公文書はのちに、西山太吉の名誉回復へのささやかな、そして確かな一歩となるのだった。

米公文書報道からまもなく、夫のもとにジャーナリストの本多勝一《ほんだかついち》から取材の申し込みがあった。

「避けて通れないことがあるからなあ、嫌だ」

そう言って、夫は返答に迷っていた。

避けて通れないこととは、事件の発端となった機密電信文の入手方法、つまりは女性事務官との関係についてだった。夫に責められるところがあったことは消せない。事実は事実として受け止めるしかない。啓子はそう考えていた。

むしろ、啓子には別の気がかりがあった。

報道の第一線を離れて三十年近い。この間、夫が目にしてきたものといえば新聞とテレビのニュース番組ぐらいだった。

時折、ときどきの政治情勢を分析して聞かせてくれることがあった。素人ながら面白く耳を傾けていると、一時間でもとまらない。そんなとき、生き生きとした語り口に引き込まれる一方で、その目の輝きに思わず、悲しみの奥底をのぞかされるような思いにとらわれることがあった。

「私なんかじゃなくて、本当なら、ちゃんとした相手に聞いてもらえればいいのに」

そう願っていたとおり、著名なジャーナリストが夫の話を聞きたいといってくれている。ただ、こんどは妻相手の政治談議というわけにはいかない。

はたして、プロの鋭い質問に答え切れるだろうか。時代から取り残されてはいないだろうか。啓子には不安のほうが大きかった。

「俺はＢＳ（衛星放送）のニュースと新聞があれば大丈夫だ」

夫は不思議なほど自信にあふれていた。

その秋、「週刊金曜日」は「沖縄密約　三〇年目の真相」と題して、十一ページにわたる特集を組んだ（二〇〇〇年十一月二十四日号）。発売前にファクスで送られてきたインタビュー原稿を、啓子は思わず手に取って読んでみた。

〈密約はなかったと今でも政府側が言うのであれば、アメリカが二五年間かかって解禁した公文書は全部うそになる。アメリカ側が公文書偽造をしたことになる。

そうでないということであれば、日本側は説明義務が生じるはずです。じゃあどうして密約はなかったかということね。アメリカ側の公文書が詳細かつ明確に立証している内容の全項目について、それぞれこれはこうだと説明しなくては納得がいかないはずです。というのは、納税者の税金を使っているのに、使ってないと言っているんですから、主権者の国民に対する説明義務は、その点からも生じるはずです〉

〈結果責任として（注・私が）制裁を受けてもかまわないと思うけれども、法治国家というのなら、制裁を科すのならさっき言ったように平等に科さなきゃいかんのでね。条約にウソがあったり、あるいは偽証を全然取り上げようとしなかった裁判所も検察庁も結果的には、法の前で言えば犯罪者ですからね〉

夫らしい言葉づかいで事件の問題点をつき、日米関係や沖縄の基地問題まで縦横に語っていた。まだ、錆びついてはいないようだ。啓子はホッとした。

雑誌が発売されてまもなく、自宅の電話が鳴った。めずらしく受話器を取ったのは夫だった。

「作家の山崎ですけど」

そう聞いて、夫は同姓の元同僚からだと勘違いした。

「最近、どうしてるんや」

「私は作家の山崎豊子《とよこ》よ。『大地の子』や『沈まぬ太陽』は読んでないの」

「読んじゃおらんよ」

夫は間髪いれずに言い放った。山崎にとっては屈辱的な返答だっただろう。それでも丁重な口ぶりで、ぜひ書かせてほしいと迫った。

「あなたの人権はぜったいに守りますから」

思いもしなかった依頼を、夫はその場で了承した。

胸の底深くにできていたしこりは少しずつ解けはじめ、いつしか人と会うことへの抵抗も薄れていった。

そして、記者時代の盟友だった読売新聞の渡邉恒雄《わたなべつねお》と再会することになる。

ふたりは、外務省担当記者が詰める「霞クラブ」で一緒だった。

一九六四年、首相だった池田勇人《はやと》が病に倒れて後継を選ぶことになり、副総裁の川島と自民党幹事長の三木武夫が調整役をまかされた。

後継候補はふたり。河野一郎か、佐藤栄作か。

どちらになると思うか、という渡邉の問いかけに、西山は即答した。

「佐藤に決まってるやろ」

池田が総理大臣の座を福田赳夫と争った際、最終的に佐藤が池田を推したことが決め手になった、と聞いていた。そのときの恩が返ってくる、との確信があった。

自信たっぷりの西山の口ぶりを受けて、渡邉が言う。

「じゃあ、賭けをしよう。二万円でどうだ」

勝ったのは、西山だった。

翌六五年、日本と韓国の間で日韓基本条約が結ばれた。

この交渉をめぐる報道でも、ふたりは鎬《しのぎ》を削った。自民党の実力者、大野伴睦《ばんぼく》に目をかけられ、政治家とともに交渉の裏側に潜り込むようにして決定的な情報に触れることができる渡邉を出し抜くのは容易ではなかった。

ある日、西山は築地市場の場外で飲んでいるとき、関係者からある情報を聞き込んだ。交渉の最終段階までもめていた、韓国への賠償額についての具体的な数字だった。酒席をはずし、金額の裏づけを取るために外務省幹部に確かめた。

込んだ。

「三、二で決まりでしょ?」

否定はされなかった。西山はあわてて会社に戻り、最終版の一面トップに記事を突っ込んだ。

《無償三億ドル、有償二億ドル　日本が経済協力》

同じ日の読売新聞朝刊はやはり、日本の経済協力についての方針を盛り込んだ「金・大平極秘メモ」について報じていた。韓国の中央情報部長、金鍾泌《キムジョンピル》と日本の外相だった大平とが同名のメモを作成し、政治決着させるという一級のスクープだった。

西山はメモの存在にまで触れることはできなかったが、内容については正確に報じた。他社に抜かれずにすんだ。新聞業界でいうところの「同着」だった。

以来、西山は渡邉から一目置かれるようになる。同じ記者クラブに加盟しているライバルというのに、毎週土曜日になると声がかかった。

「おう、ちょっと行こうや」

当時、社屋のあった有楽町駅近くのビアホールで情報や意見をかわした。記者としての力量を認められたのだった。

事件が起きたあとも、渡邉は影にひなたに支えてくれた。

一審では、読売新聞解説部長として弁護側の証人として法廷に立っている。判決後には、「週刊読売」(七四年二月十六日号)に三ページにわたる記事を寄せた。一部を引用しよう。

〈私は毎日新聞西山太吉記者とは政局取材でも現場を共にしたことがあるし、外交交渉や国際会議でも取材上、競争的立場から、特ダネを争ったことがある。

が、弁護側証人として法廷に立ったのは、そんな関係があったからでなく、政府が国民の利益と関係なく得手勝手に〝国家機密〟を作り出し、それを取材し、〝秘密〟を入手すれば、国家権力によって逮捕拘禁してもかまわない、という習慣、言い換えれば、国家公務員法の乱用を政府に許すことになり、憲法に保障された言論表現の自由と、国民の知る権利を失うことになってしまうことを恐れたからだ〉

その渡邉に会うため、西山は東京へ向かった。

飛行機嫌いのため、新幹線に乗る。小倉から片道五時間。前日から泊まり込めばいいようなものの、枕が変わると眠れない。豪胆なようでいて、妙なところで神経質なのだ。見えない緊張に包まれていたのか、車中で缶ビールをあけた。

東京・大手町にある読売新聞本社の会長室で久々に顔を合わせると、歓談は二時間に及んだ。

このとき、作家の山崎豊子の小説のために取材を受けたことを伝えた。

「主人公は、だれか？」

渡邉から問われて、西山は答えた。

「もちろん、俺さ」


アメリカで相次いで公文書が見つかってから、夫は少しずつだが、たしかに変わっていった。苛立《いらだ》ちをぶつけることが減り、癇癪を起こしても、はるかに穏やかになった。また、塊のようだった心が解けるかのように、感情を表に出すようにもなっていた。

ある朝、夫はゴミ拾いにでかけたとき、マンションの駐車場で餌を探しにくる野良猫を見つけた。それから毎日、顔を合わせるうちに情が移り、引き取ってきた。特徴的な目元から「ギョロ太」と名づけた。

秋になって、息子たちが東京で夫の七十歳を祝う席を設けてくれた。仕方なく、ギョロ太をマンションに残したまま出かけると、世話を頼んでいた知人から電話が入った。

「猫ちゃんが見当たらないんです」

どうやら、閉じ込められていた部屋の扉を開け、窓から外へ逃げだしたようだった。そう伝え聞いた夫は突然、泣きだした。

「もう、早く帰ろう」

まるで気が狂ったかのように取り乱した。

しかし、宴席を前に主役が帰るというわけにはいかない。啓子がなだめて、なんとか食事を終えると、その足で北九州に戻った。

それから、夫はギョロ太を探し続けた。朝に夕に周辺を歩き、情報を求めるビラもまいた。それでも見つからない。

そのころ、同じマンションの住人から、引き取り手のいない別の猫がいると聞いた。夫はギョロ太のいない空白を埋めるかのように、迷うことなく譲り受けることにした。名前を「レタス」といった。

二ヵ月ほどして、夫は駐車場で痩せこけた猫を見つけた。ギョロ太だった。思わず駆け寄って胸に抱きあげた。

人見知りのギョロ太と、社交的なレタス。いまの夫とかつての夫が乗り移ったかのように対照的な二匹を可愛《かわい》がる。下の世話や餌の買いだしは啓子に押しつけ、暇さえあれば戯れている。そして、聞いたこともないような柔らかな声で語りかけ、見たこともないような無防備な表情を浮かべるのだった。

ある朝、夫は日課の散歩から戻ってくるなり、またも玄関で泣きだした。

「『シロ』が死んだー」

やはり駐車場でよく姿を見かける白い猫が車に轢《ひ》かれて息絶えていたのだという。

それにしても、啓子は夫がこんなふうに感情をあらわにすることに驚いた。しかも、それが続いた。おそらく、刑事事件の一審判決直後に母親を亡くしたとき以来だろう。

「最後まで面倒をみなければ。この人をちゃんと死なせなきゃ」

いつしか、別れようとの思いは胸の奥底に沈んでいった。


密約を裏づける米公文書は二〇〇二年にも見つかった。

ある晩、TBSワシントン支局長の金平茂紀《かねひらしげのり》から国際電話がかかってきた。

「これから、その文書を送りますから、よく読んで確かめてください」

ジリジリと音を立て、海を越えて流れてくるファクスの感熱紙を眺めながら、夫はつぶやいた。

「ああ、アメリカからもファクスは届くのか」

送られてきたのは、一九七二年六月、キッシンジャー大統領補佐官の来日を前にした米国家安全保障会議のブリーフィング・メモ。そこには、こう記されていた。

〈日本政府が神経をとがらせているのは、四百万ドルという数字と、この問題に対する日米間の密約が公にならないようにすることだ〉

二〇〇〇年に見つかった米公文書が沖縄返還の交渉中に作成されたものだったのに対

して、これは沖縄返還協定が結ばれた後、つまり確定した事実として記録されたものだった。

密約は完全に裏づけられた。

世間の耳目が日韓ワールドカップ決勝に集まる二日前、ＴＢＳと資本関係のある毎日新聞が一面で密約について報じた。追われるように去った古巣の朝刊（二〇〇二年六月二十八日付）には、西山の談話も載った。

〈日米が行ったのは、密約どころか返還協定の偽造だ。外交、防衛に関する国家機密は行政、司法あらゆる組織を動員して押さえにかかる。国家のウソも私の倫理問題にすり替えられた。この文書で新しいのは、事件後に「密約」と認めていた点だ。日本政府はシラを切り通しているが、米国は追及されたら密約と認める構えだった。そこに民主主義の定着の違いを感じる〉

それから半年後、冷たい雨の降る冬の午後だった。

西山は東京・竹橋にある毎日新聞本社ビルの正面玄関をくぐった。退職してから初めてとはいえ、感傷に浸る間もない。待ち受けた社員に導かれて地下の会場へ向かう。毎日新聞労働組合などが開いたシンポジウムにパネリストとして招かれたのだった。

「情報は誰のものか」

　それがシンポジウムのテーマだった。

　会場には立ち見がでるほどの聴衆が詰めかけていた。ジャーナリストの筑紫哲也《ちくしてつや》や上智大学教授の田島泰彦《たじまやすひこ》らと並んで座った。長い沈黙を破って西山が口にする言葉を、だれもが待っていた。

　質疑応答では、会場からいくつも手が挙がった。指名を受けて、五十代と思われる男性が立ち上がった。

「西山さんは、裁判で国を追及することは考えていらっしゃらないのでしょうか」

　たしかに、政府が密約を認めることによってしか名誉は回復されない。このまま沈黙を守っていては、国が密約を隠し、国民を騙して協定に嘘を書いた事実は消されてしまう。

　先輩や後輩の記者たちの視線を受けて、西山はマイクを手元に引き寄せた。

「いま、検討しているところです」

　じつは、当時の刑事裁判で弁護団長を務め、その後、最高裁判事になった大野正男に相談をもちかけていた。法廷で女性事務官の証言に一切反論しない方針を貫き、一審で無罪を勝ち取った弁護士に、西山は全幅の信頼を寄せていた。

　啓子の日記にも度々、登場している。

〈大野先生はご自分が生粋の弁護士一筋に歩んで来られ、その道のベテラン（NO.1）である事は自他共に認める事である事を充分承知しており、エリート中のエリートであるという自信を持っていられる。裁判所の連絡等も（略）皆、大野正男様で来るという。集りの時も初めから終り迄《まで》司会をしながら、良くお話になり独壇場であるとの事。頭は切れるし、話術は巧みで迫力があり、裁判の時の反対尋問の時は全くすごい迫力があり、その迫真ぶりは見事だとの事。此の様な人と知り合いになれただけでも、パパは幸せだと思う。同年輩の方々と比較すると、人間として、その大きさのあまりの違いに驚く程だ〉（七二年十月七日）

このとき、大野は四十五歳。

週刊誌の中吊りに「情通記者」などと大きく刷り込まれ、こどもが学校でいじめられている、と啓子が相談したときには、

「大丈夫ですよ。息子さんには、お父さんとは別の人格がありますから」

と言ってくれた。

初公判で夫が冒頭陳述をした夜には、わざわざねぎらいの電話をくれた。

のちにわかることだが、追いつめられた啓子が死を選ぶのではないかと心配して、事

務所に書類を届けさせたり、自宅に招いたりして見守ってくれていた。

この裁判は、西山というひとりの新聞記者の問題でなく、報道の自由や「知る権利」などの重要な問題を孕《はら》んでいる——

そう教えてくれたのも大野だった。

しかし、ときをへて大野から届いた返信は、思いのほかそっけないものだった。

〈除斥《じょせき》期間があるので、やるべきではないと思います〉

事件から三十年以上がすぎ、いわゆる「時効」のようなものがある、というのだ。この事件にはもう立ち入りたくないという意思が色濃くにじんでいるように思えた。しかも、〇二年の米公文書については存在そのものも知らないようだった。体調を崩して病床にあった、とあとから耳にした。

返信には〈私にとって最後まで疑問の残る事件〉と書かれていたものの、手を貸してはくれない。それどころか、提訴に反対する意向が明確に示されていた。

夫はやはり、ひとりぼっちだった。

ところが、シンポジウムから八ヵ月後、見知らぬ人から手紙が届く。

〈国と対等の立場で、闘いの場をもちませんか〉

手紙の主は、藤森克美《ふじもりかつみ》。静岡に住む五十八歳の弁護士。あのシンポジウムで、裁判に訴えるつもりはないかとたずねた男性だった。

さらに一年あまりがすぎたころ、藤森から三通目となる手紙が届いた。

〈だれも手を挙げる人がいなければ、挑戦したい気持ちがあります〉

沖縄返還後に作成された、密約を裏づける米公文書が見つかった〇二年を基点とすると、国家賠償請求訴訟を起こすことのできる「三年」の期限が迫っている。決断を求めるものだった。

啓子はこう振り返る。

「ひそかに名誉を回復する道筋を思い描きながらも、やはり裁判になれば、あのときのようにまた、男女関係を蒸し返されるのだろうと恐れていたようです。でも、このままでは密約という国の嘘がなかったことにされてしまう。やはり、法廷で着せられた汚名は、みずから法廷で雪《そそ》ぐほかない。私に相談はありませんでしたが、最終的にそう考えるようになったのだと思います」

再び蒸し返されるかもしれない忌まわしい過去と、許すことのできない国家の嘘。提訴をめぐって振り子のように揺れつづけた末、夫は戦う道を選んだ。その理由を、啓子はのちに聞かされる。

「民主主義というより前に、コンチクショウだよ」

嘘をつき、それを放置したまま、自身の半生をないがしろにしてきた国への反発が、最後に夫を動かしたのだった。

第五章　逆　風

「忘れ物ない？」

「ああ」

玄関で腰をかがめて革靴に足を差し入れると、夫は立ち上がった。

「いってらっしゃい」

鉄製の扉を押し開け、L字形になったビルの外廊下を歩きはじめる。振り返ることなどないのだが、啓子はいつものように扉を半開きにしたまま見送る。夫の背中がエレベーターホールに消えてもまだ、扉は閉めない。

切符を忘れた、資料を忘れた、ハンカチを忘れた……。忘れ物をして戻ってくるのが常だった。出かけたはずが、三度も舞い戻ってきたこともある。

五分ほどすぎただろうか。廊下から、苛立たしげな靴音が近づいてきた。ああ、やっぱり。啓子は玄関口で笑って迎える。

「なにを忘れたの？」

「財布がない」

再び玄関から送りだすと、しばらく戻ってこないのを確かめてから鍵をしめた。

二〇〇五年四月二十五日、空は澄んでいた。

公文書という、密約を裏づける証拠が明らかになったにもかかわらず、密約を否定しつづける国を相手取り、夫は謝罪と損害賠償を求める訴えを東京地裁に起こした。事件から三十三年後の蜂起といってもいい。

にもかかわらず、夫は記者会見には応じない。「断固として拒む」といい、東京にも行かない。取材の電話がかかってくるのが嫌だからといって、自宅を出たのだった。

理由は聞かなくてもわかっていた。

夫には、抜きがたいメディア不信があった。かつて、男女スキャンダルに流れ、事件の本質である密約から目をそらしたことへの失望と怒りをぬぐえずにいた。四半世紀の時をへてなお、目の敵のように思っているところがあった。

さらに、米公文書が見つかっても、根拠を示さずに否定するだけの政府高官のコメントを無批判に報じ、追及しようとしないことへの苛立ちもあった。それでいながら、再び男女問題でさらしものにされるのではたまらない。そう考えているのだった。

あれだけの社会的な制裁にもめげずに再び立ち上がったというのに、触れられたくないことからは逃げ、聞きたくないことには耳をふさぐ。ものすごく強いのか、それとも弱いのか。そのどちらもが西山太吉なのだろう。

「簡単な言葉でいえば、根本的なところでエゴイストなんだと思うの」

啓子はそう語る。

東京地裁には原告である夫の代わりに、弁護士の藤森が静岡から出向いた。事件が起きたとき、藤森は司法修習を終えたばかりの弁護士一年生だった。新聞記者の逮捕に、国家権力のすさまじさを目の当たりにした。都合が悪ければ、なりふりかまわず踏みつぶそうとするのだと、恐ろしささえ感じた。同時に、海の向こうで起きたできごととの落差に愕然《がくぜん》としていた。

ベトナム戦争をめぐる米国防総省の極秘文書（ペンタゴン・ペーパーズ）を報じた新聞の発行差し止めを政府が求めた裁判で、米連邦最高裁は一九七一年六月、判決で次のように指摘していた。


〈政府の秘密は、政治の誤りを永続化させる〉


印象深いその一節を、藤森は訴状に盛り込んだ。

この朝、兵庫県尼崎《あまがさき》市でＪＲ福知山線の列車が脱線してマンションに激突する事故が起きていた。死者は百七人。翌日の朝刊は事故一色となり、提訴を取り上げた各紙の記事は社会面の片隅に小さく載っただけだった。

ところが、閉ざされていた扉を開いたのもまた、メディアだった。

〇六年二月八日、北海道新聞が一面でスクープを放つ。

《「米との密約あった」外務省元局長／1971年沖縄返還協定400万ドル肩代わり》

その直前、記事を書いた往住嘉文《とこすみよしふみ》記者から夫のもとに電話がかかってきた。交渉の日本側責任者だった吉野文六がついに密約を認めたという。

「これって、ニュースですよね」

記者の問いかけに、夫は胸のうちでこう叫んでいたという。

これがニュースでなくて、ほかにどんなニュースがあるというのか——

証言者の名前を聞いたとき、啓子はすぐに記憶がよみがえった。その名前を忘れるはずもなかった。

一九七二年十二月、東京地裁、七〇一号法廷。

当時の新聞が「(外務省機密漏洩)事件審理のハイライト」と位置づけた法廷で、吉野は検察側の証人に立ち、密約を否定した。ときに記憶をなくし、ときにはぐらかし、苦しい言い訳を重ねながらも決して認めようとはしなかった。機密電信文を突きつけられた国会に続いて、堂々と偽証を重ねた。

その吉野について、啓子が覚えているのには理由があった。

「あのとき、主人から聞いたことが頭を離れないんです。吉野さんは法廷で、被告席に座る主人にむかって目礼したというんです。嘘をついて貶《おとし》めようとする相手に挨拶するとは、どういうことなのか。そう思ったことが強く印象に残っていました」

啓子の日記には、こうも記されていた。

〈吉野氏が、（注・毎日新聞社会部長の）上田さんに「西山さんによろしく伝えてくれ」との事。泣かせる。彼もつらい所だろう〉（七二年十二月八日）

国家公務員として果たさなければならない役割がある一方、真相を知るひとりの個人としての思いも抱えていただろう。当時から、その葛藤が透けてみえていた。それだけに、吉野が口を開いたと聞いたとき、啓子は驚きながらも、どこか腑《ふ》に落ちるような思いがした。

ところが、吉野証言は夫への追い風ではなく、向かい風を招くことになる。

「過去の問題」が「現在の問題」に置き換えられたことで、説明責任を問われた政府は逆に、かたくなに否定を続けるしかなくなったようだった。

外相の麻生太郎（当時）は参院予算委員会で、

「歴代大臣が説明しているとおりでありまして、沖縄返還協定がすべてであって、それ以外のいわゆる密約というものはございません」

とそっけない答弁に終始し、密約だと証言した吉野については、次のように語った。

「吉野文六という元外務官僚の人も役人なら、いま現職におります役人も役人。だから、どちらかを信用するかと言われれば、私どもはいまおります現職の人間の話をきちんと信用するのは当たり前ではないでしょうか」

じつは、七二年春の衆院予算委員会で、社会党議員の横路が機密電信文の写しを振りかざして密約を追及したとき、外相だった福田赳夫は次のように語っている。

「吉野局長がこの折衝に当たっておりますから、アメリカ局長が調べるのがいちばん、その結果が正確であろう、こういうふうに思います」

にもかかわらず、麻生は、交渉責任者の吉野ではなく、事件が起きたときには外務省に入ってもいなかったであろう外務官僚の説明を信じる、というのである。説得力の欠片《かけら》もないが、もはや、そう答えるほかなかったのだろう。あらためて吉野に問い合わせる必要さえ認めなかった。

影響は法廷にも及んだ。

弁護士の藤森は審理のなかで、検察庁に保管されている刑事裁判の記録を閲覧できるようにしてほしい、と被告である国に申し入れていた。裁判長は「(被告人だった西山）本人の記録である」として、閲覧を認めるよう国にうながした。

「もし応じないようであれば、文書開示命令を出すこともありえます」

ところが、吉野証言が出たあと、裁判長の方針は一変する。理由は定かではないが、文書開示命令どころか、閲覧について触れようとさえしなくなった。

そうした流れは変わることはなく、〇七年三月二十七日に判決が言い渡された。

「原告の請求を棄却する」

判決文の朗読は一瞬だった。

不法行為から二十年がすぎれば自動的に損害賠償請求権は消滅するという民法の「除斥期間」をあてはめ、門前払いしたのだった。密約の有無については判断を避けた。

再びの敗北に、啓子はかける言葉が見つからなかった。

新聞や雑誌に載った夫のコメントは、無念を隠しようがなかった。

〈想像していたもののなかで、一番グレードの低いものが出てきた。司法の自殺行為のような判決だ〉

〈権力は鉄壁。生やさしいものじゃない。だから（裁判という場を借りて）発信しつづけるしかないんだよ。それが私のジャーナリズムですよ〉

収まりのつかない心の揺れのためか、判決後、夫は法廷の原告席にかばんを置き忘れていたという。

また、気持ちを抑えきれず、公衆の面前で弁護士に批判を浴びせた。

「外交のことをわかっちゃおらんからねえ、彼は」

そうした夫の振る舞いを記者たちから伝え聞くたび、啓子は肩身の狭い思いがした。テレビに映しだされるとき、のけぞって座っているだけで不遜に見える。気になって仕方ないが、興奮している夫に言っても、まるで聞く耳をもたない。ころあいを見計らって、諭すように語りかけても返事はない。

しばらくたってから、夫はポツリと言った。

「こんなに程度の低い国はないよ」

夫が表舞台に戻ることは二度とないだろうと思ってきた。このまま朽ちるように終わるんだろう、とあきらめていた。一方で、そうした弱気を振り払うように、啓子はずっと、言い続けてきた。

「本なんてすぐには書けないんだから、いまから準備しておいたら」

「すべて、ここ（頭）に入っているから、いつでも書ける。大丈夫さ」

そう言い放ちながら、夫はなかなか原稿用紙に向かおうとはしない。

「でも、死んだら頭のなかは開けられないのよ」

吉野証言で裁判が注目を集めると、ようやく出版社から声がかかった。岩波書店から執筆の依頼が舞い込んだのだ。

しかし、夫は迷っていた。男女問題について触れなければならないとするならば、気が進まない。

「私が書きたいのは、沖縄密約がいかにいまにつながっているかということで、過去の話はもう終わったことだ」

でも、編集者からは、触れてほしいと求められる。やりとりを重ねた末に、夫はその要求を突っぱねたようだった。そして、ようやく重い腰を上げた。

パソコンは使えず、ワープロもない。筆圧の強いくせ字を書きつける。ざら紙に記事を書いていた新聞記者時代のように、原稿用紙のマス目をひとつずつ埋めていく。大量の米公文書などを読み込んで、三ヵ月ほどで書き上げていた。

〇七年五月、刷り上がったばかりの見本本が自宅に送られてきた。

『沖縄密約――「情報犯罪」と日米同盟』

夫が書きつづった文章は、たしかに一冊の本にまとめられた。それでも、啓子はどこか信じがたい思いだった。

印刷された紙の匂いをいとおしむように、夫は何度もページをめくっている。

「三十五年かかって、ようやくここまできたわね」

啓子はそう語りかけると、冗談のような気軽さを装って言葉を投げた。

「パパ、なにか私に言うことない？」

すぐに察したのだろう。夫は苦りきった顔をそむけ、そんなこと言わせるんか、と小声を漏らす。そして、仕方ないといったふうに唇を開いた。

「あり……」

そう言いかけたものの、あとが続かない。啓子の視線を感じてか、プイッと横を向いたまま付け足した。

「がと」

それが、精一杯の表現だった。

「本を書かないと、死んだあとになにも残らない。あの人が新聞記者だった証《あかし》が、生きてきた意味がなくなってしまう。ずっと、そう思ってきました。私が言うのもおかしいかもしれませんが、やっぱり、あの人は優秀な記者だったのだと思います」

西山太吉という新聞記者はよみがえり、啓子を包んでいた暗闇にも、ようやく一筋の光が差し込んできた。

「神様は耐えられないほどの試練は与えないといいますけど、私にはちょっと重すぎましたね。それにしても、よくここまでこられたなあと自分でも思います。私は信仰をもっているわけではありませんが、思わず『神様』と口にしてしまいたくなるのよね」

本の評判は上々だった。体系的に沖縄をとらえる独自の視点が評価され、版も重ねた。

秋になると、夫は地元のジャーナリストから招かれて、沖縄を訪れた。

まず、案内されたのは、本島中部の読谷村で作品を発表している彫刻家、金城実《きんじょうみのる》の展覧会だった。金城は反戦平和活動家としても知られ、国民の生き死にを国が管理するのは合点がいかないという「靖国合祀《ごうし》ガッテンナラン」訴訟の原告でもある。

初対面というのに、金城は仮借のない言葉を投げつけた。

「あんたも非国民か」

多くを語る必要はなかった。その晩、ふたりは盃《さかずき》をかわした。

那覇市内では、地元のジャーナリストたちが出版記念会を開いてくれた。

会場となった八汐《やしお》荘には記憶があった。その二年前、西山がパネリストを務めたシンポジウムで、聴衆のひとりだった祖国復帰協議会の元事務局長がこう語って、涙を浮かべたのだった。

「これまで、密約の問題にほとんど関心はありませんでした。軍用地をもとどおりにしてくれれば、そのカネをアメリカが払おうが日本が払おうが、関係なかったからです。でも、きょう、お話を聞いて、西山さんの苦しみを初めて知りました」

出版記念会には、沖縄だけでなく東京からも、あわせて百人を超える人々が集まり、夫の目には光るものがあったという。

翌日の昼すぎ、北九州の自宅で待つ啓子のもとに、地元紙の記者から電話が入った。

「西山さんはいま那覇空港を出ましたから、二時ごろにはお着きになると思います」

啓子は、濃《こま》やかな配慮に恐縮した。

しかし、時間をすぎても、夫は戻らなかった。

出ていったきり帰ってこない。帰ってくるまで、どこで、なにをしているかもわからない。携帯電話も持とうとしない。新聞記者時代そのままの鉄砲玉ぶりは変わらない。

どうして待つ身に思いを馳《は》せられないのか。

いや、そういう人なのだとあきらめるほかない。憤ることももう、やめよう。

それでも日が傾きかけると、さすがに心配になってきた。飛行機になにかあったのではないか。念のため調べてみても、そうした情報はない。じりじりとした思いで待ち続けた。

玄関の呼び鈴が鳴ったのは夕方五時すぎだった。姿を見るなり、聞いた。

「あなた、どこ行ってたの？」

思いのほか尖《とが》った声になった。口ごもる夫を制して、たたみかける。

「二時には、こっちに着いてたんでしょ？」

なぜ知っているのかと驚きながらも観念したのか、夫はバツの悪そうな顔で首をすくめる。

「ちょっと競艇に……」

どうして、やめられないのか。以前、そんなに面白いなら私も連れていってよ、と言ったことがある。

「それだけは勘弁してくれ」

夫は頭をさげて、拝むように手を合わせたのだった。


密約を認めない国に謝罪と損害賠償を求めた裁判では、夫を門前払いした一審の判断が覆ることはなかった。〇八年九月二日、最高裁は上告を棄却し、敗訴が確定する。やはり、国家の壁は厚かった。途方もなく厚かった。

しかし、その決定が下されたのは、夫が最後となる戦いを仕掛けた日でもあった。午後二時すぎ、西山を含むジャーナリストや研究者ら計六十三人が、密約に合意した文書の開示を求めて情報公開請求した。

〇〇年に見つかった米公文書は、沖縄返還に際して、軍用地の原状回復補償費四百万ドルを日本側が肩代わりすることを裏づけるものだ。日米両政府の交渉責任者の署名もある。二国間交渉である以上、当然、同一の文書を日本側も保管していなければならない。

それは、日本政府が隠し、否定し続けてきた密約の証ともいえる。

情報公開請求についての記者会見がはじまる前、西山は会場前のエレベーターホールでひと息ついていた。ソファに腰を沈め、知人と雑談しているとき、エレベーターの扉が開いた。西山がなにげなく視線を向けると、涼しげな和服に身を包んだ小柄な女性が立っていた。

作家の澤地久枝だった。

澤地もまた西山を認めたようで、まっすぐ近づいてくる。目の前で足を止め、視線がまじわる。さきに口を開いたのは澤地だった。

「西山さん、お久しぶりですというか、初めましてというのもあれですけど、初めてお目にかかります」

かつて、澤地は刑事裁判に通いつめたものの、情報を漏らした外務省の女性事務官から話を聞くことができなかったため、公平を期す意味で、あえて西山には接触しなかった。そのかわり、法廷での審理を傍聴席の最前列から見守り続けて『密約』を書き上げたのだった。

そのため、ふたりはたがいによく知る存在とはいえ、言葉をかわしたことはなかった。当時、世論の猛烈な逆風下にあった西山にとっては、自身がまさに問おうとした密約の本質に光を当てた作品は救いにも思えた。

ただ、澤地は、全面的に西山の肩をもとうとしたわけではなかった。情報源を守りきれなかったことから女性事務官を一切批判しないという法廷戦略を貫いたことは潔いと評価しながらも、それが逆に真実を遠ざける結果を招いたのではないか、と鋭く分析してもいた。

それだけに、西山はどこかで恐れに似た思いを抱いていた。

澤地が請求人に名を連ねていると聞いて、周囲にはあらかじめ、「記者会見では、（澤地とは）反対側の席に座らせてくれよ」と求めていたほどだった。

その澤地から声をかけられ、西山はあわてた。

「ああ、西山です。どうも――」

中途半端に腰を浮かせたまま、当たり障りのない言葉を返した。それ以上、とっさに出てこなかった。

「では、のちほど」

そう言って、澤地は静かに離れていった。

記者会見は予定から五分ほど遅れてはじまった。

請求人代表と弁護人代表に続き、司会者から三人目の発言者として指名されたのが澤地だった。背筋を伸ばしたままゆっくりと立ち上がると、テレビカメラが一斉にレンズを向け、記者たちの視線が集まった。

「私は、ひとりで戦いを続けてこられた西山さんに深い敬意を表す者のひとりです」

いきなり、そう切りだした。席ふたつをはさんで座る西山は正面を向いたまま、頬をすぼめたり膨らませたりしている。突然の告白ともいうべき澤地の言葉に心を動かされているのだろう。目をしばたたかせ、天井や中空へとせわしなく視線をさまよわせる。そうやって、必死に涙をこらえていた。

澤地はまっすぐに前を向いたまま、張りのある声で事件とのかかわりを説明する。

事件が起きた一九七二年、澤地はフリーランスとして独立して間もなかった。作家、五味川純平《ごみかわじゅんぺい》の助手として昭和史シリーズを手がけた実績はあるものの、取材すべきテーマや発表の予定があるわけでもなかった。国会図書館に通い、「旧満州時代」の資料を読んでいたとき、たまたま読んだ新聞記事に触発されて、この事件に目を向けるようになったという。

国が、国民に嘘をついた——

本来、問われるべき問題を置き去りにしたまま、男女スキャンダルにわくメディアや世論への違和感が拭えず、法廷に通いはじめた。

澤地を突き動かしていたのは怒りだった。

政治的な思惑から、密約を結んだという嘘を隠し、その「証拠」をつかんだ記者の取材手法をあげつらって、みずからの責任を逃れようとする政府。

検察が起訴状に盛り込んだ「情を通じ」という言葉で本質をすりかえられたまま、いつしか密約の追及から手を引いたメディア。

密約の有無には踏み込まず、検察側の立証をなぞるかのように記者の取材手法だけを問うた裁判所。

そして、澤地が怒りよりも失望を味わわされたのは、国の嘘をそのまま赦した主権者、つまりは「まんまとしてやられた市民」だった。

〇〇年と〇二年に発見された米公文書に続き、〇六年には交渉責任者だった元外務省アメリカ局長が「密約はあった」と証言した。にもかかわらず、政府は認めない。つまり、国民に嘘をついてアメリカとひそかに結んだ約束について、いまなお「密約はない」と繰り返し、二重に嘘をついている。

「こんな嘘さえ認められないとは、これで民主主義の国といえるのでしょうか。まるで江戸時代に戻ったかのようです」

それから、日本全国の基地の約七五％が集中する沖縄のいまに触れた。

原点は、七二年の沖縄返還にある――

澤地のよどみない弁舌を聞きながら、西山は潤んだ目元をしきりにしばたたかせた。そして、胸にこみあげるものをなだめながら耳を傾けた。

「こんなにも、この問題が解決されないとは、無力感を感じます」

その一言に、西山は再び、心をわしづかみにされた。

記者会見から戻ってきた夫は「澤地が、澤地が……」と、まるでスターに会ったあとのこどものように語り続けた。

夫の話を聞きながら、啓子も激しく心を揺さぶられていた。

澤地もまた、この不条理を承服しないでいた。あれ以来、事件と戦い続けてきたのは夫ひとりではなかったのだ。

「本当に長い間、孤独でしたからね。ときとともに密約は忘れられ、主人はこのまま消えていくのではないか、とむなしく思う時期が長くありました。それだけに、澤地さんがずっと思い続けてくださったことがうれしかったですね」

それにしても、どうして別れなかったのだろう、と自分でも不思議に思う。いつでも別れられたはずなのに。

「バランスは悪いけど、おもしろい人ではあるのよね」

枕が変わると眠れない。面倒くさいと言っては風呂に入らない。電球が切れても取り替えず、贈り物をもらっても礼状は書かない。可愛がる二匹の飼い猫にも、餌はやるけどフンの始末はしない。手先が不器用で、自転車の鍵をうまく入れられない。そのうえ、気に入ったものしか身に着けない。鞄は愛用していた茶色のビニール製ボストンバッグに代わり、黒革のビジネス用。背広も上着は紺にグレーのシャツと決まっている。

口にするのは、もっぱら刺身。味にうるさいだけに、魚屋だけは、なじみの店まで自分で自転車を走らせる。酒は冷酒に限るというが、尿酸値が高いこのごろは、啓子の目を気にして焼酎をすする。医者から痛風のおそれがあると数値をあげて注意されても、

「俺は信じない」

と取り合わない。

そんな夫がこのごろ、やさしくなったという。

「私もやはり、年をとってきたのか、夏にめずらしく体調を崩したら、主人は自分から買い物に行くと言い出したんです。『あんた、今日なんか買うもんない？』って。猫の餌の缶詰まで買ってきて」

ただ、いまだに怒るときは、湯気がでるのではと思うほどの大声を上げる。

「あんまり大きな声を出すと、頭の血管が切れちゃうわよ」

そう言う啓子も、できるなら怒鳴り返してみたい。狭いマンションではなく、山のなかの一軒屋なら気兼ねなく思いのたけをぶつけられるのに。でも、それもまた言い訳かもしれない、と思い直す。

啓子は自分でもよくわからない。

「パパ、私のほうがずっとかわいそうだと思わない？」

そう投げかけても、夫は聞こえないふりをしているのか、返事はない。

「私が死んでから謝っても聞こえないのよ」

すると、決まって憎まれ口が返ってくる。

「あんたのほうが長生きするんだから」

事件以来、一度も体を壊したことのなかった啓子もこのところ、調子を崩しがちだ。夫よりさきに逝くことはできないと思いながら、かすかな不安がないわけではない。

ストレスからくる大腸炎で入院したのはちょうど、作家の山崎豊子が夫をモデルにして「文藝春秋」に続けていた連載「運命の人」が終わったころだった。膨大な取材をもとに書かれているとはいえ、創作の部分も少なくない。それでも、読者には真実の物語として読まれてしまうだろう。

連載が始まってから、読むのはもっぱら啓子の役割だった。意外なほど傷つきやすい夫がすべてを丸投げしてくるからだ。

「あんた、読んどいて。なんか気になったところがあれば赤を引いておいてくれ」

そのため、啓子は毎月送られてくる雑誌をめくっては、実際に起きたこととはかけ離れた記述に傷つき、いつしか外出をためらうようになっていた。それが直接の原因かどうかはわからないが、ストレスがたまっていたのだろう。

小学生のときに膝を痛めて以来の入院に、自分でも驚いたほどだった。

啓子が入ったのは六人部屋だった。となりの夫婦のやりとりがカーテン越しに耳に入る。

「君がいないと困るんだよ」

「早くよくなってくれ」

夫はといえば身の回りのものを持ってきてはくれるものの、

「倉庫の掃除しなきゃいけないから」

などと言って、ベッドに置いたらすぐに帰ってしまう。

ずいぶん穏やかになったといっても、昔気質《むかしかたぎ》の照れ性まで変わるわけではない。それでいて、啓子の妹には、本音を漏らしていた。

「(啓子がいないから) もう、だめなんだ。猫のウンチが臭くて大変なんだよ」

昭和ひとけた男に染みついた身勝手さと見栄っ張りなところが可愛く思えたりしないわけではない。

いつだったか、啓子は母親からこう言われたことがある。

「あなたたち、あれね、案外と相性がいいのかしらね」

しかし、本当にそうなのだろうか。啓子が荷物をまとめて引き揚げれば、あっけなく終わっただろう。でも、そうできなかった。それどころか、夫婦喧嘩《げんか》をして一週間ぐらい口をきかないなんて聞くと、うらやましくなる。

「シンプルなんですよ、私。だから、なめられちゃうのよねえ、きっと。それが私の失敗だなって思います。それにしても、なぜ離婚しなかったのか。もうとっくにサヨナラしていていいはずなんですけどねー。うーん、好きというのとは違うのよ。でも、なんで一緒にいるのかしらね」

ちょっと考え込むような仕草をすると、啓子は穏やかな笑みを浮かべた。

「きっと、死ぬまでの宿題ね」

タンスの引き出しの奥に、真珠のブローチがしまってある。

かつて、親しくしていた政治家の家を夫が訪ねたとき、たまたま身内の結婚祝いを選ぶために呼ばれていた宝石商から買ったものだ。家に帰ってくると、小さな箱を背広のポケットから取りだして、「はい、これっ」と、それだけ言って渡された。

「あれは結婚七年目でしたかね。きっと、宝石商の方から『よければ、奥様にも』とか勧められて、断りにくかったんじゃないでしょうか。ちょっと格好つけようとしたのね、きっと。あとにもさきにも主人から宝飾品なんてもらったことはありません。これがたったひとつの贈り物です」

十個の淡い桃色の珠《たま》は、かつてあわただしいながらも穏やかだった日々があった証にもみえる。それを、啓子はずっと持ち続けてきた。

体調を崩したこともあり、本心では、生まれ故郷の逗子に帰りたい。

でも、夫はやはり北九州を離れたくないという。生まれ育った街への愛着は深い。近くに三つも競艇場があるところは、全国を探してもそうないだろう。

この街で啓子が暮らしはじめてから二十年ほどになる。「住めば都」とまでは言わないが、どこかで馴染《なじ》んでいるのも確かだった。嫌いというほどでもない。

その北九州に、思わぬ人が訪ねてきたのは〇九年春のこと。作家の澤地久枝だった。夫は下関にある料亭に連れていくと言い、小倉駅で澤地を迎えた。そこから電車に乗る。片道わずか二十分たらず。その間、啓子は澤地とふたりだけで並んで腰かけた。

事件当時、唯一の救いのような文章を残した作家に会う前に、臆するようなところがあった。凛《りん》としたたたずまいの澤地を前にして、自分でも不思議なくらい自然に言葉をかわすことができたという。

でも、このときのやりとりについて、啓子は口にしない。

「あのときのことは大切にしまっておきたいの。だから、お話しするのは勘弁してね。ごめんなさい」

ただ、この邂逅《かいこう》が気持ちのなかで、ひとつの区切りになったことは間違いない。

それからまもなく、衣替えの時期が訪れた。

啓子は夫の押し入れを開け、なかから十着ほどの背広を取りだした。いずれも三越などのオーダーメード。仕立ては崩れていないが、古い型のものばかりで、だれかに譲ることもできない。かといって、いつまでもタンスの肥やしにしておくわけにもいかない。
啓子は一着ずつ思い出をかみしめながら、ゴミ袋に放り込んでいった。何着目だった
か、思わず手が止まった。
目に入ったのは、深緑色の三つ揃《みぞろ》い。
車の助手席に乗せて渋谷駅まで送り、雑踏に消えていった頼りなげな背中がよみがえ
る。それは、夫が逮捕されたときに着ていたものだった。瞬間、あふれだしそうになる
思いを抑えて、言葉にかえた。
「パパ、これももう捨てちゃっていいわよね」
夫は短く「ああ」と答えた。

第Ⅱ部

「過去の嘘」と「現在の嘘」
——弁護士　小町谷育子

第六章　衝　突

日比谷《ひびや》公園の前に、日本プレスセンタービルはある。直方体の上にかまぼこが乗っかったような外観が特徴的だ。この「メディアの殿堂」が完成したのは、元毎日新聞記者の西山太吉が東京高裁で逆転有罪の判決を受けた十一日後のことだった。

それから三十二年後の二〇〇八年九月二日。

このビルの九階にある会議室は、後方にテレビカメラが並び、座席は前列から記者たちで埋まっていた。

「ほぉー」

記者会見場に入った途端、弁護士の小町谷育子《こまちやいくこ》（四十五歳）は思わず胸のうちで声を漏らした。長く情報公開訴訟を手がけてきたなかで、見たことのない光景だった。

直前に、西山太吉をはじめジャーナリストや研究者など六十三人が、沖縄密約にからむ文書の開示を外務省と財務省に求めていた。

作家の澤地久枝のほか、ジャーナリストの筑紫哲也や魚住昭《うおずみあきら》、斎藤貴男、ノンフィクション作家の佐野眞一、映画監督の是枝裕和《これえだひろかず》、社会学者の宮台真司《みやだいしんじ》、それに現役の新聞記者や大学教授など、錚々《そうそう》たる顔ぶれが名を連ねていた。

会場に姿は見えなかったが、作家の髙村薫もそのひとりだった。『マークスの山』や『照柿』をはじめ、『レディ・ジョーカー』『晴子情歌』など数多くの傑作を世に送りだし、社会評論でも知られるが、これまで政治的ととられかねない活動とは一線を画してきた。

それだけに、躊躇《ちゅうちょ》がなかったわけではない。

とはいえ、沖縄返還をめぐって密約が結ばれたことは、米公文書や外務省担当者の証言などからも明らかにもかかわらず、政府はこどもでもわかるような嘘を重ね、それがまかりとおっている。こんなことを許していたら、この国の民主主義は枯れていく。

しかも、情報公開というのは政治的な立場や主張と関係なく、だれでも請求することができる。国が隠してきた事実を知ろうとするのは、国民のひとりとして当然の要求だろう。そう考えて決断した。

請求人たちによる声明に、髙村は次のような一文を寄せた。

〈いまこそ封印されてきた沖縄密約文書を開封すべきです。それができなければ、後世の人びとに顔向けできません〉

国に対する密約文書の開示請求はかつてない広がりを見せた。それは、情報公開の専門家として助言する立場にいた小町谷が狙ったとおりの展開だった。

「とにかく、幅広い分野の方々に加わっていただこうと考えていました。そうすれば、メディアの注目を集め、結果としてより多くの人に問題を理解してもらうことにつながるだろう、と。同時に、この問題の当事者であり、メディアが取り上げたがる西山さんの存在をできるかぎり消したいとも考えていたのです」


初対面は二ヵ月ほど前にさかのぼる。

情報公開請求の打ち合わせを兼ねた顔合わせに、西山はグレーのシャツに紺のジャケット姿で現れた。

「西山でございます。よろしくお願いします」

しゃがれた声でそう言いながら、頭を下げる。驚くほどの低姿勢だった。それでいて、目を合わせようとはしない。皺を刻んだ眉間と鋭い眼光、そして胸のうちを閉ざしたかのような振る舞い。それは、事件により社会的な指弾を浴び、会社を辞め、社会から疎外された長い歳月のなかで染みついた習性でもあった。

そうとは知らない小町谷にとって、第一印象は最悪に近いものだった。同時に、こんなにも年をとってしまったんだ、とも思っていた。

記憶にあるのは、大学時代に「表現の自由」をめぐる憲法の授業で取り上げられた、外務省機密漏洩事件の映像だった。当時、四十歳だった西山の自信に満ちたギラギラとした印象はすっかり影を潜めていた。この間に流れた歳月を思えば当然だろう。

西山は三年前、密約を認めない国に謝罪と損害賠償を求める訴えを起こしたものの、一審、二審とも「除斥期間」を理由に事実上、門前払いされていた。上告したため、最高裁でも遠からず判断が下されるだろう。それも、敗訴がひっくり返るとは考えにくい。

投げだすような口調で、西山は言った。

「負けたままで死にたくないんでね」

そのために情報公開請求を仕掛けたい、というのだ。

日本の政府は一貫して密約を否定しているものの、二〇〇〇年に見つかった米公文書には、こう書かれている。

〈日本国政府は、自発的支払を行うアメリカの信託基金設立のために、(返還協定)第七条に基づき支出する三億二千万ドルのうち四百万ドルを確保しておくことを予定している〉

日本の肩代わりを明記したこの文書の末尾に日米の交渉責任者の署名があるということは、アメリカが公表したものと同じ文書が日本側にもあるはずだ。

西山は、そう説いた。

密約を裏づける公文書の公開を求めて西山が再び立ち上がるとなれば、社会的に注目されるだろう。西山にとって、有罪判決を受けた刑事裁判、上告中の民事裁判に続く第三の、そして、おそらく最後の戦いになる。

しかし、政府はこれまで国会の答弁でも再三、「密約はない」としている以上、請求どおりに密約文書が出てくるとは考えにくい。とすれば、国の決定を不服として裁判に訴えることになるだろう。

はたして、勝てるだろうか。小町谷は懐疑的だった。

「裁判というのは訴えたい人がいるから起こせばいい、というものではないと思うんです。社会的な注目を集めるためだけにバルーンを上げるようなものであるのなら、やらないほうがいい」

とくに情報公開をめぐる訴訟では、請求する文書を行政が保有していることを、文書を請求した側が証明しなくてはならない。それだけに壁は厚い。しかも一度判例がでると、それを引き写すような判決が続く傾向がことさら強い。

それだけに、もし負ければ、将来、起こされるほかの裁判の結果まで拘束しかねない。

西山は戦いを挑んだことで気がおさまる部分もあるかもしれないが、情報公開訴訟の全体を考えたとき、負ける戦いになるのだとすれば、そう簡単に踏み切るわけにはいかない。

机をはさんで話を聞きながら、小町谷はそう考えていた。

一方、西山は語るほどに熱を帯びてきた。

「いいですか。密約については私がいちばん、よく知っている。なにしろ、当事者ですから。国会の承認を必要とする沖縄返還協定に、国は虚偽の事実を記載していた。違法秘密ですよ。アメリカの公文書で嘘が証明されたのに、(国は)まだ認めようとしない。このまま、国の嘘を放置しておくというんですか」

小町谷のなかで、なにかが弾《はじ》けた。しかし、口を開いたら、おそらく決裂することになるだろう。せり上がってくる思いをグッと呑《の》み込んだ。

「『江戸の敵を長崎で』というような言い方に聞こえて、すごく反発を覚えたのです。言葉は悪いですが、ご自分の名誉回復のために情報公開訴訟を利用するというのであれば、私は協力できない。そう思ってました」

なにかを追い求めるまっすぐさと激しさは、弁護士の道を後押ししてくれた父親ゆずりだという。とはいえ、沖縄密約の問題にここまで入れこむことになろうとは、このときは想像していなかった。むしろ、どちらかといえば気乗り薄だった。

小町谷がためらったのには、ほかにも理由があった。

人権派弁護士として知られ、のちに最高裁判事も務めた大野正男に対して、西山が否定的な感情を抱いていると耳にしていたからだ。

「最高裁判事をやって、向こう側の人間になってしまった」

その発言はあまりに一方的で、私怨にもとづくものとしか思えなかった。

大野は、日米安保条約が争われた砂川事件など、平和主義や表現の自由という憲法の価値が問われた戦後を代表する裁判で弁護人を務めてきた。一九九三年には、民間から最高裁判事に任用されている。裁く側に身を置いたあとも、教科書検定をめぐる第三次家永《いえなが》訴訟で文部省の検定意見について違法と確定させるなど、七十九年の生涯を閉じるまで、その姿勢は一貫していた。

直接の面識はなかったものの、小町谷にとっては「神様のような存在」だった。

それだけに、心情的にも西山に寄り添うことは難しかった。

それでも、端《はな》から拒むには、この事件がもつ意味は大きすぎた。

とりあえず、四十年近く前の刑事裁判の記録を取り寄せてみることにした。二百七十ページに及ぶ資料を読み進めるうち、気がつくと引き込まれていた。

なかでも印象的だったのは、一審の最終弁論。その冒頭で、大野はこう断言していた。

〈検察官の行った訴追・立証は、言論の自由に対する侵害であるのみならず、裁判の基本的な原理に対する重大な挑戦であった〉

刑事裁判は「ベスト・エビデンス（最良証拠）」と呼ばれる最大限の証明を尽くすことにより成り立っているとしたうえで、こう続く。

〈いうまでもなく、裁判の基礎は正確な事実認定である。不確実、あいまいな挙証、さらには誤魔化しや偽りとは、司法の原理は本質的に相容れない。（略）かりそめにも、訴追者側において、この原理を侵犯するようなことは許されないところである〉

原則論とはいえ、文章も論理もすきがなく、美しい。ああ、なんと素晴らしい弁論なんだろう。小町谷はうなった。さらに目が覚めるような思いをしたのは、外交交渉について触れたくだりだった。

民主主義の下では、外交交渉の経過は原則として秘密とされるべきではなく、むしろ原則としては公開されるべきであるとしたうえで、次のように述べていた。

〈外交交渉はその経過において、常にガラス張りでなければならないとまで主張するものではない。しかし、外交政策の決定と交渉結果をチェックし、また外交交渉に世論を反映させるに必要な情報は、経過に関してであっても、国民に公開されなければならない。それが秘密の名の下に政府によって抑えられ、政府の一方的に公表する情報だけしか与えられないとすれば、国民は外交問題についてミスリードされ、外交政策について誤った判断をし、交渉結果についても誤った評価をしたうえ、最悪の場合には世論はファナティックな状態となり、戦争に向かうという危険性も生まれるのである〉

交渉経過を秘密にすれば、外交交渉はより円滑、かつ効率的に進むだろう。しかし、そのために国民がこうむるマイナスは、情報をできるだけ公開したうえで交渉を進めた場合に比べてはるかに大きい。

七〇年代のはじめに、大野はすでに「外交の民主化」という概念を主張していた。その鋭さに、小町谷は脱帽する思いがした。それはまさに、二十一世紀に入ったいま問いかけようとする主題そのものだった。

「最終弁論」のなかで、大野は、裁判の最大の焦点は日本側が四百万ドルを肩代わりしたのかどうかという疑問の解明にあったと位置づけたうえで、こう述べていた。

〈もし、これがいわゆる密約であり、国民を誤魔化すためのものであるならば、それは

不正、不当秘密であって、刑事罰による保護の対象にならないからである〉

かりに、四百万ドルの肩代わりという秘密合意は結んでいない、不当秘密ではないというのであれば、それを証明する責任は〈政府＝検察官〉にある。そう指摘された検察はしかし、逃げの一手で立証を避けたのだった。

また、検察側証人となった外務省幹部がそろって偽証を重ねたこともあり、国に密約を認めさせるのはきわめて難しかったことも裁判記録から読みとれた。

世紀をまたいでもなお、国は密約を否定してくるだろう。小町谷は、それでも、と考えずにはいられなかった。

「それでも、いまなら争うことができるんじゃないかと思ったんです」

まず、公開された米公文書が手元にあり、内容をつかんでいる。

さらに、文書に署名した日本側の交渉責任者が密約を認めている。

それにもとづき、請求する文書は「米公文書と同じもの」と特定できている。

これは、巨大な行政組織のどこに、どんな文書が埋もれているのか見当もつかないなかで文書の開示を求めるしかない情報公開請求では、異例のことだった。

もちうるかぎり最大の武器を手にしていることに疑いはなかった。

「大きな言葉でいえば、民主主義の根幹になければならないものはなにか。国民は十分な情報をえられているか。裁判がそうした問いを投げかける器になればいい。そう思ったんです。十分にやる価値はある、と」

密約を認めさせるのと同じかそれ以上に、情報公開にとって重要な意味をもつ。

これが、あの刑事事件の流れを汲《く》むものであるならば、大野が長く籍をおいて活動していた「自由人権協会」というＮＧＯに所属する弁護士が担うのがふさわしいだろう。それは、かならずしも自分でなくてもかまわない。

そう思いながらも、気持ちは前へと傾いていた。

これで勝てないなら情報公開から離れよう。志のためだけに、いつまでも無報酬で弁護を引き受けるのには限界が近づいていた。

それは、小町谷にとっても「最後の戦い」になることを意味していた。

なぜ、情報公開請求という道を選んだのか。たしか、西山はこう語っていた。

「再審を請求したって、最高裁がいつ結論を出すかわからない。それに、認められる可能性も高いとは言えない。国は、もう少し時間がたてば俺がくたばると思っているだろう。たしかに、俺が死んだら、この問題は終わってしまう。だれも取り上げようとはしないだろう。それこそ国が待ち望んでいることだろうよ」

でも、と西山は続けた。

「アメリカが公開している文書と同じものを日本側ももっているはずだから、それを公開しろというのは、なにも私だけの要求じゃない。あの文書は国民のもの。それを出せというのは、国民ならだれでも言えることだ」

たしかに、そうだった。

密約の背景や沖縄返還の問題などにかかわらず、

「国の嘘を裏づける文書を見ることができないのはおかしい」

という一点なら、だれもが共有できる。

そうすることで「西山 vs. 国」という構図を「国民 vs. 国」に置き換えることができる。政治的な色彩を帯びることもなく、純粋に情報公開の問題として問いかけられる。西山は国と戦うため、国に密約を認めさせるために「情報公開」という手段が必要だった。

その戦いにのぞむにあたって、小町谷に必要なのは法廷で使うことのできる武器だった。それは、すでに公開されている米国側の公文書だった。

立ち位置は異なり、抱える思いにまじわらないところも少なくない。それでも、ふたりには重なる思いがあった。

最後は、勝って終わりたい――

プレスセンタービルでの記者会見の席上、小町谷は専門家として情報公開の手続きについて説明した。公開を求めたのは次の三つの文書だった。

・沖縄で米軍から返還される軍用地の原状回復補償費四百万ドルを日本側が負担することに、吉野文六・外務省アメリカ局長とリチャード・スナイダー米駐日公使が合意し、署名した文書（以下、四百万ドル文書）

・VOA（短波放送「アメリカの声」）の移転費千六百万ドルを日本側が負担することに吉野文六・外務省アメリカ局長とリチャード・スナイダー米駐日公使が合意し、署名した文書（以下、VOA文書）

・沖縄返還にともなう日本側の財政負担について、柏木《かしわぎ》雄介《ゆうすけ》・大蔵省財務官とアンソニー・ジューリック米財務長官特別補佐官が合意し、署名した文書（以下、柏木・ジューリック覚書）

小町谷は淡々と、そして簡潔に話す。

「情報公開法は、請求から三十日以内に文書を開示するか不開示とするか、決定を下すことを義務づけています。つまり、回答期限は十月二日ということになります」

そのうえで、不開示という回答には三種類ある、と補足した。

（一）行政文書が存在しない（不存在）
（二）存在するが、不開示情報（情報公開法五条三号）に該当するので開示しない
（三）存在するともしないとも答えない（存否応答拒否）

国はこれまで「沖縄返還にともなう密約はなかった」という立場をとりつづけてきた。そのため、（二）の「存在するが、開示しない」という決定が出るとは考えにくい。そう答えると、密約を認めることになるからだ。

存在するともしないとも答えない、という（三）を選ぶとも考えにくい。なぜなら、アメリカではだれでも入手できる形で公開されている。つまり、すでに存在が証明されている文書について、あえて「存否応答拒否」とするのは不自然だろう。

そう、小町谷は説明した。

「やはり、予測される外務省の回答は『不存在』というものになる可能性が高いんじゃないかと思います」

それからちょうど三十日後の〇八年十月二日、外務省と財務省の下した決定はやはり、「不開示」だった。その理由は、わずか五文字で片づけられていた。

〈文書不存在〉

文書がないから開示できないという。

小町谷が予想したとおりの回答だった。

なぜ、文書が存在しないのか。文書は消えたのか。それとも、はじめから存在しなかったというのか。そうした疑問を解く手がかりさえ示されることはなかった。

請求人や弁護士は、今後の方針について検討する会議を開くことにした。口火を切ったのは、またも西山だった。

「これ（米公文書）以上の証拠がありますか。密約そのものですよ。それをどうして『不存在』だなんて言えるんですか。我々をそしてメディアを見下してるんですよ、国は」

ほとばしる怒りをぶつけるように、まくしたてた。

「文書がないなんて、なめられてるんだ。冗談じゃない。こんなこと到底、許せるものじゃないですよ」

米公文書や交渉責任者の証言があるにもかかわらず、国が説明を避け、根拠も示さないまま「不存在」としたことに憤るのは当然だろう。なにより、文書がないのだとすれば、西山は「存在しない」文書によって刑事責任を負わされたということになる。

その口ぶりは明らかに、自分自身が否定されたというニュアンスに満ちていた。激すれば激するほど、まわりには冷ややかな思いが広がっていく。その温度差は埋めようがないようにも思えた。

西山がそこまで怒りをあらわにするのには伏線があった。

情報公開請求をした、まさにその日、西山が密約を認めない国を相手に謝罪と損害賠償を求めていた裁判で、最高裁は上告を棄却したのだった。それまでの審理の流れから敗訴という結果は想定していたが、驚いたのはそのタイミングだった。

「負けるのはわかっていた。ただ、最高裁が決定を情報公開請求にぶつけてきたのは、いかに司法が我々を恐れているかということだ」

聞きながら、小町谷は首をかしげた。

「推測にもとづいて裁判所を批判するような人に、裁判所が救済の手を差し伸べようとするでしょうか」

裁判所を敵に回したところで、明るい展望は開けない。本当に勝ちたいという気持ちがあるのか。裁判官の心理も含めて法廷戦略を練る小町谷には疑問だった。

それでも、西山はおさまらない。司法への不信感をあらわにした。

「そもそも、私の事件の裁判でも、最高裁は判決で明らかな過ちを犯しているんです」

一九七八年に下された最高裁判決は、四百万ドルの肩代わりがかりに密約だったとしても、と留保したうえで、

〈早晩、国会における政府の政治責任として討議批判されるべきであった〉

と指摘していた。

しかし、日本が肩代わりすることを隠すために密約を結んだのだから、国会で審議されるはずもなかった。返還直前になって秘密電信文の存在が暴かれたときでさえ、政府はかたくななまでに否定を貫いた。

西山の指摘は正しい。正しいけれども、まわりには響かない。みずからの名誉が損なわれたため当たり散らしているようにしか映らなかった。

「情報公開請求はあくまで手段で、目的は密約を認めさせることなんだ」

そう力を込める西山に、小町谷が反論する。

「西山さん、これはあくまで情報公開をめぐる訴訟です。お気持ちはわかりますけど、この文書が密約の証拠なのだといくら主張しても、裁判所が認定するのは文書があるかないか、だけなんです」

しかし、西山は止まらない。批判の矛先はメディアにも向けられた。

「情報公開請求は本来、新聞がやるべきことだ。それをなにもしないで……」

もはや、周囲の顔色は見えなくなっていた。

積年の思いに比べてあまりにそっけない「不存在」という国の回答に、封印していた当時の無念と怒りが噴きだしてしまったのだろう。

小町谷は、厄介な荷物を抱え込んでしまった、と心中で苦虫をかみつぶしていた。それでも受け流すようにひとつ息をはくと、今後の方針へと話題を変えた。

「文書不存在を理由とした『不開示』決定を受けて、請求者がこれを取り消させるには、ふたつの道があります」

ひとつは、外務大臣・財務大臣に対して六十日以内に異議申し立てをする。

もうひとつは、国を相手取り、六ヵ月以内に決定の取り消しを求める裁判を起こす。

異議申し立てをした場合、外務省と財務省は情報公開法にもとづいて情報公開・個人情報保護審査会に諮問することになる。ただ、審査そのものは非公開で、通常は、出身省庁の官僚が答申を起案するため、行政側の意向が汲み取られる可能性が高い。しかも、外務省は異議申し立てを受けても審査会に諮問しないまま棚ざらしにする常習犯だった。二年以上、放置しているケースもあった。たとえ声を上げても、相手にされないおそれがある。

それでは、裁判はどうか。

開示を求めている三通の文書は、いずれも同一の内容の文書がアメリカで公開され、日米の交渉担当者のイニシャル署名もある。文書そのものはもちろん、交渉担当者まで特定できている。

ただ、懸念がないわけではなかった。

「裁判では、『訴えの利益』という要件をみたさなければ審理に入らないのですが、今回、私たちはすでにアメリカで公開された文書を手にしています。つまり、日本側の文書が開示されなくても文書の内容を知っているということになり、国が『訴えの利益はない』と主張してこないとも限りません。それを裁判所が認めれば、密約かどうかという審理に入る前に門前払いされるおそれもあるのです」

一拍おいて、小町谷は続けた。

「それでもなお、訴えの利益はある、と私は考えています」

焦点となるのは密約文書があるかないかであり、文書の内容を知っているかどうかではない。そもそも国民はだれもが情報公開請求の手続きによって文書を手にする権利をもち、説明責任を負う政府は文書を公開する義務がある。そうであれば、かりに米国が公開している文書をすでに見ているからといって、日本が保管している文書を見せなくていいという論理は成り立たない。過去の判例からもそう考えられる、と説明した。

最終的な結論は「提訴」の方向でまとまった。

とはいえ、小町谷は戦いに向けて前を向こうという気分にはなれなかった。しこりのように、ざらついた感情が残っていた。

「この戦いは、西山さん個人の名誉を回復するためのものではありません。まして、西山さんが負けた裁判のやり直しでも、もちろんありません」

その言葉を懸命に呑み込んでいたからだ。

ただ、突如として噴きだしたようにみえる西山の憤りの底には、社会的に死んだも同然の半生を強いられた国への抜きがたい不信感が横たわっていた。それは、小町谷の想像をはるかにこえるものだった。

第七章　封　印

毎日新聞社に入社して十五年の節目を前に、西山は自民党担当から、外務省を担当する「霞クラブ」に移った。沖縄返還交渉が大詰めにさしかかる一九七一年二月、キャップとして、二度目の外務省担当に返り咲いた。

旧知の外務審議官、安川壮《たけし》の部屋に挨拶にいくと、秘書を務める女性事務官から声をかけられた。

「あら、西山さん、おかえりなさい。戻っていらしたんですね」

この事務官との関係が人生の分岐点になろうとは、このときは思いもしなかった。

沖縄返還協定の調印は六月をめどに調整が進んでいた。一方、日米間の交渉で折り合いのつかない問題が明らかになっていた。

毎日新聞の五月十八日付朝刊に、沖縄返還がらみの記事が載った。

《沖縄返還交渉　住民の対米請求を優先　軍用地復元、重点に　政府　全面肩代わりも

準備》

返還にあたり、米軍がそれまで使ってきた軍用地を、かつての地主である住民たちが使っていたときと同じように田畑に戻す。そのための費用をアメリカが払うか、日本が払うか。それが日米交渉で残された焦点のひとつだった。

毎日新聞が「日本による肩代わり」を報じたのは、五月に入って三回目だった。署名はないものの、西山の手による長文の記事の一部を引用してみよう。

〈外務省筋は同日、VOA（アメリカの声）放送施設など〝一括解決〟されることになっている諸懸案のうち、特に対米請求は現地住民一人々々に利害が直接結びついているので、米側の補償がゼロといった事態になれば現地の不満が一挙に爆発する恐れもあるとみて、これらは優先的に取上げ、日本側の主張を貫きたい、との方針を明らかにした。政府としては、さまざまな住民の対米請求のうち、昭和三十六年七月一日以降、地主に解放された軍用地に対する復元補償は「米側が補償すべき十分な根拠がある」と指摘して重点的に打診している。その決着の仕方はVOAと並んで最終段階の折衝の大きな〝目〟となってきた〉

のちに事件で注目される軍用地の原状回復補償費が土壇場の交渉の焦点となったこと

を受けて、具体的な決着のシナリオも次のように示唆されていた。

〈これまでの折衝で米側は「軍用地の復元補償だけは支払うべき根拠はある」ことは認めたといわれるが「沖縄返還に当たって米側の支出は一切避ける」との基本方針から支払いをしぶっているようだ。政府としては、軍用地主が「復元補償が認められなければ新たに提供する軍用地の契約にも応じない」との態度もみせているため、最悪の場合は政府の全面肩代わりも準備している。「米側の支払いゼロ」の場合は感情的反発が強まる恐れがあり、どうしても米側の補償が必要と判断している〉

同じ朝刊の一面トップでは、偶然の符合ともいえるできごとが報じられている。

《私鉄スト　時間切れ突入へ》

この日の夕方、西山は外務審議官の安川を訪ねたが、不在だった。しばらく待っても戻ってこないため、秘書として仕える二人の事務官と他愛のない言葉をかわしていた。そのうち、日頃からなにかと気遣ってもらっていることへのささやかな返礼をしよう、と思い立った。

「きょうはストで電車が止まっているから、どこかの駅まで社の車で送っていくよ。いつも世話になってるんだから、遠慮しなくていい」

男性の事務官は遠慮したものの、女性の事務官には「送ってもらえばいい」と勧めた。そこで、埼玉へ帰るという女性の事務官を黒塗りのハイヤーに乗せていくことになった。車を有楽町駅方面へと走らせながら、西山が思いついたようにもちかけた。

「せっかくだから、メシでも食っていかないか」

新宿で食事をし、もう一軒はしごしたあと、ふたりは関係をもつ。

それが、はじまりだった。

話をするなかで、女性事務官は機密文書を扱っていることがわかった。機密は「秘」「部内秘」「極秘」などに分類されているという。そう聞いて、西山のなかでなにかが動いた。

「決して迷惑はかけないから、君のところに回ってくる書類を見せてもらえないか。沖縄返還で困っているんだ。決して記事にはしないから」

西山は拝み倒すようにして、言い含めた。

翌日、事務官が指定したホテルニューオータニのバーで落ち合った。西山は、持ちだされた機密文書を受け取った。それ以降、アメリカとの交渉過程を記録した機密電信文を逐一、目にするようになる。

ほぼ一ヵ月後の六月十七日、日米間で沖縄返還協定が調印された。敗戦後、アメリカ統治下にあった沖縄が二十七年ぶりに日本に復帰することが正式に決まった。

翌日、祝賀ムード一色の報道に背を向けるかのように、沖縄返還の暗部に切り込もうとする記事が毎日新聞朝刊の政治面（二面）に載った。「西山太吉」の署名がある。

《米、基地と収入で実とる　請求処理に疑惑》

日米交渉の舞台裏を描いた記事の後半部分を抜粋してみよう。

〈交渉のドタン場になって残された懸案は、ＶＯＡ、沖縄現地の対米請求、那覇空港、〝核抜き〟示唆の方法の四点といわれたが、その前に米側は、名（沖縄の施政権）を捨てるかわりに、実（基地の維持と現金収入）はとっていたのであり、むしろ、日本側の至極当然な四つの要求が、ギリギリまで残り、もめ続けたというところに、こんどの交渉のきびしさが浮きぼりにされていた〉

なかでも、軍用地の原状回復補償費については、沖縄返還協定には「アメリカが自発的に支払う」と書かれているが、アメリカがこの〈見舞金〉を本当に支払うのだろうか、と記していた。さらに、疑惑の背景に迫った。

〈米側はかつて議会に「沖縄の対米請求問題は補償ずみ」と説明したことを理由に、〝公平の原則〟をタテにした日本側の要求を拒否し続けた。そこで、日本側は、三億一千六百万ドルという対米支払額に見舞金の四百万ドル（この額に頭打ちしたこと自体が問題）を上乗せし、ちょうど三億二千万ドルという切れのよい数字にしたのではないか。そして、米側は、議会で「四百万ドルは日本側が支払った」と説明して、その場をしのごうとしたのが実情ではないのか。ただし、そう説明するためには、日本側から内密に〝一札〟とっておく必要があったはずである。交渉の実態は、大体こんなところである〉

西山はあえて推論という形をとりながら、米軍用地の原状回復補償費を日本が肩代わりするという疑惑に切り込んだのだった。

その後、西山は警視庁から尾行され、情報漏洩の可能性を案じた駐日米大使館が日本政府に抗議をしたことからも、記事の信憑性が高かったことがわかる。

ただ、肩代わりの証拠となる電信文という証拠を突きつけるのではなく、解説で疑惑を指摘するに留めたため反響はほとんどなく、世論は動かなかった。

そうしたなか、記事に鋭く反応した人物がいた。

当選一回の衆院議員、三十歳の横路孝弘だった。

面会を求める依頼が寄せられたものの、西山は応じない。疑惑に反応した嗅覚を評価しつつ、情報源について知られてはならないという警戒心がはたらいていた。

夏がすぎ、秋が深まる。

西山は疑惑を指摘した記事の最後に、みずからこう書いていた。

〈六〇年、七〇年についで〝第三の安保闘争〟をくりひろげる今秋の沖縄国会を通じて、果たして世論がこれにどんな審判を下すだろうか〉

秋の国会で日本の肩代わりが焦点となれば、密約の実態に迫れるかもしれない。西山はそう期待して、横路からの再三の申し出にようやく応じることに決めた。

指定されたのは、四谷にある小料理屋だった。カウンターにふたりだけで並んで座ると、十歳年下の新人議員は単刀直入にたずねてきた。

「あの記事で四百万ドルの肩代わりについて指摘されていますが、根拠はなんですか」

外務省の機密電信文から読み解いた日米交渉のからくりについて、西山は丁寧に説明した。横路は納得したものの、その裏づけは何か、とたずねた。

熱意に動かされるように、西山は背広の内ポケットに手を伸ばした。そして、電信文の写しを取りだした。

〈アメリカ側としては日本側の立場はよくわかり、かつ財源の心配までしてもらったことは多としている〉

〈問題は実質ではなく〈ＡＰＰＥＡＲＡＮＣＥである〉

これこそが、密約の「証拠」だった。

横路は奪うようにして手に取ると、身を乗りだした。

「これを私にください。国会で追及しますから」

しかし、渡すことはできない。西山は再び、背広の内ポケットに戻したという。

十一月十七日、沖縄返還協定は衆院の沖縄返還協定特別委員会で可決された。社会党議員の質問途中で、政府・自民党が強行採決し、参院へ送られた。審議時間は政府側の説明も含めて二十三時間四十四分だった。

十二月七日、衆議院特別委員会連合審査会が開かれ、「四百万ドル密約」が初めて俎上にあがる。もちろん、取り上げたのは横路だった。

横路　こんどの沖縄返還交渉というのは、非常に時間もかかりましたし、相手のあることですから、たいへん苦労されたと思うわけであります。ただ、外交というのは、やはりいやしくも重要な点で秘密の協定とか取り決めというものがあってはならない。とりわけ国民の権利義務に関することとか、国民の税金に関するような問題については、やはりできるだけ国会のなかで明らかにするということでなければならないと思いますが、こんどの対米交渉のなかで、政府としてはそういう基本的な点についてどのようにお考えになって交渉を進められてきたのか、まずその点について総理大臣、明らかにしていただきたい。

首相の佐藤栄作は余裕の答弁で応じた。

佐藤　原則としては、ただいまお話になるようなことを政府も考えております。同感でございます。ただ、相手のあることでございますから、なかなかその原則を貫くということはたいへん難しいことである、そこらに相互の歩み寄り等も考えられる。こういうことが実際の問題であります。

そこで横路は、日本側には一銭も金を払わないというのがアメリカ政府の原則だったのに、なぜ四百万ドルを「自発的に支払う」となったのか、と疑問を呈した。それではアメリカの議会が通さないはずだ。そして、日本が肩代わりした四百万ドルをアメリカは十九世紀末の法律にもとづいて受け取ることになったのではないか、と迫った。「全然、存じておりません」などとかわしたのは、アメリカ局長の吉野文六だった。

横路　そういうことをおっしゃるのだったら、愛知（外相）・マイヤー（駐日米大使）会談と愛知・ロジャーズ（国務長官）会談の議事録を提出してくださいよ。そのやりとりが明らかになっている。

吉野　この当時の会談はほとんど口頭で行われておりまして、議事録というものはお互いにとっておりませんし、また、お互いに、それ以前の会談につきましても、議事録というものは公式なものは一切ございません。したがって、会談の内容等は記録というものはございません。

横路　お互いに署名したものはなくても、日本側でまとめたやつがあるでしょう。お互いの交渉のなかで、そんなものを放っておくはずがないじゃありませんか。

吉野　この会談は、さきほどご説明いたしましたように、お互いにそういうメモというものは一切とらずに口頭で行っておりました。したがって、そのような記録というものは残っておりません。

横路　じゃあ、あなたがた、大臣にどうやって報告したのですか。（略）

吉野　交渉の経緯につきましては、われわれはさきほど申し上げましたように、口頭でやっておりましたから、なにも残っておりません。（略）一切いわゆる議事録というようなものはとっておりませんんです。

吉野はにわかには信じがたい答弁を繰り返して、時間を費やした。

六日後の十二月十三日、沖縄及び北方領土問題に関する特別委員会で再び、横路は政府を責め立てた。

横路　この間、議事録等が存在をしているんじゃないかということで、それの提出を求めたわけでありますが、ちょっとその誤解があったようなんで、私が要求したのは日米間の議事録といわれるような、お互いに署名した共用のメモというような意味じゃなくて（略）五月の十一日、二十四日、二十八日、六月二日、六月九日等、愛知・マイヤー会談というのが行われているわけです。その議事録というよりは、その交渉の過程を日本側でメモして部内用にやはり資料として作成して幹部のなかに回すわけでしょう。そういう記録が存在をしているから出しなさい、こういう質問であったわけでありますが、（略）そういうものについてご提出を願いたいと思うのですが、いかがですか。

答弁に立ったのはまたも、吉野だった。

吉野　当時の交渉は、非常にデリケートな、最も重要な段階にありましたから、われわれとしては一切そのような議事録というものはとっておりません。みな口頭で先方と話し合い、かつ口頭で関係者に伝える。こういうことで、一切そのような文書はとっておりません。

横路　そうすると、たとえばパリ会談ですね、愛知・ロジャーズ会談、こういうような内容というのは――しかしながら、あれでしょう、公電としてちゃんと外務省に入るわけでしょう。

吉野　パリ会談は私自身がついてまわりましたから、当時の記憶をたどりますと、あらゆる重要なことは全部、電話をもって本省と連絡いたしました。

横路　（略）全然、メモもなにもない。これは常識的に非常におかしいわけでありまして、私たちの調べたところによりますと、一九七一年の五月二十八日の愛知・マイヤー会談のなかで、こういうやりとりがあるんじゃないか、ということを指摘したいと思うのです。

横路はここで、西山から知らされた電信文の内容をそのままぶつけた。

横路　マイヤー大使の発言として、「財源の面倒を見てもらったことは多とするけれども、アメリカの議会対策上、日本側から財源が出たということが明確にならない限り、議会説得は困難だ」。これに対して、愛知外務大臣「文書化はむずかしい」、マイヤー大使「文書にしないと、日本側が四百万ドルを財源としたということを議会の中で答弁せざるをえない、それではかえって日本側が困るんじゃないか」というようなやりとりが、この会談のなかで出てきているんじゃありませんか。

吉野　いま先生がおっしゃったようなことは全然、ございません。

外交交渉では、のちに両国の言い分が食い違うことがないように、当然、記録を残しているものだ。それこそが事務方である官僚の役割だろう。にもかかわらず、平然と否定の言葉を連ねられると、横路はそれ以上、追い込む手札をもっていない。そのため、こう告げるのが精一杯だった。

横路　いまの段階で全部を明らかにすることができないのは非常に残念でありますけれども、いずれにしてもみなさんがたは、ないということをおっしゃった。その責任というのは、これはアメリカ局長にしても、条約局長にしても、外務大臣もどこまでもつきまとっていくということだけを明確に指摘をしておきたいと思うのです。

密約の追及が宙に浮いたまま、七二年を迎える。
一月、沖縄返還の時期が正式に「五月十五日」と決まった。
二月、西山は自民党担当キャップとなって、外務省を離れた。それでも、沖縄密約を
このまま見逃がすわけにはいかないとの思いは消えていなかった。
沖縄返還協定という国会の承認が必要な案件にもかかわらず嘘をとおすとすれば、国
会を軽視し、国民を愚弄するに等しい。佐藤政権の政治姿勢に我慢がならなかった。
このころ、西山は、いつか発表される情報であればどんなものであれ、ほぼ手に入れ
ることができると自負していた。
たとえば、六四年、米原子力潜水艦の佐世保《させぼ》入港を他社にさきがけてスクープしてい
る。
非核三原則に触れかねない極秘情報は政府高官など三人に限られたものだったという
が、「シードラゴン」という船名まで突き止めた。締め切りがもっとも遅い最終版で報
じ、地元・佐世保では号外も配られた。
このとき、その極秘情報をささやいてくれたのが外務官僚の安川だった。のちに、西
山の運命を変えることになる女性事務官が仕えていた人物だ。関門海峡をはさんで下関
に近い小倉の出身ということもあり、意気投合していた。

「特ダネ、やろうか」

唐突に、そう言って教えてくれたという。このときは西山のほうが真意をはかりかね、いぶかるほどだった。

それはたしかにトップシークレットだったが、原子力潜水艦の寄港は遠からず、入港した時点で判明する。

一方、沖縄返還にかかわる軍用地の原状回復補償費を肩代わりする密約は、国にとっての「永久秘密」である。最終的な合意文書を手に入れる以外、証明のしようがない。

そのため、どんなに取材を重ねても、なかなか裏づけを取ることはできなかった。安川にも、いつもはぐらかされていた。西山が女性事務官から電信文を手に入れたときも、口は堅かった。

「原状回復補償費は、日本が肩代わりするんだろ？」

審議官室でふたりきりになり、西山が問いかけた。

「どこから聞いたんだ？」

いつもは冷静な安川が驚きを隠さずに聞き返してきた。その口ぶりから、西山は確信を深めた。やはり密約はある。情報源については「大蔵省筋から」と受け流した。

電信文にある記述とそれまでの取材の蓄積、そして安川とのやりとりから得た心証を重ねれば、間違いない。

《対米請求権　日本が肩代わり　日米に財政密約》

《極秘電信文三通を入手》

そんな見出しで報じれば、記事が一面トップを飾るのは明らかだった。でも、これだけ機密性が高く、裏づけが難しい情報だけに、国は否定するだろう。しかも、外務省内部で犯人探しがはじまることは目に見えていた。

そう考えれば、電信文の存在を明かして書くことはできない。

この問題を追及する急先鋒《きゅうせんぽう》は毎日新聞であり、西山がもっとも懇意にしているのが安川であることは、外務省内や担当記者たちの間では知られていた。ストレートに記事を書けば、安川がまっさきに疑いの目を向けられるだろう。それは、安川の秘書を務める女性事務官を危険にさらすことにもなる。

それればかりではない。一面で報じれば、佐藤政権批判が高まり、場合によっては沖縄返還そのものが覆りかねない。沖縄の人々の祖国復帰を願う切実さを思えば、スクープのためといって簡単に踏み切れるものでもなかった。

それほどニュースの価値は大きかった。もちろん、西山にとって知られてはいけない秘密があったことも影響していただろう。

その結果、前述のように、沖縄返還協定が調印された翌日付の朝刊に、肩代わり疑惑を示唆する解説記事を載せることを選んだのだった。

この時点では、

「参考にするだけだ。そのまま書くことはしない」

という、情報源との約束を守っていた。

肩代わり疑惑を指摘する解説記事を書き、横路らが国会で追及しても、国はシラを切りとおした。

国民にとってきわめて重要な情報を知った以上、こんなインチキを許しておくことはできない。このままでは真相が埋もれてしまう。だからといって、情報源を守るためには「機密電信文を入手」と報じることはやはり、できない。

葛藤の末、西山は決断した。

あの男に託すほかない。

西山は毎日新聞政治部で社会党を担当する記者を呼んだ。横路から会いたいというメッセージを最初にあずかってきた後輩だった。

「これを横路に渡してくれ」

外務省の機密電信文三通の写しをあずけた。

七二年三月、沖縄返還について審議する最後の機会となる衆議院予算委員会が開かれる直前のことだった。

情報源の秘匿は、新聞記者にとってイロハのイだ。相手が弁護士資格をもつ議員ということもあって、漠然とした安心感を抱いていたのかもしれない。文書の取り扱いについて、とくに注文をつけなかった。

あのとき、決裁印を塗りつぶしておけば——

西山が口にすることはないが、その後、何度となく悔やんできたことだろう。

いや、かりに塗りつぶしていたとしても、逆に「真正なものとは認められない」として電信文の信憑性を否定されていたかもしれない。権力とはそういうものだ。

やはり、ああするしかなかったのだ。

この間、意味がないとわかっていながら堂々巡りを重ねてきた。考えても詮無いことと知りながら、思いはそこへ戻る。忘れるには、あまりに代償が大きすぎた。

西山もまた、揺れる思いの断片をノートにつづっていた。逮捕直後のものはなく、翌七三年の日記が残っている。

第七回公判を終え、故郷の北九州に逃げるようにして帰った二日後、西山は情報源の女性に対する罪の意識をつづりながら、死に触れている。

〈所詮、いかなる責任のとり方が妥当か
恥－罪　……　謝罪

どうして家族を守ることができるか
否、いかにして被害を最小限度に食いとめることができるか
具体的にいえばやはり死か生かの問題に帰着する
そのタイミング
今回のモラルの問題はたしかに法律上でいしょくするものではない。しかし、人間の生命価値の極限が愛であるかぎり、その冒瀆《ぼうとく》は最大の犯罪である。自己否定に徹しなければならぬ。それは理論的には死をもってでもつぐなわねばなるまい。但し、裁判は最後まで克服しなければならぬ。それを人間として避けて通ることは●（注・判読不能）たきようである。
国家権力の悪をさばき、かつ自己をもその過程でさばかねばならん！〉（七三年二月二十三日）
短い言葉のなかには、職責を果たそうとしたにもかかわらず訴追された無念もにじむ。
〈秘密のバクロこそ、新聞の機能である〉（二月二十五日）
新聞記者には、小学生のころから憧れていた。

本を読むようになったのは、旧制中学校に入ってからだった。

戦争中、生まれ故郷を離れ、ひとりで山口県下関市に移り、中学校の教頭が住む官舎に間借りした。しかし、ふすま一枚を隔てて、ひとりになれる時間はほとんどない。満足に食べるものもなく、絶えず人の顔色をうかがってすごした。わずかな小遣いを手に古本屋に行くのが、ほとんど唯一の楽しみだった。背伸びするように哲学書を手に取ったが、理解はできなかった。

二年の夏に、終戦を迎えた。中学校の校門で玉音放送を聞いた。

もうこれで、陣地構築の土木作業に駆りだされることもないのか。

もうこれで、空襲にもシャワーのような焼夷弾《しょういだん》にもおびえなくてすむのか。

「ああ、これで終わったんだ」

甲高い天皇陛下の声が割れるように響くのを聞きながら、まっさきに抱いたのは安堵《あんど》と解放感だった。

政治への関心が高く、新制の下関高校（現下関西高校）では自治委員長を務めた。福沢諭吉に惹かれて進学した慶応大学でも、全塾自治委員長として、ふたつに分断されていた学園祭を初めて統合させたりした。

あるとき、全学連から「東京都私学復興会議」を慶大でやれないか、ともちかけられた。大学側は難色を示した。学生部長が、

「慶応の学内にアカを入れるのか」

と猛反対したが、西山は譲らない。

「たとえ考えが違っても議論するのが慶応のいいところではないでしょうか。多事争論こそ我々の大学の気風でしょう」

そう言って押し切ったという。

大学三年ぐらいから、学内の政治学会誌にほとんど毎号、寄稿した。いつも巻頭を飾り、ほぼ「私人誌」と言ってもいいほどだった。

日本テレビが全日本学生政治学会議について放送したときには、西山の姿がブラウン管に映ったらしい。

「親父が見て、『(西山は) しゃべるとき早口すぎる』と言っていた」

後輩だった佐藤栄作の次男がそう話していたと、人づてに聞いた。このときから、佐藤栄作との因縁がはじまっていたのかもしれない。

卒業後は大学院に進み、国際政治学を専攻した。ベトナム革命を率いたホー・チ・ミンを研究した「ベトナム革命論序説」という論文を書いた。

思いはつねに政治へと向いていた。

一九五六年に毎日新聞社に入社。経済部などをへて、政治部に配属される。以来、政治記者一筋だった。事件が起きたときは、自民党キャップ。あと数年すれば、管理職になる道が約束されていた。でも、西山はひそかに別の人生を思い描いていた。

「取材の現場を離れるくらいなら、政治家になったほうがおもしろい」

立候補するのは山口県。父の商売でつながりが深かったうえ、みずからの母校の同窓会など人脈もある。

しかし、その道も断たれた。

事件から一年を迎え、日記にはこう記している。

〈昨年の今日、電信文を渡したし。

ちょうど一年。

汚辱と不名誉——恥
しかし、権力のギマン、ごまかし工作
——その谷間に積極的、創造的な生への意味をつかむことができないまま今日に至る〉（七三年三月二十七日）

生の意味をはかりかねながら、それでも〈まだ闘志はある〉と記し、みずからを奮い立たせようとしているようにもみえる。そのさきに、こう続く。

〈その他（家族）のことはその時の裁量にゆだねるほかないか。現在の抵抗性をどれだけ持続できるか。小生の斗《たたか》う基盤もその抵抗性の上に乗っかっていることからみれば、やはりそのことが気になるし、置かれた条件の下で、最大限の真の自由を追及《（ママ）》する以外にはない。その自由とは裁判斗争《とうそう》への意志である〉（同）

　啓子について触れたのは、わずか一行。しかも「その他のこと」に分けている。西山はみずからを支えてくれる、ただひとりの女性にさえ思いを向けられずにいた。

　無理もない。すでに〈もう死んでいる自分〉としか思えなくなっていた。

〈思えば、いまはまだ線が張りつめている感じ。
　プツッと切れるときが来るかも
　まだ地獄への下り坂
　下りきった時に……〉（三月二十九日）

　それから二ヵ月。被告である女性事務官への尋問が近づいてくる。

　西山の弁護団はすでに、女性事務官の供述に反論しない方針を固めていた。真相が隠されてしまうことにもなりかねないが、新聞記者が情報源を守れなかった以上、やむをえない。法廷で事務官がなにを口にしても甘受する。せめてそういう形で結果責任を引き受けるしかない。そう決めたのだった。

西山は間違いなく、葛藤のなかにいた。

〈事実関係の表面化がむずかしいところにすでに裁判の限界がある。しかし、それも自らがまいたタネ。身を捨て、他を立てる。そこに活路を見出す。ほかにあるまい。それは人道主義、自己否定という根源的な問題であろう。その上で権力側のウソに対しては斗い抜く〉（五月二十四日）

そして、女性事務官は法廷で明らかな嘘を口にした。

たとえば、最後に会ったのは七一年九月十五日だったが、なぜか「八月上旬」と答えたり、あたかも文書の持ちだしを強制されたかのように言い募ったり、西山が反論したいことはいくらでもあった。でも、のみこまなければならない。

そのためだろう。日記には、自分に語りかけるような言葉が並ぶ。

〈雲だけがあまりに美しい

自らの不遇をかえりみず、他を攻撃することをやめよ他を憎む（こと）なく、常に自己を否定せよ。
理に沿って行動せよ、情に溺れるな。
あとは天にゆだねよ〉（同）

季節が秋に変わる前、論告求刑で、検察は「懲役一年」を求めた。

〈求刑――事実上、死刑宣告／生きて何をする／何をあたえることができるのか？〉（八月二十日）

ただ、自分が負うべき運命を静かに待つことしかできない。西山はみずからに言い聞かせるようにつづっている。

〈挫折してはならぬし、その必要はない／「権力」が善で、小生が悪ということでないかぎり〉（九月二十二日）

第八章　反　骨

どんな歴史があるにせよ、西山は情報公開請求に名を連ねた六十三人のひとりにすぎない。

小町谷からすれば、それは個人的な感情ではなく、現実的な戦略から導きだされた結論だった。

それよりも、乗り越えなければならない壁はまだあった。

いよいよ提訴の準備にとりかかろうとする前に、情報公開請求を支えてきた弁護士との間に小さな亀裂が生まれかけていた。

明るくムードメーカー的な存在で、渉外担当の飯田《いいだ》正剛《まさよし》。

事務連絡など裏方仕事を黙々とこなす、新聞記者出身の日隅《ひずみ》一雄《かずお》。

情報公開に精通して、実務を担う小町谷。

いずれも「表現の自由」にかかわる事案に取り組み、睡眠時間を削りながら手弁当で活動してきた。

その三人の間で、弁護団をどうつくるかをめぐって意見が割れたのだ。

情報公開の請求人全員が原告にならないとしても、錚々たる顔ぶれがそろうだけに、メディアの注目度はきわめて高い。そのため、飯田や日隅は、弁護団長には「それなりの人物を」と考え、心当たりに打診していた。また、大規模な弁護団を組むつもりで、大勢の弁護士にも声をかけていた。

ところが、そうした構想に小町谷は異議を唱えた。

「三人でやりませんか」

大弁護団を組むことに反対したのだ。その理由をこう語った。

「弁護士の数が多いから裁判所が心証を変える、なんてことは絶対にありません。それでも数をたのむというのであれば、法廷の被告席に国の代理人となる訟務検事が二列、三列と座っているのと同じじゃないですか。みっともないと思いませんか？」

司法試験合格の年次による序列が重んじられる法曹界において、小町谷はふたりの先輩に容赦なく本音をぶつけた。情報公開の専門家としての自負もあっただろう。大切なのは弁護士の顔ぶれではなく、あくまで訴えの中身。数ではなく論理ではないか、と説いた。

「自分で訴状を書かないのであれば、私はお引き受けすることはできません。これまでもずっと、そうやってきました。だれかを弁護するというのは、それほど責任の重いことじゃないですか」

弁護団会議に姿も見せず、書面も書かず、訴状に名前だけ連ねて捺印は代わりにしてもらう。それで弁護士として責任を果たしたことになるのだろうか。青臭さがにじむ正論を、小町谷は投げかけたのだった。

一九六三年、小町谷は父の故郷、長野県大町《おおまち》市で生まれた。産声を上げたのは、医師である祖父の実家だった。

「二歳を前にして人間が変わってしまった、と聞かされているんです」

笑いながらも、真顔でそう語る。

あるとき、父からうつった風邪をこじらせて肺炎にかかり、一ヵ月ほど入院した。元気になって自宅に戻ると、すっかり変わっていた。まわりに頼ることのできない入院生活に後押しされたのか、かつての甘えん坊娘は食事だけでなく、なんでも自分でやろうとするようになっていた。

「あのとき、あなたは独立独歩の人になったのよ」

母はいまも、そう語るのだという。

中学校の家庭科の授業で、裁縫箱を渡されたときのことを小町谷は覚えている。男子は鶯《うぐいす》色で、女子はピンクだった。

「こんな色、いやだ」

そう言うと、母は学校にかけあって鶯色のものと取り替えてくれた。

母は昭和十年の生まれながら、日本女子大英文科を卒業。才媛と呼ばれながら家庭に入ったものの、「男女平等」が染みついている。それが小町谷にも影響したのだろう。

自由な校風で知られる神奈川県の県立高校に入ると、名簿には生徒の名前が男女の別なく五十音順に並んでいた。

「ああ、よかった」

押し付けられるような女の枠組みから解放されたようで、小町谷はうれしかった。なぜ女や男という色分けがいるのか。ずっと窮屈に感じていた。

もしかしたら、そうした違和感が弁護士の道を歩む伏線になったのかもしれない。

とりたてて理由もなく進んだ早稲田大学では、演劇に夢中になった。授業をサボって、サークルに入り浸る。それでも一年とたたないうち、あまりの演技力の乏しさに自分で見切りをつけた。

そして、ふと、大学を受け直してみようと思った。文系より理系のほうが性に合う。好きなことを学ぶために、もう一度やり直そう。そう決めた矢先、母が病気で倒れた。仕方なく、そのまま卒業するしかないと思い直した。

四年生になった八六年に、男女雇用機会均等法が施行された。ただ、女が会社で働く難しさは、大手食品会社の役員だった父から嫌というほど聞かされていた。

「女性は優秀だけど、スタートが三年遅れちゃうんだ。結婚してやめるなら、叱ったりもしない。育てようと思うから叱るんだ。それを見極めるのに三年かかるんだ」

だから、父はこう言った。

「どうせ生きにくいのだから、好きなことをしたらいい」

とはいえ、思い浮かぶ仕事は多くはない。とにかく、手に職をつけよう。そう考えると、授業で触れている法律書がなんとなく馴染みやすいように思えて、司法試験を目指すことにした。どこかで論理的な思考に惹かれていた。

五度目の挑戦となった九二年、父が突然、がんで亡くなった。六十一歳。一次試験の十日前のことだった。なんとか合格して論文試験に進んだものの、一科目だけ「F」評価。規定によって足切りされた。

法曹の道へと背中を押してくれた父のためにも、「あと一回だけ」。そう思い定めて臨んだ翌年、やっとのことで難関をくぐり抜けた。

「裁判官には興味がありましたが、司法エリートでないとなれないですから。女、三十歳でスタートを切る私には可能性がなかった。それに、検察官は犯罪を摘発するだけに思えて興味をもてなかったので、必然的に弁護士になったのです」

当時は、司法修習時代に研修先となる弁護士事務所を決めるための面談があった。

「労働事件に興味はありますか」

　労働問題にからむ裁判は共産党系の弁護士事務所が手がけることが多かった。小町谷には、特定の政党とつながりを深めることには抵抗があった。

そこで割り振られたのが、いまも籍を置く法律事務所だった。

九六年に弁護士登録する。

「女がいまからやっていくには、何かウリになるものが必要だ」

事務所の先輩からそう言われ、二ヵ月後にアメリカへ渡った。語学学校に通った後、名門ジョージタウン大学で法学修士号を修めた。このときに磨いた英語力がのちに、膨大な密約文書を読み込むのに役立つことになる。

当初、振られる仕事の多くは家庭裁判所での離婚をめぐる裁判や調停だった。

それでは飽き足らなくなり、先輩弁護士の訴訟を手伝ううちに情報公開へと軸足を移す。偶然の積み重ねとはいえ、いまや、この分野のスペシャリストだ。

また、NPO「放送倫理・番組向上機構（BPO）」の放送倫理検証委員会や共同通信社の第三者機関「報道と読者」委員会の委員も務めた。

弁護士事務所の机には、いつのころからか集めるようになったカエルの置物が並んでいる。

「小さいころ、朝起きたら、オタマジャクシに突然、足が生えているのを見つけて、なんだか楽しいなあって」

引き出しを開ければ、カブトムシの一筆箋。蟻《あり》の絵がついた「ありがとう」のほか、「大至急」「受け取りました」など、愛嬌《あいきょう》あるキャラクターが吹き出しで語りかけるスタンプも転がっている。

「かわいいでしょ、これ」

裁判の書類にも平気でポンポン押すという。

どこか少女っぽさが抜けない。いや、理屈ばかりの堅苦しい世界に身を置くだけに、あえて柔らかさを失わないようにしているようにもみえる。

「パンツスーツは着ません。それでなくても激しい性格で、しかめっ面でいることも少なくないから、服装ぐらいせめて女性らしくと思ってね」

歩いていても、雑貨屋を見つけると引き寄せられるように入っては衝動買いをしてしまう。でも、家に持ち帰ってみると、どれもバラバラで統一感がない。だから、収集といえるようなものじゃないの、と笑う。

沖縄密約情報公開訴訟の弁護団編成をめぐる意見の食い違いは、なかなか着地点が見いだせなかった。

その間にも、飯田はある弁護士に接触して、弁護団長就任の内諾を得ていた。「表現と自由」の第一人者として情報公開法の制定に深くかかわり、青山学院大学名誉教授でもある清水英夫。すでに弁護活動の一線からは退いていたものの、飯田の熱意にほだされて引き受けるという。また、三十人近い弁護士も訴訟に加わる意思を示していた。いまさら弁護団を解散することはできない。

それでも、小町谷は職人を思わせる頑固さで言い張った。

「じゃあ、訴状に書くときは、代理人（弁護士）は五十音順にしましょう」

しかし、実際に筆をとることになる小町谷の名前を、単なる弁護団の一員として埋もれさせるわけにはいかない。

「弁護団長代行ということでお願いします」

飯田がひねりだした妥協案に、ようやく小町谷も折れた。

それが、二〇〇九年初めのことだった。

訴状を書くにあたって、小町谷は書棚から古びた表紙の本を取りだした。澤地久枝の『密約——外務省機密漏洩事件』。ページをめくるのは何年ぶりだろう。読み進めるなかで印象的だったのは、検察官による西山への尋問の場面だった。

〈当時のあなたの行動を振り返ってみて、そういう条件をつけたにせよ、電文のコピー

をそのままの形で渡したことについて、あれで国会議員に頼む方法として十分だったと思われますかどうか。その点だけ〉

国会での質問を控えていた社会党議員の横路に電信文のコピーを渡した際、情報源を守るためにどれだけ配慮したのか、と検察官は問いかけたのだった。すると、弁護団長の大野がすかさず異議を唱える。

〈大野弁護人　本件と関係ありません。
裁判長　異議に対するご意見。
石山検察官　それは本件につきまして特に情状に重要な関係がありますので、これが関係ないということはありません。
西垣弁護人　どういう情状に関係あるのですか。
石山検察官　本件の犯状に影響ないということになれば、なぜここに被告人のH（注・外務省女性事務官、原文では実名）がすわっているか、その理由について釈明していただきたい。
西垣弁護人　それは検察官が不当な起訴をしたからです〉

そのあとにつづく一文に、小町谷は引きつけられた。

〈弁護団では最年少にみえる西垣弁護人の発言の語尾は、法廷内の爆笑でかき消されてしまった〉

検察は「情を通じ」という文言を二度も盛り込んだ起訴状により、「国が国民に嘘をついて密約を結んだ」という本質を「一組の男女の問題」にすりかえた。しかし、そのことへの弁護人の批判は、法廷内に弾けた笑い声とどよめきによって流されてしまったというのだ。

それが、あの時代の空気だった。

訴状を書くのは、自宅の書斎と決まっている。

机に3Bの鉛筆と消しゴム、それに一冊のノートを用意する。普段の仕事ではパソコンを使うが、訴状だけは鉛筆で書き進める。なぜかと問われても適当な答えが見つからない。ただ、ずっとそうしてきた、としか言えない。

ともすれば、法を重んじるがゆえに市民に冷たい判断を下すことのある裁判所を、国寄り、つまり敵対者と位置づける弁護士は少なくない。でも、小町谷はあくまで理解者とみる。

「これまで、自分なりに力を尽くした訴訟では、たとえ負けても納得のいく判決をもらってきました。だから、どこかで裁判所を信じたいという気持ちがあるんです。だって、裁判官も人間、そして国民のひとりですから」

甘い幻想と言われようがかまわない。負けることになれば、自分の力量が足りないからだ。裁判所のせいにはできないし、そうしたくもない。

だから、訴状に記す言葉には心を砕く。どうすれば「裁判官」というひとりの人間に届くかを考え抜くのだという。

書きあぐねると、本棚から決まって一冊の本を取りだす。『予防接種被害の救済』。小町谷にとって神様のような存在という、大野正男がかかわった裁判の記録だ。

予防接種による副作用被害の責任を問う集団訴訟提訴は、沖縄が返還された翌年の七三年。それから二十六年に及ぶ戦いで、大野をはじめとする弁護団は一審、二審、最高裁のいずれからも新たな判例を引きだし、患者救済の制度を生むきっかけにもなった。大野みずから「弁護士冥利に尽きる」と振り返るほどの偉業は「司法のドラマ」とまで呼ばれた。

小町谷はその記録を繰りながら、背筋が伸びるような思いでみずからを奮い立たせる。それでも行きづまり、気分転換のために町へ出てみようと思った。

散歩がてら足を向けたのは、小田急線の最寄り駅前にある「スターバックスコーヒー」だった。隅の席で、マグカップ入りのコーヒーをすすりながら、ふと思いたった。

息ぬきではなく、ここで書いてみよう。

「この訴訟は、原告だけでなく、私たち国民一人ひとりの訴えを届けるものなんだ。そう考えると、人々の息遣いから隔絶された自宅の書斎ではなく、町の雑踏の片隅で書くほうがふさわしいように思えてきたんです」

小町谷は鞄に入れておいたノートを開き、鉛筆を握った。不思議なことに、まもなく書きだしの文章がすっと浮かんできた。

〈一九七二年（昭和四十七年）五月十五日、沖縄が日本に返還された。直接的な米軍支配から抜け出したものの、沖縄には、在日米軍基地・専用施設七五パーセントが集中し、今なお、日米同盟の枢要な拠点であり続けている〉

情報公開訴訟では異例のことだが、沖縄の位置づけから説き起こすことにした。事実関係を淡々と並べただけだが、それがふさわしいように思えた。

〈日本は、現在、在日米軍の駐留に伴い、思いやり予算と呼ばれる在日米軍駐留経費を負担しており、普天間基地の名護市辺野古《なごへのこ》への移転及び日本に駐留する米海兵隊の一部のグアムへの移転など米軍再編のための費用も負担することになっている。この巨額の財政負担の源流は、沖縄返還交渉中に日本とアメリカ合衆国との間で交わされた「秘密の合意＝密約」にあるといわれている〉

それゆえに、沖縄返還交渉で合意された財政密約に関する文書の開示を求めるのだ。

〈沖縄返還から四十年近くが経過した現在、いまなお不開示となっているこれらの文書は、行政上必要な文書という性格を越えて、すでに歴史的な公文書となっている〉

さらに、アメリカ合衆国憲法を起草したひとり、ジェームズ・マディソンの言葉を引きながら、こう結んだ。

〈主権者である国民が、知識の与える力をもって自らを装備し、日本とアメリカ合衆国との間に伏在する諸問題の実相を知るためにも、これらの文書は極めて重要な意義を有している。国民に情報を与えない、もしくは、情報を獲得する手段を与えなければ、政府は真に国民の政府とはなりえない。沖縄返還に関する密約文書は、広く国民に公開さ

れなければならない〉

情報はだれのものか――

訴状は、そう問いかけているようだった。

さらに、原告全員のプロフィールをその思いとともに紹介することにした。

「『知る権利』という言葉はあっても、それを使うのは一人ひとり、顔のある人間です。どんな人間がどんな思いで、その言葉を求めているのか。それを裁判所にわかってもらうことができなければ、原告の訴えは汲み取ってもらえない。そう考えたんです」

その異例の試みは法廷戦略というより、小町谷にとっては必然のことだった。

情報公開を求めた六十三人のうち、だれが原告になるか。

「不開示」の決定から約一ヵ月後の十一月七日、請求人共同代表のひとりだったジャーナリストの筑紫哲也が肺がんで亡くなった。

「象を見ないで、蟻を見ている」

この事件をめぐる報道について、そう批判していた。政府が密約を結んだという本質をつかまえようとせず、取材手法など些細《ささい》なことばかりをあげつらっている、との指摘だった。

二〇〇二年に毎日新聞労組が開いたシンポジウムでは、西山とともにパネリストとしてマイクを握り、次のように語っている。

「同じ時代に生きた一人のジャーナリストとして、ジャーナリズムが西山さんという人をきちんと守れなかったという結果については恥ずかしいと思っております」

朝日新聞のワシントン特派員として、米ニクソン政権が崩壊に追い込まれたウォーターゲート事件を同時進行で見つめてきただけに、アメリカにおいてジャーナリズムが果たした役割と比べるところがあったのだろう。

「沖縄密約事件から三十年たって、現在なにが問題かと言えば、いまだに隠すことをやめない私たちの政府機関、権力者たちの存在でありましょう。そういう意味では、これは三十年前の事件ではなくて、現在の事件です」

筑紫はひとつ、息を継いだ。

「つまり、嘘をつきとおすということを、依然として政府や私たちが選んだ権力者はやりつづけて、それが可能な国なんだという、これを非常に明白に照らしだしています。（略）文書が公開されて、密約の存在が明らかになっても、まだそんなものはなかったと言い続けられる政府を、私たちはもっている。（略）そのことをこの出来事は示していると思います。これでだれがいちばん被害を受けるかというと、結局は、国民なのです」

最後まで沖縄に、この国の民主主義に思いを馳せながら、その結末を見届けることなく、筑紫は七十三年の生涯を閉じた。

もうひとりの共同代表であるジャーナリストの原寿雄《としお》（当時八十四歳、以下同じ）も原告には加わらなかった。

共同通信記者時代、「菅生《すごう》事件」で警察の謀略を暴きだす報道を率いた。警察が共産党員の仕業に見せかけて派出所を爆破したうえで、党員を逮捕していたのだ。それだけに、権力の罠《わな》と空恐ろしさが身に染みている。外務省機密漏洩事件のときは、タイのバンコク特派員だったため、渦中にはいなかった。ただ、問題の本質をすりかえた国を前にメディアは敗北した、との思いが強く残っていた。それだけに、西山が国家賠償訴訟を起こして以来、三年あまりにわたって法廷に通い続けてきた。しかし、その原も体調不良を理由に静かに身を引いた。

そのほか、作家や現役の新聞記者などが「中立的」な立場を保つために離れたこともあり、原告は二十五人になった。

それでも、事務局を務める日隅から泣きが入った。

「コメントがなかなか集まらないんです。全員分は難しそうなので、第一回の口頭弁論まででいいんじゃないでしょうか」

裁判所に与える第一印象が流れをつくる。原告の切実な思いを裁判官にいかに伝えられるかが弁護士のもっとも重要な役割だ。そう考える小町谷は、なんとしても訴状に盛り込みたい、と押し戻した。

ようやく全員のコメントが集まったのは、裁判所に訴状を提出する二日前だった。

そのいくつかを紹介しよう。

まず、原告共同代表の桂敬一《かつらけいいち》（七十三歳）。

社団法人日本新聞協会に勤務後、東京大学新聞研究所（のちに社会情報研究所と改称）など、いくつかの大学でマス・メディア、ジャーナリズムの研究と教育に従事し、立正大学で教鞭《きょうべん》をとっている。

〈残念ながら日本政府は、依然として国民を「由《よ》らしむべし、知らしむべからず」の状態に置こうとしています。（略）もうけりをつける時機だと考えます〉

同じく共同代表の柴田鐵治《てつじ》（七十三歳）。

朝日新聞論説委員を務めた後、国際基督教大学客員教授としてメディア論を教えた。

〈私たちの政府が国民に平気で嘘をつく政府であってほしくない〉

三人目の共同代表、新崎盛暉《あらさきもりてる》（七十三歳）は沖縄大学名誉教授である。

サンフランシスコ講和条約が発効し、日本が独立した五二年四月二十八日の光景を忘れることができない。都立高校に入学してまもないこの日、校長は全校の生徒と教職員を集めると、万歳三唱を呼びかけた。いくら日本が主権を回復したといっても、沖縄だけが引き続き米軍の施政権下に置かれるというのに万歳をするとはどういうことか。その違和感から、新崎はのちに沖縄に移り住むようになる。

〈「沖縄にとって日本とは何か」を問い返しつつ半世紀を生きています。本件訴訟への参加はその延長線上にあります〉

米公文書の発掘を続け、沖縄返還の実相を明らかにしてきた琉球大学教授の我部政明（五十四歳）は、こうつづった。

〈これからの国際社会において日本のやるべきことを考えるためには、過去に何をやってきたのかを知ることから始めなければなりません〉

奥平康弘《おくだいらやすひろ》は二九年生まれ、七十九歳の憲法学者だ。日本で最も早く情報公開に注目した人物でもある。

〈沖縄における日本国主権の回復は、戦後日本国にとって画期的な出来事でした。それが、どのような経緯（交渉、駆け引き、妥協、決定など）を経て成立したのかという情報をわれわれ国民は、欠けるところなく「知る権利」を有しています。なぜならば、こうした背景情報無しには全島基地化されている沖縄の現状が抱えている諸問題を、われわれ市民は正しく理解できないからなのです〉

さらに、かつての刑事事件に接点をもつ人々もいる。

元読売新聞記者で日本大学特任教授の北岡和義《かずよし》（六十七歳）。七二年の国会で外務省の機密電信文を手に密約を追及した社会党議員、横路の第一秘書だった。前日まで、別の質問の準備に当たっていた。あの瞬間は傍聴席から目撃した。その後、アメリカで三十年近くジャーナリズムの世界に身を置いた。

海外にいる日本人にも選挙で一票を投じる権利を求めた在外投票訴訟では、原告として国を相手に「勝訴」している。〇五年に西山が国家賠償訴訟を起こしたと知り、ロサンゼルスから帰国した。

〈情報公開はアメリカ民主主義の基本でした。国民にウソをつく政府は憲法の否定、い

つか滅びます〉

当時の刑事裁判を傍聴して『密約』を著した作家、澤地久枝（七十八歳）の名前もある。

〈米軍が解禁した密約電報も担当外交官の証言をも無視、政府は否認しています。知る権利も主権在民もない現状に、本件文書の公開を強く求めるものです〉

ただし、西山太吉の紹介はそっけない。

〈毎日新聞政治部記者時代に、沖縄密約事件に関与し、退職後は親族の系列会社に勤務後、現在自営業に従事しながら、全国の大学や市民団体の要請を受けて講演活動を続けている〉

あくまで原告のひとりとしての扱いだ。これが西山の訴訟ではないと印象づけるため、小町谷が表現をそぎ落とした。そして、あらためてこう強調した。

〈今回の日米秘密合意三件の不開示は、日本の情報公開制度の精神を蹂躙《じゅうりん》する違法行為といわねばなりません〉

小町谷は、ＢＰＯの放送倫理検証委員会の委員長代行として、問題が指摘された番組を検証し、みずから報告書づくりに携わってきた。それでも毎回、書き直された。同じ委員長代行でノンフィクション作家の吉岡忍《しのぶ》が手を入れるからだ。法曹界だけに通じる言葉では伝わらない。いかにやさしい言葉で普通の人々に届けるか。そう、強く意識するようになっていた。

結局、書き上げるまでに三週間かかった。

東京地裁に提出した準備書面を、小町谷はこんな言葉から書きはじめた。

〈No records, no history〉

記録がなければ、歴史をありのままに後世に伝えることはできない。それどころか、歴史そのものが消え、検証することもできなくなってしまう。情報は国のものではない。国民が共有する「知的資源」である。だからこそ、国のもつ情報を明らかにせよ、と迫ったのだった。

そして、報道陣に向けた文書では、十八世紀にアメリカで起きた「表現の自由」をめぐる裁判での有名なエピソードを紹介した。

〈一七三四年、植民地時代のアメリカで、出版の自由をめぐって、一人の印刷人ゼンガーが、ニューヨークで治安妨害扇動の罪によって起訴されます。この弁護を引き受けたフィラデルフィアのアンドリュー・ハミルトンは、無罪の評決を引き出した有名な最終弁論で、陪審員に対し熱意をもって訴えます。

「あなたがたが判定しようとしているのは、ひとりの可哀相《かわいそう》な印刷人のことでさえもありません。ニューヨークだけのことでもありません。アメリカのすべての自由市民に影響を及ぼすかもしれない性質のものなのです。ことは、もっとも重要な大義名分にかかわるのです。ことは自由という大義名分にかかわるのです」〉

総督の統治について批判的な新聞を発行して罪に問われたアメリカの印刷人の例になぞらえて、小町谷はこうつづった。

〈この裁判は、原告の一人の名誉回復のためのものではありません。原告二十五名のためのものでも、沖縄市民のためだけのものでもありません。結果として、日本のすべて

の市民の知る権利に影響するものなのです。私たちの知る権利が真に保障されているのかを問うことが、この裁判の目的です〉

「原告の一人」とは、言うまでもなく西山を指していた。

提訴前日の〇九年三月十五日、小町谷は思わず朝刊をめくる手を止めた。「密約」という見出しの文字が目に入った。

「(四百万ドルの日本による肩代わりは)米国の情報公開で示されている。日本は(密約は)ないと言い続けている。(日本政府が)どれだけ嘘を言ってきたか」

民主党副代表だった岡田克也《かつや》は、国民に説明責任を果たす、と言い切っていた。

「政権を取ったら全部だす」

ようやく、追い風が吹きはじめていた。

第九章　記　憶

東京地裁、七〇五号法廷。

小町谷は紺色のスーツ姿で原告席の最前列に腰を下ろした。となりには、情報公開請求以来、ともに準備を進めてきた飯田と日隅が並ぶ。まもなく正面の扉が開き、法衣をまとった三人の裁判官が現れた。

裁判長の杉原則彦（五十三歳）がゆっくりと中央の席につく。最高裁調査官を七年間も務めた司法エリートだ。顔を上げると、杉原は落ち着いた声で切りだした。

「率直な感じを述べさせていただきます」

原告の訴えに耳を傾けるのか、それとも国の主張に寄り添うのか。

「交渉相手のアメリカに文書がある以上、当然、日本側にもこれに対応する文書があるはずであり、かりに対応する文書がなくても、これに関する報告文書などはあるはずであるという原告の主張は十分に理解できるところです」

なんということだろう。門前払いどころか、原告の主張を正面から受け止めていた。

小町谷は息をのんだ。あとに続く言葉を聞くために裁判長席を見上げると、杉原は向かって左手の被告席へと顔を向けた。

「もし、文書がないというのであれば、なぜないのか。合理的な説明をする必要が被告（国）にあります。また、密約がないのであれば、アメリカの文書はどういうものということになるのか、十分に説明することを希望します」

いきなり核心に切り込む発言だった。

原告ではなく、被告の国に十分な説明を求めるとは――。この裁判長は、この裁判を面白がっている。審理に入る前に早々と打ち出された方向性に、小町谷は驚きとともに手ごたえを感じていた。


じつは杉原とは、日韓国交正常化交渉の議事録の公開を求めた訴訟で二〇〇六年に顔を合わせていた。

当時、韓国では文書が全面的に公開されていたにもかかわらず、同じ議事録を日本は一部しか公開していなかった。しかも、被告の外務省は「二年一ヵ月後までに（公開か非公開かの）決定をする」と通告してきた。その理由は驚くべきものだった。

「文書が古いため、一枚ずつコピーしなければならないのです」

それは行政の不作為で違法だ、と小町谷は訴えた。

最終的に、杉原は「原告勝訴」の判決を下した。そして、主文だけでなく、異例なことに判決理由の要旨まで朗読した。そこに思いがにじんでいた。

それ以来の再会となったのは、まったくの偶然だった。

東京地裁には行政訴訟を受け持つ部が三つあり、提訴を受け付けた順に担当を振り分ける。沖縄密約情報開示訴訟が、杉原の率いる三十八部で裁かれることになったのは、単純な巡り合わせだった。

杉原は法廷で再び、異例の発言を口にした。

「可能であれば、吉野さんの証言を聞きたいと考えているので、次回までに証人として申請してください」

見えないざわめきが法廷に広がる。小町谷は、向かいに座る国側の代理人の顔がこわばるのが目に入った。

吉野文六は沖縄返還当時の外務省アメリカ局長で、メディアに対してはすでに「密約があった」と認めている。その証言者を法廷に招くよう、裁判長みずからが求めたのだ。まったく想定外の展開だった。

吉野が長い沈黙を破って真相を明かしたのは、それより三年ほど前のことだった。〇六年二月、自宅を訪ねてきた北海道新聞の記者と、いつものように居間で向き合った。取材を受けるのは五度目。どこかで覚悟していただろう。まもなく、英文で書かれた米公文書のコピーを差しだされた。手に取ってみると、沖縄返還をめぐる軍用地の原状回復補償費の支払いをめぐる、日米の交渉担当者による合意文書だった。

「これは吉野さんがまとめたものですね」

うながされて、タイプされた文章を一行ずつ確かめるように追う。おぼろげな記憶がよみがえり、末尾にある手書きのイニシャル文字が目に入った。

〈B・Y〉

それは、三十五年前にみずから筆を走らせたものだった。

「密約、密約って言うけどね、外交交渉はみんな密約なんですよ」

軍用地の原状回復補償費四百万ドルの肩代わりもそのひとつだった、と吉野は初めて認めた。

じつは、その十日前に妻を亡くしていた。

認知症になって七年。すでに、介護する吉野のことも見分けがつかなくなっていた。八十六歳。正月明けの早朝、息を引き取った。結婚してから半世紀以上がすぎていた。

振り返れば、吉野は波乱に富んだ人生を送ってきた。

一九一八年、弁護士の父と専業主婦の母のもと、長野県で生まれた。七人きょうだいの二番目だった。

父はずっと、反権力の立場を貫いていた。たとえば、学生運動に燃える旧制松本高校の学生たちが特高警察に一斉検挙されたときには、保釈された知人のこどもたちを自宅に引き取り、裁判では弁護も引き受けた。

反骨の血を受け継いだのか、吉野も高校時代、軍事教練に反旗を翻したりしていた。週一回の野外行軍の際、水平に持つべき銃を肩にかけて歩いた。そのたびに、配属された将校から怒鳴られたものの、意に介さなかった。そこには、戦争というものへの嫌悪感があったという。

「あのころ、僕は文学に興味があってね。ハーディとか、ディケンズとか。もう日中戦争にさしかかろうとしているときでも、よく学校の図書室に行きましたよ。あそこだけは自由があって、なんでも好きなものを読ませてもらえました。そのうち、小説ではなく哲学の本を手に取るようになって、カントなんかにつながっていったのです」

高校三年のとき、大学に進んで哲学を学びたいと思ったが、教師からたしなめられた。「哲学では食べていけませんよ。それに、お父さんが法律に行けとおっしゃっているのであれば、そのほうがいいでしょう」

三八年、東京帝国大学に入学すると、大学新聞の発行にかかわるようになる。編集委員になった吉野はあるとき、ドイツから追われてきたユダヤ系学者を横浜港で取材しようとして、神奈川県知事から呼びだしを受けた。同盟国から追われた人物への接触を警戒されたようだった。また、英米誌の風刺画をそのまま紙面に掲載して、特高から電話を受けたこともあった。

三年生になり、高等文官試験を受けると、行政、司法、外交の三分野でいずれにも合格した。秀才にさっそく、外務省から声がかかった。

「うちに来てくれれば、ドイツで三年間勉強させる。いまは、ドイツ語を話せる職員を養成することが必要なんだ」

身長一六〇センチほどと背も小さく、外国人と渡り合う外交官の仕事に興味はなかったが、強く勧めたのは父だった。

「外交官は天皇陛下が任命する『親任官』だから」

公務員の宮中順位などどうでもいいように思えたが、だからといって断る理由も見つからなかった。

吉野は外務省に入り、翌四一年はじめに、日本を離れた。

当初は、日ソ中立条約を結ぶソ連のシベリア経由でドイツに向かうはずだったが、ソ連からはなかなかビザが下りない。仕方なく、日本郵船の貨客船「八幡丸《やわたまる》」に乗り込み、ハワイを経由してサンフランシスコに行き、その後は一等切符で鉄道を乗り継いで東海岸まで進んだ。さらに、ニューヨークからはポルトガルのリスボン経由でヨーロッパに渡り、赴任地にたどりついた。

ベルリンの日本大使館で待ち受けていたのは、日独の軍事協力をすすめ、日独伊三国同盟を結ぶ立役者となる特命全権大使の大島浩だった。のちに東京裁判でA級戦犯として終身刑を告げられる。

大島は、地方に行ってドイツ語をよく学ぶようにと伝えたあとで、語学研修生の吉野にこうたずねた。

「外交っていうのは、どういうことだ？」

「外交とは、戦争をせずに自国の利益を拡大することだと思います」

吉野の答えに、大島の語調が変わる。

「きみは、マキャベリを知ってるか。戦争も外交の一手段なんだ」

思わず聞き返しそうになるような発言はまだ続いた。

「ヒトラーから聞いてきたんだが、もうすぐ独ソ戦がはじまる。驚いちゃいかんぞ」

ドイツはソ連を叩くから、日本は関東軍を動かしてシベリアを東から襲ってくれ。そうヒトラーが語っていたというのだ。

そういえば、アメリカの首都ワシントンDCで立ち寄った日本大使館でも、のちに日米開戦の鍵を握ることになる大使の野村吉三郎《きちさぶろう》から同じ見立てを聞かされていた。

「ドイツに着くころには、戦争がはじまってるかもしれないぞ」

その予言はまもなく現実のものとなる。

ドイツに着いて一ヵ月あまりの六月二十四日朝。吉野は部屋のドアを叩く音で目を覚ました。寝間着姿のまま扉を開くと、下宿のおばさんが立っていた。

「大変よ、大変よ。ヒトラーがロシアに入ったのよ」

ドイツ軍がソ連へ侵攻したという。

その後しばらくして、ユダヤ人は服に黄色い星をつけさせられるようになった。公園のベンチには「ユダヤ人お断り」とペンキで書かれたり、ユダヤ人の商店が打ち壊されたりした。気がつけば、散歩するユダヤ人の姿を道端で見かけなくなっていた。

そのうち、どこかに連れていかれたらしいとの噂を耳にした。確かめるすべもなく、行き先が強制収容所だとは知らなかった。ただ、尊厳死を扱ったニュース映画を見たときに、知人の大学教授が言った言葉が記憶に残っていた。

「あれはナチの思想だ。役に立たない人間は殺してしまう。生命の尊さなど踏みにじる」

吉野はハイデルベルクやミュンヘンを回りながら三年の研修期間を終えると、そのままベルリンの日本大使館勤務となった。

戦況は悪化しているようだった。連日、空爆に襲われ、郊外にある下宿の目の前にも爆弾が落ちた。地面にぽっかりと開いた穴は直径十五メートル、深さ十メートル。このとき、吉野は偶然、地下壕《ちかごう》のなかにいて助かった。

その後、逃げるようにしてベルリン市内のホテルに部屋を借りた。それでも、空襲がやむことはない。

ある朝、空襲警報を聞いて防空壕に入ろうとすると、すでに人であふれていた。寝間着のまま地下鉄の駅にたどりつくと、プラットホームの下に隠れた。まもなく、腹に響くような爆発音が耳に届く。部屋を借りていたホテルは全壊し、その前にあった防空壕も吹っ飛んだ。吉野はまたも、命拾いしたのだった。

ベルリン市街が標的になると、大使の大島は三十人ほどの日本人を連れて南のオーストリア国境へ逃げてしまった。それでいて、酒やタバコなどの物資を自動車で届けるように命じるのだった。吉野はそのために二度、包囲網をくぐり抜け、橋の下で爆撃機をやりすごし、アウトバーンを飛ばした。

それでも、大使館を守るため、吉野は数人の大使館員とともに残った。そこにも二度、一トン爆弾が落ちた。幸い、不発弾だった。

四五年五月、ついにベルリン陥落。日本大使館にもソ連兵が押し寄せてきた。

「ここは治外法権だから、入ってくることはできない」

抵抗を試みた。すでに書類は焼却し、暗号を打つためのタイプライターも壊していた。

「なにを言うか。日本はドイツを影に陽《ひなた》に助けてきたくせに。俺たちはスターリングラードから来たんだぞ。文句を言うなら、これだ」

機関銃を突きつけるソ連兵の腕には、略奪したと思われる時計がいくつも巻かれていた。

「女はいるか」

「いや、いるはずがない」

じつは、タイピストのユダヤ人女性二人を地下壕に匿っていた。地下へつづく入り口は絨毯《じゅうたん》で覆い隠してある。吉野は両手を挙げたまま、かすかに床に視線を走らせた。気づかれないだろうか。息をのんだまま動けない。その間、ソ連兵は乱暴に館内を見回ると、酒や万年筆を奪って去っていった。

まもなく、ソ連軍が街中になだれ込んできた。戦勝パレードだった。吉野たちが沿道にでると、路上に横たわる戦車の片づけを手伝うよう急《せ》きたてられた。

「私は外交官だ」

吉野は拒もうとしたが、戦勝国を前にその言葉はなんの力ももたなかった。仕方なくキャタピラを担いで、トラックの荷台に上げた。屈辱が身にしみた。

しばらくして、ドイツから脱出した。着のみ着のまま、日本の民間人を連れ、モスクワ経由で鉄道に揺られた。四人用コンパートメントに九人が詰め込まれ、旧満州（中国東北部）へ向かった。車中、黒パンを分け合い、なんとか飢えをしのいだ。

ドイツを率いた総統ヒトラーはピストルで自殺していた。

ハルピンを経由して四五年八月一日、吉野は羽田空港に降り立った。まず思ったのは、空の広さだった。青い空のもと、見渡すかぎり茶と黒の地面が続いていた。

戦争に負けるとはこういうことか――

終戦より早く、吉野には敗北の風景が刻まれた。

それでも、会いたい人がいた。

シドニー生まれで英語を操る貿易商の娘。城山三郎の『友情　力あり』に描かれた日米学生会議で知り合った。日米の大学生が寝食をともにして議論を重ね、酒を酌みかわす。そのなかで、思いが芽生えた。会議が終わったあと、何度か一緒に上野の美術館に行ったものの、吉野がドイツへ渡って以来、離れ離れだった。

吉野は迷うことなく、彼女の住む横浜へ向かった。

「結婚しよう」

五年ぶりの再会で、そう告げた。

ふたりはまもなく、吉野の故郷・長野で式を挙げた。特別な衣装もなかった。

外交官になれと背中を押してくれた弁護士の父は五ヵ月前に亡くなっていた。数日前には、広島と長崎に原爆が落ちていた。

簡素な式を終えると、吉野は地元の役場に出向いた。

「帰ってきました。私を兵隊にとってください」

東大在学中に外務省に入ったため「徴兵延期」になっていた。

結婚したばかりだというのに、吉野はそう願いでた。高校の同級生は多くが戦場に散っていた。自分だけ逃げるわけにはいかなかった。

ドイツでは連日の空襲をくぐり抜けてきた。

「そのときは、そのとき」

いつからか、そう思うようになっていた。

だが、役場の職員は手続きをとろうとしない。不思議に思っていると、しばらくして玉音放送が流れた。

敗戦の翌年、吉野は条約局法規課に配属された。

〈subject to MacArthur〉

連合国軍総司令部（GHQ）の占領下で、マッカーサー元帥と天皇の関係をどう翻訳するか。それが最初の仕事だった。

のちに、商工省が改組されて通産省（現経済産業省）ができると聞き、みずから出向したいと申しでた。

「外務省を一度出たら、事務次官にはなれないぞ」

上司からは反対されたものの、事務次官になりたいと思ったこともなかった。それより、これからの時代は貿易だ、との思いが強かった。ただ、面白い仕事がしたかった。

望みどおり通産省に出向して外務省に戻ってからも、おもに経済畑を歩んできた。

日本の高度経済成長とともに、その経験が表舞台につながる。

六八年、ワシントンにいる駐米大使の下田武三《しもだたけぞう》から電話を受けた。

「ぜひ、君にきてもらいたいんだが」

このとき、日米間の繊維交渉が遠からず焦点になると見られていた。吉野に拒む理由はなかった。

いまになれば、あれが外交官人生の転機だったのかもしれないとも思う。

駐米公使として三度目のアメリカ赴任をしたとき、アメリカは揺れていた。キング牧師暗殺、ベトナム反戦運動、そして翌年、ニクソン政権が誕生する。

吉野は、繊維製品の輸出自主規制を求める米側との間で繊維交渉を担うことになった。折衝には、大統領補佐官のH・キッシンジャーが同席した。吉野が外務省派遣でハーバード大学に留学したときの教官だった。

「ブン、うまくやってくれよ。ニクソンが『早くまとめろ』と言ってるんだ」

交渉がもつれるなか、六九年秋、日米は「三年以内の沖縄返還」に合意する。

七〇年夏、駐米大使が牛場信彦に代わるのにあわせて、吉野にも帰国の辞令がでた。しかし、新任の牛場からは、繊維交渉を引きつづき担当するためにアメリカに残るよう求められた。吉野はすでに自宅を引き払い、家族も日本に返していた。

「いや、大使公邸の三階に空き部屋があるから、そこに泊まればいい」

牛場は強引に吉野を引き留めた。やむなく、大使公邸と駐米日本大使館を往復する日々が始まった。

そして十二月、繊維問題を所管する通産省繊維局の了解もえて、吉野はようやく米側と合意にこぎつけた。しかし翌日、官邸に覆される。それが二度つづいた。なにかがおかしい。旧知の米国務次官補がささやいた。

「ニンジャがいるらしい」

首相の佐藤栄作は密使を動かし、キッシンジャーと裏交渉を進めていたと知るのは、ずっとあとのことだ。

繊維交渉はもつれにもつれ、

「糸（繊維）と縄（沖縄）の取引」

とも呼ばれた。繊維交渉がまとまれば、沖縄返還をめぐる交渉での切り札がなくなるため、日本の官邸が合意を引き伸ばしているとの噂が広まっていた。

交渉は暗礁に乗り上げ、吉野は外務省から日本へ呼び戻された。

大晦日《おおみそか》にワシントンを発ち、ハワイ経由で東京に着いたのは七一年の元日。アメリカ局長として、大詰めを迎えていた沖縄返還交渉を担当することになる。

「仕事といえば、協定を国会で批准させること。『落ち穂拾い』ですよ」

ところが、それより前に、日米の間には取り除かなければならない小さな棘《とげ》がふたつ残っていた。

ひとつは軍用地の原状を回復するための費用、もうひとつは、短波放送「アメリカの声」(VOA)を国外へ移設するための費用の負担をめぐる問題だった。

吉野は、予算を握る大蔵省から説明を受けた。

「日本が支払う総額は三億ドルということですでに合意しています」

寝耳に水だった。

「我々の知らんところで勝手に決められても知らんよ」

そう突き返そうとしたが、財政負担の枠組みについては大蔵省と米財務省の間ですでに合意しているという。外務省は蚊帳の外に置かれていたのだ。吉野に残された仕事はそれに沿って懸案事項をまとめ、協定にまとめあげるだけだった。

しかし、交渉は難航した。

日本側は、沖縄をカネで買ったとの印象を与えたくない。

米側はベトナム戦争の戦費負担に苦しみ、議会はこれ以上一ドルの支出も認めない。

結局、日本が押し切られるように負担を引き受けることになる。

軍用地の原状回復補償費は四百万ドル。VOA移転費が千六百万ドル。あわせて二千万ドルを上積みされ、総額で「三億二千万ドル」を日本が支払うことが決まった。

しかし、懸案がすべて片づいたわけではなかった。

実際に四百万ドルを日本が肩代わりするとはいえ、表向きはアメリカが支払ったという形を取り繕う必要があった。

沖縄返還協定を調印する八日前、米側が秘策を持ちだしてきた。

「十九世紀末の信託基金法という法律があるんです」

四百万ドルは日本が支払い、米国はそれを基金にして沖縄の地権者に補償する。ただし、協定には「米国が自発的に支払う」と記す。そうすれば日本の肩代わりは表沙汰にならず、米政府も議会への説明が成り立つ――

こうして、日米間のねじれを覆い隠すために密約が編みだされたのだった。

それから九ヵ月後の七二年三月、外務省機密漏洩事件は起きた。

国会を乗り切り、五月に沖縄返還が実現すると、吉野はアメリカ局長から大臣官房に移される。機密文書流出の責任を直接問われたわけではなかったが、担当局長として減給処分も受けた。

しばらくして、外相の福田から呼びだされる。

「どこへでも、好きなところへ行かせてあげるよ」

福田はいわば、密約の仕掛け人だった。

六九年には蔵相として秘密裏にアメリカと財政合意を結び、沖縄返還のお膳立てをした。交渉のなかで福田が明かしたという、日本政府の本音が米公文書に記録されている。

「沖縄を金で買い取ったとの印象を（日本の国民に）与えたくない」

また、交渉にあたっては、

「外務省には知らせず、大蔵省とのルートに一本化してほしい」

との意向を米側に伝えていた。実際、大蔵省が結んだ合意にもとづき、外務省は最終的に条約を結ぶ手続きを整えたにすぎなかった。

そして、七二年。密約問題で国会が紛糾すると、外相に横滑りしていた福田は火消しに回ることになる。いずれも、沖縄返還に政治生命をかけた佐藤栄作の意向を受けたものだった、とみられる。

福田は当時、「五選はしない」として勇退を表明していた佐藤の後継争いで有力な候補者のひとりだった。福田にとって、密約を認めることは総理の座を逃すことを意味していた。

それだけに、外務省の担当者として国会や法廷で密約否定を貫いた吉野の労をねぎらおうとの意図があったのだろう。いわば、国の嘘を守りとおしたことへの、〝論功行賞〟をもちかけたのだ。

しかし、吉野に欲はなかった。

「OECD大使（パリ駐在）にしてください」

「カナダは嫌いか」

将来の駐米大使含みとなる異動を示されても、吉野は首を縦に振らない。

「すでに先輩が内定していると聞いていますので、追い越すのはどうかと」

「関係ない。お前が行けよ。ＯＥＣＤ大使はつまらんぞ」

それでも、吉野は外務省のエリートコースからあっさりと身を引いた。

吉野が外務審議官を経て外務省を退官したのは、最高裁で西山の有罪が確定した四年後のことだ。のちに、勲一等瑞宝章を受ける。功績のなかで、もっとも大きな仕事として評価されたのは「沖縄返還への尽力」だった。しかし、吉野には苦い記憶としてしか残っていない。

「結局、佐藤（栄作）さんが、きれいごとをやろうとしすぎたんです」

日本人として初めてノーベル平和賞を受けた宰相の責任が頭から離れない。

沖縄返還二十周年にあたる九二年、関係者が沖縄での記念式典に招かれた。吉野は那覇へ向かう機内で、北米一課長だった千葉一夫の座席に歩み寄った。

「国会での答弁はあれでよかったかなあ」

嘘を重ねて密約を否定したことについて、当時の部下にたずねたのだ。千葉は事件の発端となる秘密電信文を起案し、交渉の実務を担っていた。しかし、答えらしい答えは返ってこなかったという。

第十章　宿　題

吉野が三十七年ぶりに法廷に立ち、証言する——

そのニュースが流れる少し前から、密約に光が当たりはじめていた。四百万ドルの密約とは別に、日米間には、核兵器や軍事行動にまつわる秘密合意がある。

まず、「週刊朝日」（二〇〇九年五月二十二日号）が「核再持ち込みの密約はあった」という谷内正太郎・政府代表（当時）の証言を掘り起こした。

二週間後の五月三十一日には、共同通信が、

《歴代事務次官が「密約」文書の存在認める》

という歴史的なスクープを報じた。一九六〇年に日米安全保障条約を改定した際、核兵器を搭載した米艦船の日本への通過・寄港について、日米安保条約で定められた「事前協議」の対象外とするという「核密約」が結ばれていたことが裏づけられたのだ。

その後も、元外務事務次官のひとり、村田良平が実名で「核密約」を認めたほか（六月二十八日付西日本新聞朝刊）、情報公開法が施行された〇一年四月を前に、外務省幹

部が密約文書の廃棄を指示していた、とも報じられた（七月十日付朝日新聞朝刊）。
民主党政権誕生の気運が高まるなか、外務省の元高官たちが次々と口を開いたのだ。いわば「密約ブーム」ともいえる関心の高まりを受けて、沖縄密約情報公開訴訟を担当する裁判長の杉原は、より多くの傍聴者を収容できる大法廷へ移してほしいという弁護団の要望を認めた。

舞台は一〇三号法廷に替わった。

四百万ドルの密約は一般には既成事実とみなされていたものの、法廷で認められるには別次元の厳密さが求められる。いくら裁判長が原告の主張に理解を示しているといっても、小町谷は楽観していなかった。

第一回口頭弁論の終わり間際、国が提出する準備書面の作成をめぐって次のようなやりとりがあった。

裁判長「どれくらい時間が必要ですか」
国「二ヵ月ほど」
裁判長「もう少し早くなりませんか」
国「やはり、二ヵ月いただければ」

裁判長「では、充実したものが出ると……」

被告である国の後ろ向きの姿勢に釘《くぎ》をさすかのような言葉には、突き放すような響きがあった。

答弁書が出されると、小町谷はその文面から国の方針を読みとろうと目を凝らした。

そして、最後の七ページ目にあった一文に注目した。

〈一般論としては、（略）それが交渉の最終的な結果である合意自体でない場合等に、事後的に廃棄されることがある〉

最終的な合意でなければ廃棄されうるということは、逆に言えば、米公文書に記されている内容が最終的な合意であることを客観的な証拠で示すことができれば、「廃棄したために存在しない」という国の主張を崩せる。

ついに、突破口が見つかった。

国は、米公文書について「交渉過程における途中経過などを記録した文書」ととらえ、あえて「メモ類」と言い換えていた。

しかし、軍用地の原状回復補償費四百万ドルの肩代わりをめぐる文書とＶＯＡ移転費千六百万ドルについての文書はいずれも、沖縄返還協定が調印される直前に結ばれたものだった。

交渉の最終盤、パリで行われた、外相の愛知揆一と米駐日大使のマイヤーによる会談でも折り合えなかった。合意文書が取り交わされたのは、四百万ドルについては協定調印の五日前、千六百万ドルはその六日前だった。

これを交渉の「途中経過の記録」と断じ、「廃棄されていてもおかしくない」と国が主張するのは無理がある。

こうして事実を積み重ねて反論できるのは、米公文書という「武器」を手にしているからだった。入手したのはいずれも、琉球大学法文学部教授の我部政明である。

沖縄県中部にある大学の研究室には、膨大な資料や書類の山が入り口にまで迫っている。いつ崩れてもおかしくないほど積み上げられ、入り口からは奥の机が見えないほどだ。他人からは「宝の山」というより、単なる「紙の山」にしか見えない。来客があると、椅子の座面を覆っている資料をどかさなければ腰かけるところさえない。

「沖縄返還は、いまにつながる沖縄の米軍基地問題の原点になっているんです」

長年、研究を続けてきた我部は言う。

〈65〉

その象徴が、かつて西山が入手した外務省の秘密電信文に書かれていた、という数字だった。

それは、沖縄返還に際して日本がアメリカに支払う「施設改善費」という名目の六千五百万ドルを指していた。施設改善費は返還から五年間、分割して支払われたあと、七八年からは「おもいやり予算」に衣を替えて、米軍の基地駐留を支えることになる。つまり、施設改善費は、現在、年間二千億円を超えるまでに膨らんだ「おもいやり予算」の原型だったのだ（政府はいま、同盟強靭化予算と呼んでいる）。

我部は、沖縄返還が過去の問題ではないことを示す象徴的な言葉があるという。

〈lump sum〉

個別の経費を積み上げるのではなく、一括して支払う方法を指す。米国務省が第三者の専門家に依頼して交渉過程を検証した「沖縄返還——省庁間調整のケース・スタディ」という百十六ページに及ぶ公文書のなかで使われていた。

日本が沖縄返還に際して支払うとされた三億二千万ドルには積算根拠がなかった。いわゆる「つかみ金」だ。そのため、日本がひそかに肩代わりする四百万ドルをもぐり込ませることができたのだ。しかも、これは表向きの数字で、実際には、「裏負担」を合わせると倍以上に相当する額を払っていたのだった。

沖縄返還から三十四年後の二〇〇六年、在日米軍再編にもとづく米海兵隊のグアム移転に関連して、日本は約六十一億ドル（約七千百億円）を負担することで合意した。アメリカからは移転費用の七五％を負担するよう求められたが、交渉の末、五九％で落ち着いたのだった。このときも、支払い額に積算根拠はない。

我部はこう解説する。

「積算根拠を示すと、それだけ交渉の項目が多くなり、まとまりにくくなる。だから一括方式、つまり『つかみ金』で合意しようとするのです。ただ、そうなると、国民の税金が妥当に使われたかどうか検証できなくなってしまうのです」

四百万ドル密約を調べていくうちに、現在につながる、そうしたからくりが解き明かされてきたのだという。

県民の四人にひとりが命を落としたという沖縄戦から十年後の一九五五年、我部は県北部の本部町《もとぶちょう》で生まれた。外務省機密漏洩事件の三年後に沖縄海洋博の舞台となった町だ。

携帯電話は持たない。普段はトレードマークのテンガロンハットに短パン姿で、愛車のハーレーダビッドソンを駆る。

異例なのはスタイルばかりではない。その経歴もまた、研究一筋というわけではない。琉球大学から慶応大学大学院に進み、国際政治、なかでもアジア、とりわけフィリピンを研究対象に選び、大学院在学中にフィリピン大学に二年間留学する。

八三年夏、月に一度の楽しみだったマニラ市内の日本料理店でラーメンを食べていると、テレビニュースが流れた。

大統領のマルコスによる独裁を打ち破るため、亡命先のアメリカから帰国した元フィリピン上院議員のベニグノ・アキノがマニラ国際空港で暗殺された、という。

我部は、十万人が参列したという葬儀に足を運び、「革命」の胎動を肌で感じた。

そして、そのままマニラの日本大使館に専門調査員として勤めることになる。

三年後、腐敗にまみれたマルコス退陣を求める声はいっそう高まり、くりあげ大統領選挙が避けられなくなると、我部は情勢分析のためフィリピン国内を歩いて回った。どこへ行っても、大統領への嫌悪感が渦巻いていた。しかし、その巨大な権勢を思えば、実際に政権が倒れるとまでは思えなかった。

ところが、暗殺された夫の遺志を継いだコラソン・アキノが登場したことで、新しい時代を求める民衆のうねりが広がった。人々の怒りは予想を超えるものだった。

アキノが名乗りをあげた大統領選でマルコス陣営が得票を不正操作していたことがわかると、百万人の市民が通りにあふれた。

大統領官邸前を埋めた群衆はプラカードを掲げ、怒りをぶつける。騒ぎは三日間も続いた。その間、我部は大使館員と交替で現場に張りついた。熱気に押されながら、目の前で起きていることを逐一、日本に報告するのが仕事だった。

結局、マルコスは退陣を余儀なくされ、一家は大統領宮殿からヘリコプターでハワイへ脱出した。街は、アキノ政権を生んだ「ピープルパワー」のシンボルである黄色で埋めつくされた。

歴史が動いた。その瞬間に立ち会ったことで、我部はそれまで以上に「現場の磁力」に引き付けられていく。その後、フィリピンでのフィールド・ワークを重ね、ピープルパワーから生まれた米軍基地撤廃運動にぶつかり、地元・沖縄に横たわる基地の問題に目を向けるようになる。そしていつしか、沖縄返還の舞台裏へと引き寄せられていった。みずから選んだというよりは、流れのなかでテーマが転がり込んできたというほうが近いという。

そのさきに、米公文書との遭遇が待っていた。

我部は九三年、奨学金をえて米ワシントンに渡った。アメリカの政治・外交の政策決定プロセスを学ぶつもりだった。ところが、情報公開に熱心な民主党大統領のクリントンが登場したことで、公文書の公開が一気に進んだことで方針を変える。

我部は米国立公文書館の新館があるメリーランド州に居を移し、膨大な文献との格闘をはじめた。三年間の滞在を終えてからも何度となく自費で渡米し、次々と重要文書を掘り起こすことになる。

沖縄を統治していた琉球列島米国民政府（ＵＳＣＡＲ）文書。

沖縄統治の軍政史オフラハーティ文書。

アメリカ上院外交委員会の沖縄返還協定聴聞会のための想定問答集。

米軍沖縄返還交渉チームの報告書。

ほかにも、ホワイトハウス直属の国家安全保障会議（NSC）が作成した「沖縄返還－大混乱」や米防衛分析研究所（IDA）による「ケース・スタディ」など、国内外で収集した資料はミカン箱で八十箱ほどになるという。

二〇〇〇年春、膨大な米公文書を分析してまとめた著書の出版を控えていた。我部がゲラに手を入れていると、朝日新聞の記者から電話がかかってきた。

「なにか、ネタになるようなものはありませんか」

記者の問いかけに、我部は迷うことなく答えた。

「沖縄返還の際の、例の四百万ドルの密約を裏づける文書がありますよ」

まもなく、それは朝日新聞の一面トップを飾る記事となった。

《沖縄返還「裏負担」2億ドル　米公文書、密約裏付け》

同年五月二十九日付の朝刊は一面だけでなく二、三面まで見開きで紙面を割き、沖縄返還をめぐる財政密約について報じた。

米陸軍省参謀部軍事史課が作成した「琉球諸島の民政史」という資料のなかで、当時の米駐日公使スナイダーと外務省アメリカ局長の吉野文六が、協定ではアメリカ側が自発的に支払うとされていた軍用地の原状回復補償費四百万ドルを日本側が「確保する」としていたことが明らかになったのだ。

我部はもともと、外務省機密漏洩事件に関心があったわけではない。ただ、沖縄返還の資料を追いかけて米国立公文書館に通い、一日に八百枚ほどコピーすることを繰り返すなかで突きあたった。

「紙一枚にそんなに重みがあるというものでもないんです」

そう、我部は言う。

なにか特定の問題に狙いを定めても、求めている情報がすぐに手に入るわけではない。秘密のすべてが記された宝のような文書を目にすることは稀だ。そのため、関連のありそうなファイルのなかの文書をすべて請求し、公開された文書はすべて謄写する。コピーを取るだけで途方もない時間がかかるため、その場で文書の中身を吟味する余裕はない。

その後、膨大な文書の一つひとつにあらためて目を通していくうちに、問題の核心が浮かび上がってきたり、無関係にみえた情報がつながって意味をもつようになってきたりする。

四百万ドルの密約文書も、そうしたなかで見つけたものだった。

にもかかわらず、記事の前文は次のように書かれていた。

〈朝日新聞と琉球大の我部政明教授は、（略）米公文書のつづりを入手した〉

レンガ職人のような地道な作業を積み重ね、気の遠くなるような時間を費やしてようやく手に入れた文書。その功績をなかば横取りするかのような表現だった。

それでも、我部は文句ひとつ口にしない。

「僕だって、あの文書を見つけたのはラッキーだったから。僕じゃなくても、いつか、だれかが見つけていたでしょう。公文書なんて、だれのものでもない。あえて言えば、みんなのもの。だれが見つけたかなんて、ちっちゃな話ですよ」

新しい文書が見つかれば、新たな解釈や理解が生まれる。それが自説を覆すものであれば、修正すればいい。あくまで、文書という証拠が「歴史」なのだ。研究者とは、その公文書の「翻訳者」のような存在にすぎない。

そうした割り切りが研究者としての虚栄心を遠ざけている。それだけに、我部の解説には重みがある。

第一回口頭弁論の冒頭では、原告のひとりとして陳述した。

「たとえ当時の政権にとって好ましくない合意であったとしても、『知る権利』『政府の透明性』を高めて、国民の信頼をかちとり、そして日本の外交の現実を知らせることこそが、国民の正確な外交判断をうながしていくものだと確信しています」

単なる原告の意見として「雑記録」に入れるか、審判を下す際に判断の材料となる

「弁論」に位置づけるか。

裁判長の杉原は内容の重みを汲むかのように、後者を選ぶことを告げた。それほど重要な指摘が含まれていた。国が異を唱えたものの、聞き入れることはなかった。

我部は、情報公開請求した三通の公文書のうちの二通、軍用地の原状回復補償費四百万ドルとVOA移転費千六百万ドルの文書の意味について、次のように説明した。

「沖縄返還協定が調印された一週間後の一九七一年六月二十四日、駐日アメリカ大使館から米国務省へ、十四項目の関連取り決めが一括して送付されています。このうち五項目は公表されませんでした。この公表されなかった文書のなかに、四百万ドルと千六百万ドルの密約を裏づける文書が含まれていたのです」

一括して報告されたという関連取り決めの十四項目のうち、八番目を意味する「#8」に四百万ドル、十番目の「#10」には千六百万ドルの密約が記されていた。

「つまり、四百万ドルの密約も千六百万ドルの密約も沖縄返還に付随する約束だと認識されていたことを示しているのです」

この指摘は、沖縄返還における日米間の合意は「沖縄返還協定がすべて」という国の主張を根底から覆すものだった。

情報公開請求した公文書の残る一通、「柏木・ジューリック覚書」についても説明しよう。

沖縄返還は、首相の佐藤栄作と米大統領のリチャード・ニクソンが六九年十一月二十一日に共同声明を出して発表した。返還の時期は「向こう三年以内」とされ、返還にともなう財政問題については次のようにうたわれた。

〈沖縄の施政権の日本への移転に関連して両国間において解決されるべき諸般の財政及び経済上の問題があることに留意して、その解決についての具体的な話合いをすみやかに開始することに意見の一致をみた〉

しかし実際には、話し合いをはじめるどころか、この時点ですでに水面下では合意に達していた。

共同声明が発表される九日前の十一月十二日、蔵相の福田赳夫が米ワシントンで会合にのぞみ、

「総額六億八千五百万ドル相当を日本が負担する」

との内容を読み上げ、口頭で約束をかわした。のちの沖縄返還協定では日本の支払い額は三億二千万ドルと記されたが、実際には、倍以上の負担を引き受けることが決まっていたのだ。

その内容については、共同声明から十一日後の十二月二日、大蔵省財務官の柏木雄介

と米財務長官特別補佐官アンソニー・ジューリックとの間であらためて文書がかわされた。それが柏木・ジューリック覚書である。

「実際に合意した日付と文書をかわした日付がずれたのは、あくまで共同声明のあとに合意したように装う必要があったためではないか」

我部はそう見ている。

さらに約二年半後、米財務長官と米国防長官との間でかわされた書簡は、柏木・ジューリック覚書の内容が、沖縄返還協定が調印される約一ヶ月前の時点で生きていたことを示している。この貴重な資料も我部が情報公開訴訟のさなかにアメリカで見つけたのだった。

つまり、柏木・ジューリック覚書もまた、「交渉途中のメモ」とは言えない。

第二回口頭弁論のなかで、裁判長の杉原は柏木・ジューリック覚書について国に質問を浴びせた。

「覚書を交わした米ワシントンから日本への報告はどのようになされたのか」

「公電か、それともほかの手段か」

「報告文書は作成されたのか」

「作成されたのであれば、だれが作成したのか」

いずれの問いにも国は答えられない。

杉原は穏やかな声であらためて注文をつけた。

「また、宿題が増えます。それから、前回求めた宿題についての回答もかならずしも十分ではないものと認識しており、次回までに準備していただきたい」

そして、以下のような点について具体的に答えるよう求めたのだった。

・日本側の意思決定において、所管官庁はどこで、交渉担当者はだれか。外務省の吉野アメリカ局長のほかに、大蔵省の柏木財務官の名前があがっているが、ほかに担当者はいたのか。

・日本側が財政負担を負う場合の予算措置の所管官庁はどこか。外務省か、大蔵省か、防衛施設庁か、内閣か。

・沖縄返還交渉の報告は、交渉担当者からだれに対して、どのようになされたのか。交渉が国内で行われた場合は報告文書が、海外で行われた場合は公電などが作成されたのか。作成したのはだれか。

・国の意思決定に関する決裁は、どの部署が文書を起案したのか。その決裁ルートはどのようなもので、最終決裁権者はだれであったのか。大蔵省、さらには内閣の了承はどのようにしてえたのか。

・沖縄返還交渉に関する文書ファイルは三百八冊を確認したというが、このなかに含まれるべきもののなかで、すでに廃棄されたものはあるか。あるとすれば、いつの時点で、どのような文書が、どのような基準で廃棄されたのか。

あまりの宿題の多さに、国側は「メモに書いていただければ」と求めたほどだった。説明を尽くそうとしない国への苛立ちをかすかににじませながら、杉原は閉廷間際にこう宣言した。

「できれば（〇九）年内に結審して、（一〇年）春には判決を出したいと思います」

決着を引き延ばさないという、異例の意思表示だった。

その五日後、民主党は総選挙で三百八議席を獲得し、政権交代を果たす。興奮さめやらないなか、外相に就任した岡田克也は初めてとなる深夜の記者会見でこう明言した。

「密約はきわめて大きな問題だ。早期に事実をしっかり解明する責務がある」

また、外務省として密約について調査し、二ヵ月後をめどに公表するよう事務次官に命じたことも明らかにした。

いきなりの情報公開宣言に国民の期待は高まった。しかし、ときをおかずして、それは失望に変わることとなる。

政権交代のあとに開かれた第三回口頭弁論では、ふたりの証人への尋問を行うことが決まった。

公開を求められている文書の作成にかかわった元外務省アメリカ局長の吉野文六。

その文書を米国立公文書館で見つけた琉球大学教授の我部政明。

原告にとって、ふたりの証言を超えるほどの武器はない。

しかも、裁判長の杉原は密約の解明に積極的にみえ、原告の意図に沿う形で訴訟は進んでいる。門前払いされるおそれはまずない。むしろ、早い時期に判決を出すと示唆していることからも、事実上、密約が認められる可能性もなくはないだろう。

それでも、小町谷は安心してはいなかった。

安心するどころか、まだ越えるべきハードルを前に悩んでいた。

じつは、四百万ドル密約をめぐっては、すでに別の情報公開訴訟（一審）で敗訴が告げられていた。しかも、偶然にも同じ東京地裁民事三十八部が担当し、判決を下したのは、ほかでもない杉原だった。

主張の力点や法廷戦略が異なるとはいえ、壁の高さを自覚せざるをえない。

文書を作成、保管、廃棄するのは行政であり、開示を求める側は具体的にどういう文書があるかを知りようがない。にもかかわらず法廷では、文書が存在することを、開示を求める側が証明しなければならない。

原告に求められる「主張立証責任」の壁である。

文書の存在を証明するためには、究極的には開示を求めている文書そのものをなんらかの形で入手し、文書を作成したり保管したりしていた担当者の証言をえる以外に手立てはない。それでは事実上、文書の不存在について争う道を閉ざしているのも同然だ。

しかし、沖縄密約文書を問う原告はいま、米公文書と当事者の証言という、奇跡のようなふたつの「証拠」を手にしている。

これなら勝負をかけられるのではないか。小町谷はそう踏んでいた。

「そこで、『文書不存在』の理由について、被告も立証責任を負うべきだと主張することにしたのです」

もし、これが認められなければ、未来に続く情報公開の道を閉ざすことにもなりかねない。これだけの武器があっても破れないほど壁が厚いのだとすれば、情報公開法を改正しないかぎり、国に勝つことはきわめて難しいだろう。

その意味でも、最後のチャンスととらえていた。

原告が取り消しを求める、外務省の不開示決定処分とは次のようなものだった。

〈当省は該当する文書を保有していないため、不開示（不存在）としました〉

これでは、文書がそもそも作成されていなかったのか、作成された後に廃棄されたのかもわからない。そうした説明もないままに、一方的に公開を制限することが許されるのか。

小町谷は専門家の意見を聞いてみようと、著名な行政法学者に問い合わせることにした。まもなく、メールで返信があった。

〈なぜ存在しないのかの理由を（被告の国が）提示しない限り、（略）不開示決定は取り消されるべきと思います〉

国は十分な説明をする必要があるという趣旨は、最高裁判決のなかからも読みとれるという。

〈どのような事実に基づいて、どのような法的理由によって不開示決定が行われたかの記載を欠く処分あるいは不十分な記載の処分は、それだけで取消を免れない〉

作成、保管、廃棄または移管という文書のライフサイクルを司るのが行政の役割であることを考えれば、ごく自然な結論だろう。

実際、「不存在」を理由として「不開示」との決定を下しながら、文書が存在していた事例はある。情報公開訴訟で負けが濃厚とみると、国は裁判の途中で、それまで存在しないとしていたはずの文書を出してくることがあった。その場合、原告には訴えの利益がなくなり、裁判そのものは原告が敗訴する。

裁判で負けても結果的に文書を開示させることができれば請求の目的は達成された、ということはできるかもしれない。

しかし、本来なら公にできるはずの文書を隠していた国の責任が問われることはない。しかも、記録のうえでは、国の「勝訴」という結果だけが残る。裁判を起こして争わなければ文書が公開されないのだとすれば、情報公開法の精神は骨抜きにされているに等しい。

こうした実情を踏まえて、小町谷は第二準備書面をしたためた。

〈開示請求者＝原告らは行政文書ファイルにアクセスする権限はなく、行政文書の管理状況を知らないのに対し、被告国は、容易にこれらを確認することができるのであって、当事者の公平や事物の立証の難易の点からしても、被告国が、文書の不存在の主張立証責任を負担すべきである〉

そのうえで、「文書が存在しない」という国の説明が合理的でないことを原告が証明できれば、文書は存在するとみなされるべきである、と主張したのだった。

さらに、立証責任の一部を国に求めるだけでなく、原告が負う立証責任を軽減させることもできないか、と考えた。法律的な支えとなる判例を探して、論文や行政法の書籍などを漁った。目をとおした資料を積み上げれば一メートル近くになるだろうか。

そして、ついに見つけだした。

愛媛県の伊方《いかた》原子力発電所の設置の取り消しを求める訴訟で、最高裁が原告の立証責任を軽くすることを認める判断を下していたことがわかったのだ。

外交の内幕についての情報も、原子炉の内部の構造についての情報と同じように厚いベールに覆われている。こうした場合、情報をもちえない原告は、「文書はない」とする国の立証が合理的でないことを示すことができればいい――

小町谷が打ち出したのは、「主張立証責任」というコインの裏と表を合わせて突破口とする、新たな戦略だった。それは、法廷での主張を避け、立証する責任は原告にあるから逃げ切れると言わんばかりの国に向けた刃でもあった。

秋が深まる十一月、外相の岡田は、密約を検証するための有識者委員会（座長＝北岡伸一・東京大学教授）を発足させた。調査の対象となる四つの「密約」のなかには、四百万ドルも盛り込まれた。

司法と行政が、密約の真偽をめぐる判断を競い合うという異例の状況が生まれていた。

第十一章　告　白

二〇〇九年十二月一日。

第四回口頭弁論を前に、傍聴券を求めて三百人近くが列をつくっていた。

東京地裁、一〇三号法廷。

午後一時すぎ、扉はほとんど音もなく開いた。続いて、灰色のスーツにネクタイを締め、使い込んだ茶色い革の鞄を提げた小柄な男性が姿を現した。

元外務省アメリカ局長の吉野文六、九十一歳。

背を丸め、引きずるようにゆっくりと歩を進めると、法廷の中央にある証言台の前の椅子に腰かけた。

「宣誓していただきます」

裁判長の杉原がそう口にすると、裁判官も弁護士も原告も被告も傍聴人も、法廷中が一斉に起立した。

吉野もゆっくりと腰を上げる。

一九七二年十二月八日、西山が国家公務員法違反に問われた刑事裁判では、検察側証人として証言台に立ち、日米交渉の責任者の立場から密約を否定した。

あれから三十七年。民事法廷とはいえ、再び証言台に立つ日がくるとは吉野自身も予想していなかっただろう。吉野はすでにメディアに対しては密約を認めているものの、法廷で証言する重みは比べものにならない。

「良心に従って真実を述べ、何事も隠さず、偽りを述べないことを誓います」

かつて平然と踏みにじったのと同じ文章をゆっくりと読み上げた。

固唾をのんで見守るのは傍聴席や原告席ばかりではない。肉声での証言を聞きたい、とみずから求めた杉原もそのひとりだった。

宣誓を終えて着席をうながされると、吉野は寝癖ではねたままの後ろ髪を気にすることもなく席についた。耳が遠いため、弁護側の求めに応じて、あらかじめ用意されていたイヤホンを両耳に入れる。準備は整った。

弁護側代理人のひとり、日隅が立ち上がった。証言台に歩み寄り、吉野の面前に四百万ドルの密約を裏づける米公文書を示す。

――これの左下に「B・Y」というイニシャルがありますが、このイニシャルはだれのものですか。

「これは私のものでございます」

——この文書では、土地の原状回復費用として四百万ドルを日本側が負担するということが書かれていると思うんですけど、その内容は事実でしょうか。

「そうでございます」

——日本側が原状回復費用四百万ドルを負担したということですね。

「そういうことですね」

吉野はしきりに耳元に手をやりながら、淡々と認めた。かつての偽証を覆して、原告の主張を裏づけた。

西山は原告席のいちばん端にあるパイプ椅子に座り、目をつぶったまま聞いている。重要な証言が飛びだしたのは、外務省の機密電信文や交渉の経緯などについて語ったあとのことだった。

——どこで吉野さんは署名しましたか。

「私の局長室だろうと思います」

——局長室で、その文書に署名することについては、スナイダー（米駐日）公使との間で事前に確認ができていたわけですかね。

「そういうことですね」

——スナイダー公使はなんと言って、この署名を要請したのでしょうか。

「アメリカの議会が本当にそこまで追及してくるかどうかわからないけれども、万一そういうような問題があった場合にはこれを示して相手を説得する、と。こういうようなことを言ったように覚えてます」

——愛知（揆一）外務大臣も、吉野さんが署名するということについて、今の流れからすると、承知はしていたということになりますかね。

「ええ、当然そうだと思います」

——このコピーはとられましたか。

「それはすぐ僕の部屋にいた外務省員がとることになっておったと思います」

——署名をした原本はスナイダーさんが持っていかれたわけですね。

「ええ、そうです」

——コピーは事務官がとって、当時外務省にあったわけですね。

「そういうことですね」

それは初めて語られる、そして決定的な意味をもつ証言だった。

日本側にも文書の写しがあった——

これまでメディアの取材にも認めたことのない新事実は、裁判の行方を決めるかもしれないものだった。

じつは、吉野がここまで踏み込んで語る決意を固めたのは、わずか二日前のことだった。

自宅では新聞は英字紙を含む三紙を購読し、米有力誌「ニューズウィーク」や「ニューヨーカー」にも目をとおす。週二回の囲碁とたまのゴルフが楽しみだ。そうした平穏な老後に突然、密約が襲いかかった。

第一回口頭弁論で裁判長の杉原が吉野の証人尋問を求めたことは新聞報道で知った。原告代理人の弁護士から出廷を求める旨の手紙が届くと、吉野はすぐに返事をしたためた。

〈四十年近く前のことですし、小生、健忘症の上、耳も不自由なので、杉原裁判長のご期待には余り沿い得ないことになるのではないかと恐れる次第です〉

まもなく、弁護士の飯田や日隅らが横浜市内の自宅を訪ねてきた。居間の机に座って向き合うと、こう言われた。

「原告に有利な証言を、と言うつもりはありません。法廷でありのままを話してください」

西山がひとりで起こした国家賠償請求訴訟では、求められたものの証言を拒んだ。でも今回は、気持ちが前向きに傾いていた。

「はい、わかりました」

吉野は法廷で証言することに同意した。

それは、原告側でも被告側でもなく、裁判所から出廷を求められたからだった。だれかを肯定するためでも、だれかを否定するためでもなく、知りうるかぎりの事実をありのままに語りたい。ただ、そう思っていた。

弁護士との何度目かの打ち合わせのとき、吉野はこうたずねた。

「法廷で、宣誓はするんですか」

かつて偽証したことに良心の呵責を覚えているのか。もう嘘はつけないと腹をくくろうとしていたのか。

十回目の面会となる十一月二十九日、飯田は真っ白い紙とボールペンを差しだした。

「署名をしたという局長室の図を描いていただけませんか」

吉野は記憶をたどるようにして紙を見つめた。それから、ゆっくりとペンを握った。思いを決するというほどでもなく、さらさらとペンを走らせ、局長室内の扉やソファだけでなく、となりにあったアメリカ局の位置なども描いてみせた。

そして、こう語った。

「写しは（外務省の）事務官が取りました」

それまで、日本側にはないんじゃないかな、と口にしてきた言葉を覆したのだった。

法廷では、日隅の問いかけが続く。

――それ（コピーした文書）についてどういう形で報告するとか、どういう形で保存をするとか、そういうことを決めるのはだれですか。

「それは一課長の問題ですが、私も当然ある程度、（外務省内で）保存していたんだろうと思います。しかしながら、沖縄返還協定の日本側の立場にしてみれば、何らこのような英文の覚書は必要ないですから、適当に保存ないし処分していたことがありえると思います」

原告席でじっと耳を傾けていた西山は貧乏ゆすりを止めて、目を開けた。

国が一貫して否定し続けている密約の文書を少なくとも一時は保有していたことを、当時の責任者が初めて明かしたのだ。もはや、単に「存在しない」というだけでは説明がつかない。実際にないとすれば文書はやはり、廃棄されたのか。国を追いつめることになる貴重な証言だった。

弁護側の尋問を終えるにあたり、なにか付け加えることはないかと水を向けられ、吉野はマイクに口を近づけた。

「アメリカでは、協定なんかについても、三十年か二十五年か知りませんが、一定の時間がたちますと、これを公表して、だれでもそれを研究その他の材料に使うことができるというような制度があります。やはり、日本の外交についても採用することは非常にいいことだと思います」

それから、国側の反対尋問がはじまった。

吉野の証言の信憑性を揺さぶろうとする以上、質問が底意地の悪い響きをもつようになるのは当然のことかもしれない。しかし、それだけではすまなかった。

国の代理人を務める検事が問いかけると、別の検事が関連する証拠を吉野に見せる。しかし、確認が終わったあとも、証言台のわきにはりつくようにして離れない。それでなくても緊張がみえる証人への威圧にほかならない。

尋問の途中、吉野は何度も問いを遮った。

「私、耳が遠いものですから。大きい声だと（マイクを通すと）かえって音が響いて聞こえないものですから、少し小さな声でお願いします」

両耳に入ったイヤホンを押さえたまま、問いかける検事のほうへ身を乗りだす。その姿は元外務省高官ではなく、老人のそれだった。しかも、まだ二、三十代にみえる検事は質問のたび、卒寿をすぎた証人に対して、

「あなたは――」

と切りだした。

そう呼びかけることは、おそらく行政官としては間違いではないのだろう。しかし、

いくら法廷とはいえ、高みから問いただすかのような口ぶりは、公衆の面前で吉野をなぶっているようにさえ見える。

そもそも、足取りがおぼつかず、耳も遠くなった吉野がなぜ、法廷に引きずりだされなければならなかったのか。

それは、国が密約という嘘を隠してきたからだ。

米公文書などで客観的に裏づけられているにもかかわらず、根拠も示さずに密約を否定し続けてきた。十分な説明責任を果たすことなく「存在しない」と言い募ってきたのは、ほかでもない国なのだ。そのうえ、情報公開請求を「文書不存在」という五文字で一蹴していた。

嘘を嘘と認めないがゆえに、九十を越えた元外務官僚が法廷に立たされている。

「ちょっと聞き取りにくいのですが、もう一度、言ってもらえませんか」

「大きな声じゃなくて、少し小さいほうが聞き取りやすいんです」

まるで懇願するかのような丁寧な言葉づかいで、吉野は何度となく聞き返す。法廷内に、いたたまれないような空気が漂っていた。

ただ、小町谷はこう考えていた。

「吉野さんは、個人としてはとても魅力的な方だと思います。でも、やはり証人として尋問に答えていただく必要はある。たとえ、それが厳しいものであったとしても」

原告と被告の代理人による尋問をくぐり抜けた証言だけが証拠としての価値をもつ。だからこそ避けてはとおれない。小町谷はあくまで法律家の目で見ていた。

吉野の証言は聞く相手によって答え方が変わったり、微妙な言い回しをしたりするため、真意をつかみかねる部分があった。そのため、右陪席の裁判官が補充する形で問いかけた。

——この文書にあなたがイニシャルを書いたということは間違いないのですね。

「そうです」

——この文書は、スナイダーさんが局長室に持ってきたわけなんですね。

「これはやはり局長室しかないと思います」

——スナイダーさんが持ってきた文書というのは一通で、それにあなたとスナイダーさんの両名がサインをしたということなのですか。

「そうです」

——写しをとったというのは、サインをした状態で写しをとったということですか。

「ともかく、私がサインした以上、ドキュメントとして、しばらくはなにかに使う必要があり得るかと思ってとったんだろうと思います」

——どういう方法でとったかとか具体的には覚えていませんか。

「おそらく、そのころ出てきたコピー機で、そうとう楽に取れるようになったと思います」

——この文書にあなたがイニシャルを書くことについては、事前に外務大臣あるいは条約局長らは承知していたのですか。

「当然、そう承知していたと思います」

一時間半に及ぶ尋問を終えると、吉野は茶色い革の鞄を手に提げて出口へ足を向けた。扉へとつづく通路のわきで、原告席の西山がおもむろに腰を上げた。吉野はゆっくりとした足取りで進む。次第に、ふたりの距離が縮まる。そして、目の前に立ったとき、どちらからともなく右手をだし、両手で包みあうように握り合った。

西山とはかつて一度だけ、酒を酌みかわしたことがある。たしか、神田あたりの天麩《てんぷ》羅《ら》屋《や》だった。

西山が外務省から官邸に担当が変わるとき、アメリカ局長だった吉野がふたりきりの送別会を開いたのだ。事件が起きる一ヵ月ほど前のことだ。特別親しくしていたわけでもない一記者のために酒席を設けるなど異例のことだった。それだけに、吉野も記憶にとどめていた。

「政治家に食い込んでも、決しておもねったりしない。それでもネタをとる。デキる記者という印象でしたね」

それからまもなく、国会は密約をうかがわせる秘密電信文をめぐって騒然となり、吉野は、電信文のコピーを西山から託された横路と対決することになる。

「とにかく私の仕事は、沖縄返還協定を国会で批准させること。それがすべてでした。だから、あとは野となれ——というような心境でね」

シラを切りとおす以外、外務省という組織の一員として選択肢はなかったのだろう。

天麩羅屋での送別会から約十ヵ月後、西山が被告席に座る法廷で、吉野はまたも偽証を重ねた。

「裁いたのは裁判官で、私ではありません」

吉野はいまも、そう言い張る。

たしかに、吉野が嘘だらけの証言をした一審で、西山は無罪だった。裁判官が真実を見極めて公正な裁きを下していたら、西山は救われていただろう。しかし、二審で逆転有罪となり、最高裁で有罪が確定した。

そもそも、事件の本質から目を背けて罪人に仕立てたのは検察であり、真実を見逃したのは裁判所だった。そこには政治の影もはりついていた。

そう考えれば、吉野がかつての自分を正当化するように語るのを単なる責任逃れと批判することもできない。

いずれにしても、吉野はようやく知りうる事実を正直に語ったのだ。

九十一歳の元外務官僚の耳元で、七十八歳の元新聞記者がささやいた。

「また、ゆっくり会いましょう」

西山が抱くようにして肩を叩くと、吉野は短く応じた。

「はい」

法廷と傍聴席を隔てる柵の前に、記者たちが群がっていた。吉野と西山、かつて対立関係にあったふたりの歴史的な邂逅を見逃すまいと近づいた。

それを視界の片隅にとらえながら、小町谷はあえて目を向けようとはしなかった。この裁判がヒューマン・ドラマとしてとらえられることへの抵抗があったからだ。

情報公開をめぐる訴訟では、原告に立ちはだかる厚い壁の前で何度も煮え湯を飲まされてきた。いかに、負けないか。その一点だけを考え続けてきた。

吉野証言だけで勝てるほど甘くはない。まして、ふたりの「再会の物語」など裁判にはなんの役にも立たない。むしろ、休憩後に予定されている琉球大学教授の我部の証言こそ重要だと考えていた。

アメリカの国立公文書館で密約文書を見つけた当人だけに、その言葉は、公開を求める文書がたしかに存在していたことを裏づける。公文書から浮かび上がる沖縄返還交渉の全貌を解き明かすことにもつながる。それによって、公開を求める文書がいかに重要で、簡単に廃棄されてはならないものであるかを印象づけることにもなる。

にもかかわらず、我部が証言台に立ったとき、傍聴席は半分以上が空席になっていた。多くの記者や関係者は吉野の記者会見に向かったのだった。


東京地裁の建物内にある司法記者クラブが、その舞台となる。

吉野は弁護士の飯田に付き添われるようにして現れた。まるめた背中に疲れをにじませながら、ゆっくりと足を運ぶ。そして、壇上にはひとりでのぼった。それは、原告側でも被告側でもなく、あくまで中立の立場にあるという証でもあった。

法廷で証言した感想を問われると、吉野は淡々と語った。

「あまり大きな歴史の陳述に貢献したことではないんだと思いますが、ともかく、法廷で問題になったものについては、私の記憶が確かであれば真相を語ったつもりでありまず」

いまになって証言しようと考えた理由を問われると、密約を記した米公文書が相次いで公開されたことが影響した、と認めた。

「アメリカの資料が明らかになっておりますから、それによってある程度、昔のことを思いだしたわけで……それで、きょうの発言になったということであります」

事実が記録された文書の重みがはからずも語られていた。

吉野はかつて、こう漏らしたことがあった。

「(文書に) サインしちゃったからねえ」

密約にからんだ外務省幹部や政治家が口を閉ざすなか、米公文書には自分の署名が残っていた。だから、逃げることができなかったというのだ。まさに、公文書という動かぬ証拠が真実の扉を開いたということになる。

ただ、それだけではないだろう。

「外交交渉はみんな密約ですよ」

吉野の投げやりにも聞こえる口ぶりの裏に、割り切れない思いが渦巻いていたとしても不思議ではない。

繰り返しになるが、繊維交渉のために奔走していたアメリカから呼び戻され、吉野がアメリカ局長についたのは沖縄返還協定が結ばれる五ヵ月前。すでに、財政合意の枠組みは決まっていた。吉野は敷かれたレールの上を歩かされ、最後に協定という化粧をほどこしたにすぎない。すでに、四百万ドルの肩代わりを突っぱねる選択肢は残されていなかった。

かつて、アメリカ局長としての役割を「落ち穂拾い」と語ったことがある。国会対策のために嘘をつくことが仕事だった、と自嘲を込めて表現したのだろう。

もちろん、どこかで、いつかは真実を語らなければとの思いもあったのだろう。

じつは一九九九年に、吉野は政策研究大学院大学の聞き取り調査「オーラルヒストリー」に対して、驚くほど赤裸々に内情を語っている。

〈刑事の尋問に対しては、「外務省では、交渉中のことは一切機密なんです。相手の国に対する信用の問題があって、もし、これを公表するようなことがあれば、相手と交渉できなくなる。従って、これはあくまでも機密です。従って、国会に対しても否定する、嘘を言うんだ」という返事をしました〉

〈今だったら、おそらく国会に対して嘘を言ったということになるんでしょうかね。僕等は、えらい剣幕で否定したわけですからね（略）「そんなことは一切ありません」と言って否定したわけですから、相当国会に対しては嘘を言った〉

〈佐藤さんが、「（沖縄は）無償で返ってくる。こんないいことはない」という説明をしたことが、まず悪かったと思うんです。（略）あまりにもきれいごとをやろうとしたことが根本問題だと思います〉

とはいえ、翌二〇〇〇年、琉球大学教授の我部が四百万ドルの肩代わりを裏づける米公文書を見つけ、朝日新聞が報じたときには否定に転じている。

〈確かにサインは私のものだ。ただ、スナイダー公使とそのような話をした覚えはない。米側が議会に説明するためと頼まれてサインをしたのかも知れない。このような密約を交わしたことはなく、これに該当する文書は日本側にはないだろう〉

この発言はその後、政府が密約を否定する根拠とされてきた。

密約を裏づける米公文書が再び見つかった〇二年、当時の外相、川口順子《よりこ》は国会で密約を否定した際、こう話している。

「一昨年（〇〇年）も報道がございました。そしてその際、当時の河野外務大臣が、元アメリカ局長でこの問題にかかわった吉野元局長に直接話をされて、密約は存在しないということを確認済みでございます」

しかし、それから四年後、吉野はあのとき密約を認めなかった理由について、こう明かした。

「（当時、外相だった）河野（洋平）さんから口裏を合わせるよう頼まれたのです」

河野と言葉をかわすのは、外務省を退官後、若き総理候補を囲む会で顔を合わせて以来、久しぶりだった。ただ昔を懐しむこともなく、すぐ本題に入った。

「軍用地の原状回復補償費四百万ドルの肩代わりを裏づける公文書が見つかり、そこに吉野さんの署名があるので、朝日新聞記者から近く、コメントを求められると思います」

口調は、いつものように丁重だった。

「これまでどおり（密約を否定する）ということで、お願いします」

河野はかつて、西山が罪を問われた刑事裁判で、弁護側証人として「言論の自由」の重要性を訴えた。ところが四半世紀のときをへて、外相として密約を否定したうえ、吉野には嘘をつくよう求めた、というのである。

口止め工作について、河野は「ノーコメント」としている。

いずれにせよ、吉野が二〇〇〇年の発言を覆して「密約はあった」と証言した以上、政府が「密約なし」とする根拠は失われたことになる。

交渉の当事者として生き証人となった吉野はこの間、口を開いたかと思えば閉ざし、また再び、口を開いた。みずから吐いた嘘を、みずから雪がねばと考えるようになったのか。かつての偽証が重くのしかかっていたのか。密約を認めるようになった心境について、吉野は口にしない。

ただ、西山については、こう語っている。

「自分を、そして国民を欺いた国家に嘘を認めさせようという執念、そして正義感。さらには、みずからの名誉をなんとしても回復させたいという欲。そのすべてをひっくるめて、偉大だと思います。なにしろ、鎧兜《よろいかぶと》をつけたような国を相手に、ひとり素手で戦ってきたのですから」

だからといって西山のために証言したわけではなく、妻の死とも関係ない。

「四百万ドルなんて、全体からすれば小さな話ですよ。いつまでもこだわってないで、いまの沖縄、このさきの日本について考えるようにという思いはあります」

やはり、歴史に嘘はつきたくない。心は揺れながらも、そうした思いが次第に膨らみ、嘘をつきとおすことに虚しさを覚えるようになったのだろうか。

「(公文書を発掘した)我部先生の本がなかったら、おそらく成り立たないくらい私の記憶は抹消されていたんだと思います。不思議に思うでしょうけれど。ですから、沖縄返還協定及び時代の細部については無理にしても、思い返すような努力をしないとだめです。まあ、アルツ《(ママ)》ハイマーみたいな現象でしょうね。忘れてしまうんですよ。記憶のエネルギーがなくなるんでしょうかね」

淡々と言葉を重ねながらも、証言に踏み切った理由についてはなお、語ろうとしない。

ただ、組織を守ることを第一義とする、いわゆる役人気質でないことは確かだろう。

「ワシントンは嫌いでね。刺激的ではあるけど、仕事漬けになっちゃうから」

繊維交渉に臨むことになる三度目のワシントン赴任のときも、それまでと同じように家族を連れていった。単身赴任が当たり前の当時としてはめずらしいことだったという。官僚としての栄達を求めるわけではない。しかも人生を仕事だけに塗りつぶされたくない。その感覚が、古巣を裏切る形での告白につながったのか。

第二次世界大戦で、勇ましい戦死ではなく生き残るための戦略を描いて硫黄島《いおうとう》の激戦を率いた陸軍中将の栗林忠道《くりばやしただみち》は、自宅の窓の隙間風を案じる手紙を妻に送るなど、生活への濃やかな心配りを忘れなかった、とされる。

栗林がなにより部下の「いのち」を重んじたように、吉野も結果的には「事実」を語ることで、歴史への責任を果たそうとした。組織の論理を超えても守るべきものに殉じたという意味では、ふたりには通じるものがある。

なぜ、いまになって口を開いたのか――

記者会見で再び、同じ質問が飛んだ。吉野はマイクに口元を近づけるように前屈みになって、ゆっくりと言葉を探した。

「最近とくに、過去の真実を追求しようという報道陣や歴史家や知識人の努力に対して、非常にいいことだと思うわけです。自分自身は貢献することはできないけど、日本の将来のために有益なことだと信ずるようになりました」

そして、こう続けた。

「過去について忘却したり、（事実と）反対のことを立証したりして歴史を歪曲《わいきょく》しようとすると、その国をつくる国民にはマイナスになることが大きいと思います」

歴史の目撃者でもある吉野には、嘘をつく国家は滅びるとの思いが刻まれている。

「過去の歴史を知っていても、ヒトラーのように過ちを犯すので、知らなかったらなお、そう思います」

国は沖縄返還の舞台裏についても、ありのままに認めるべきだと考えるか。そう問われると、素直に答えた。

「そう思いますね。もう認めるべきでしょう」

政府の姿勢を穏やかな口ぶりで、しかしきっぱりと諌《いさ》めた。

会見が終わると、すでに冬の太陽は沈んでいた。

吉野は裁判所の職員に守られながら報道陣を避け、手配されていたタクシーに裏口から乗り込んだ。弁護士の飯田が付き添う車中、饒舌だった往路と違って、ほとんど言葉を発しない。横浜市内の自宅が近づいてきたとき、窓の外を見ながらふいに口を開いた。

「ああ、月がきれいですね」

翌朝の新聞各紙は、吉野の歴史的な証言を一面などで大きく取り上げた。

一方、我部の証言は沖縄の地元紙を除けば、ほとんど触れられることはなかった。

「この法廷が密約を証明する場になることを、原告をはじめとする多くの方々が期待されていることは理解しています。でも、これは密約の解明だけでなく、情報公開の根本にある理念を問い直す裁判でもあるのです」

それが、小町谷の偽らざる思いだった。

ガラス張りにしてカーテンを閉めたような現状から、カーテンを引き払うにはどうしたらいいか。情報公開に新たな道を開くための戦略をひそかに練っていた。

歴史をつくるのは国ではない。一人ひとりの国民の営みの集積なのだ。

発言には、そんな思いが色濃くにじんでいた。

第十二章　追及

　年が明けてまもなく、小町谷はまたも自宅近くの「スターバックス・コーヒー」に足を向けた。店の片隅で、最終準備書面を書き進めるためだった。

　振り返れば、この問題にここまで深入りするとは当初、思ってもいなかった。情報公開を求める以上、背景はどうあれ、焦点になるのは沖縄返還をめぐる文書があるかないかだけだ、と考えているようなところがあった。

　それが、沖縄返還の背景を探り、合意に至るまでの経緯を知るにつれ、密約そのものが結ばれたことを証し立てることがより重要だと考えるようになった。

　密約が結ばれていたことを裏づけられれば、その文書は当然、保存されていなければならないということになる。かりに廃棄されたとするならば、日米両政府の合意事項を記した文書を廃棄するには相当の理由がなければならないだろう。

　小町谷はこの一年ほどの間に五度、沖縄に足を運んでいる。いずれも自腹だ。

　提訴が決まった二〇〇八年暮れには、ともに弁護団を組む飯田や日隅と一緒に那覇市内で原告や新聞記者向けの説明会を開いた。ところが、出席者の反応は思いがけないものだった。

「いまさら沖縄返還の話でもない。いま大切なのは辺野古じゃないか。『世界一危険な基地』と呼ばれる普天間飛行場の移設のほうが、よほど大事だろう」

いまなお重い負担を押し付けられている状況を改善するのに情報公開訴訟がどう役立つというのか。苛立ちをぶつける声があがる。見方によっては、糾弾会のようでもあった。

その夜、小町谷は日付が変わるころまで出席者と泡盛を酌みかわした。沖縄の人々の本音に触れるうち、問題の根源がどこにあるのかがおぼろげながら見えてきた。

「沖縄が背負わされた重荷は復帰前から変わっていない、と知ったんです」

復帰前の沖縄について初めて広く伝えられたのは敗戦から十年後のことだった。一九五五年一月十三日付朝日新聞は、

《米軍の「沖縄民政」を衝く》

との見出しで、米軍統治の問題点や沖縄の実情を社会面の大半を割いて報じた。

そのきっかけをつくったのは自由人権協会（海野普吉《うんのしんきち》理事長＝当時）だった。西山が裁かれた刑事裁判で代理人をつとめた弁護士の大野正男が所属し、小町谷も籍を置くＮＧＯだ。

当時、自由人権協会は国際人権連盟議長のロジャー・ボールドウィンから次のような内容の手紙を受け取っていた。

〈沖縄で米軍当局が一方的な土地の強制買収を行っているとの報告がある。資料を送ってくれれば本国の当局に交渉したい〉

この情報をもとに、朝日新聞の記者が渡航を制限されていた沖縄に渡って取材したのだった。

それから半世紀、復帰から三十年以上たつのに沖縄の負担は減らないどころか、普天間基地の返還にからめて、新たな基地がつくられようとしている。

基地を押し付けられた人々の思いをすくいとることなしに、情報公開を訴えることはできない。小町谷はなんとか沖縄からの視点を最終準備書面に盛り込みたい、と考えるようになった。

「この密約の問題は過去のできごとというだけでなく、いまの沖縄の基地問題にもつながるものだから、ぜひ沖縄の声を伝えたいのです」

白羽の矢を立てたのは、原告共同代表のひとりで沖縄大学名誉教授の新崎盛暉《あらさきもりてる》だった。結審を前に陳述書を書いてもらえないかと頼んだところ、反応は鈍かった。

新崎にしてみれば、外務省機密漏洩事件は当時から遠いできごとだった。祖国復帰を目前に控えて、米軍が使用していた土地をもとどおりにするための費用をアメリカが払おうが、日本が肩代わりしようが、どちらでもよかった。きちんと払われるかどうかが問題で、どちらの財布から出るかについては正直、関心がなかった。どちらにせよ、沖縄にとって「支配者」であることに変わりない。

それでいながら、この訴訟の原告に名を連ねたのは、ある思惑があったからだ。密約に光が当たり、沖縄にも視線が集まれば、目の前で起きている普天間飛行場の辺野古移設反対の追い風になるかもしれない、と考えたのだった。

とはいえ、陳述書を書くとなると負担は小さくない。

「どう書いたらいいかわからない」

そう言って、新崎は渋った。

でも、小町谷はあきらめない。あらためて新崎の著書に目を通し、新崎しか語ることのできない沖縄の声がある、と説いた。最後は、新崎のほうが根負けした。

〈その存在が否定され続けてきた密約の存在が一つでも明らかになれば、構造的沖縄差別や対米従属という歴史のゆがみに光が当たることになり、歴史のゆがみを明らかにする手がかりが得られることになります。歴史のゆがみを明らかにすることは、将来に向

かって、そのゆがみをただし、よりよい歴史を紡ぎだすきっかけを摑むことになります〉

八ページに及ぶ陳述書を書き終えると、新崎は笑いながら周囲に漏らした。

「いやぁ、彼女の執念はすごい。あれを女房にしたら大変さぁ」

その言葉が証明されたのが第四回口頭弁論だった。

吉野と我部、ふたりの証人への尋問が終わり、廷内の空気はゆるみかけていた。時計の針は午後五時を回っている。裁判長が次回の法廷の日時を告げ、傍聴者は帰路へ足をむけようと荷物に手を伸ばし、記者たちがノートを閉じようとしたときだった。

静寂を破るように、原告席の最前列から手が挙がった。

「裁判長！」

立ち上がったのは小町谷だった。

「ひとつ、国にお聞きしたいことがあります」

そう口にすると、被告である国の代理人の検事に向けて、乾いた声を放った。

「きょう出された準備書面のなかで、国は密約について『認否留保』としていますが、密約があるかないか、文書があるかないかというのは客観的な事実だと思います。それが、外務省が第三者に委託した調査の結果によって変わるというのですか」

派手に振る舞うのは、どちらかといえば流儀に反する。淡々と証拠を積み上げ、証言を固めて相手の主張を退けるのが美しい。そう考えるだけに、躊躇がなかったわけではない。

このとき、四つの密約について検証を進める有識者委員会の調査結果が遠からず出ることになっていた。

その結論によっては「(密約) 文書は探したものの見つからなかった。かりに存在していたとしても廃棄された可能性が高い」というそれまでの主張を変えるのか。そうであれば、法廷での立証を放棄するに等しい。それだけに、問いつめずにはいられなかった。

国の代理人を務める主任検事は涼しげな口調で答えた。

「(密約について) 認識しているところが変わりうるということです」

怒りを浮かべたまま、小町谷はまっすぐに検事を見すえた。

のちに小町谷はこのときの心境を明かした。

「許せなかったんです、私。体中が怒りでいっぱいになって、吐きださずにはいられなくなっちゃったんです。だって、あまりにひどいと思いません？」

ただ、声を上げたのはかならずしも怒りのためばかりではなかった。

「国を牽制しておこうとも思っていました。ノラリクラリと結論の引き延ばしを図ろうとする意図が見え透いていましたから」

原告席から背中を見守っていた西山は、その迫力に思わず吸い寄せられた。

「怖い女だね。いやいや、痛快だった。また惚れなおしたよ」

弁護人の毅然とした訴えを冗談にまぶしてたたえた。

このやりとりを受けて、裁判長の杉原は言った。

「国の調査は別として、裁判所は裁判所として判断します」

そこには、三権分立にもとづいて司法として独立した立場を貫こうとの気概がにじんでいた。

小町谷は最終準備書面に、次のような一文を挿し込んだ。

〈情報公開の羅針盤を正しく合わせるのは裁判所をおいてほかにない〉

そのうえで、なにより強く印象づけようとしたのは国の主張の破綻ぶりだった。

たとえば、沖縄返還をめぐる財政負担の枠組みを定めた「柏木・ジューリック覚書」について、国は、

〈財務省では二〇〇一年一月に保存期間として定められた三十年をすぎたため、廃棄さ

れたと考えられる〉

と主張していた。

○一年一月といえば、情報公開法が施行される三ヵ月前。しかも予算審議で多忙を極める時期に、文書を再分類したうえで廃棄したというのだろうか。むしろ、情報公開法にもとづいて開示を求められる前に捨てたと考えるほうが自然だろう。

残るふたつの文書を作成した外務省は〇〇年度、計一二八〇トンの書類を廃棄している。四トントラックで三百台分を超える。その分量は霞が関でも突出していた。

とくに軍用地の原状回復補償費四百万ドルについては、西山が国家公務員法違反に問われて刑事事件にまでなり、ある意味で、もっとも世間の注目を浴びた文書といえるだけに、外務省がほかの文書と同列に管理していたとは考えにくい。

文書管理規則では「職務の遂行上必要があると認めるときは、一定の期間を定めて当該保存期間を延長することができる」とされ、重要な文書と判断されれば国立公文書館などへ移管することもできる。当然ながら、三十年をすぎたら自動的に廃棄されるわけではない。その期限を超えて保管されている文書は実際にある。

公文書館に移管するのが適当なものとしてまっさきに挙げられているのは、「条約その他の国際約束の署名又は締結に関する文書」

である。情報公開法の施行にあわせて、国は「歴史資料として重要な公文書等」を適切に保存するよう閣議決定し、政策決定にいたるまでの審議、検討、協議の過程などについても保存するように求めていた。

にもかかわらず、「廃棄されたと考えられる」という裏づけのない国の主張が、「不存在」を説明する合理的な理由として認められるのか。その程度の説明で、国が結んだ密約文書の行方をたどる道が断ち切られてしまうのか。

小町谷は、そう問いかけたのだった。

また、米公文書というかつてない「武器」を手に、不存在の理由について国の立証責任を迫り、同時に原告の立証責任を軽減するよう求め、国の逃げ道を封じてきた。

それでもなお、判決を予測することはできなかった。

かりに「事実上、密約は認められる」となれば、実質的な「勝訴」と受け止めていいだろう。「密約はない」としてきた国の嘘が認められ、司法がかつての判断をあらためるとなれば、「きょう」を喜ぶことはできる。事件から四十年近くかかったとしても、その価値が減ることはない。

なにより、依頼者である原告たちの狙いはほぼ達成されるだろう。

でも、小町谷はそれだけでは満たされない。

原告が文書は存在していたことを客観的に立証できれば、被告は文書が存在しない理由について立証しなければならない——

この主張が認められなければ、情報公開の扉を開けることにはつながらないからだ。現在から過去を問い、過去から学んで未来に生かす。そのために情報公開があるのだとすれば、「あした」も喜びたい。

「私はだれよりも勝ちたいと思っています。きっと、西山さん以上だと思う。結局、裁判に勝つことでしか現実を動かすことはできませんから」

最終準備書面はＡ４判で四十六ページになった。国の五倍の分量だ。

そのなかで、エイブラハム・リンカーンが米大統領就任以前の一八五八年に奴隷制廃止について語った演説から、次のような一節を引いた。

〈すべての人々をしばらくの間愚弄するとか、少数の人々を常にいつまでも愚弄することはできます。しかし、すべての人々をいつまでも愚弄することはできません〉

結局、外務省が委託した有識者委員会による検証結果の公表は予定より遅れることになった。このため、外務省の密約文書の存在について国が「認否留保」したまま、裁判は結審した。判断を保留するということ自体、異例のことだった。

それから三週間後の三月九日、外務省は密約についての調査結果を発表した。

調査を行った有識者委員会は、密約を明記した文書があれば「狭義の密約」、文書がなくても実態があれば「広義の密約」と定義していた。

そして、沖縄返還をめぐる土地の原状回復補償費四百万ドルを日本が肩代わりする合意については、

〈広義の密約〉

と認めた。

密約はあったが文書は存在しない、と結論づけたのだ。なぜ文書がないのかについて、報告書では触れられていなかった。

外相の岡田はあくまで「有識者委員会による調査結果」と位置づけ、国としての公式見解を示すことはしなかった。ただ、個人的な考えとしては「密約なのかな、という印象をもっている」と否定的な見解を漏らした。

こうして、外務省は正式に「四百万ドル密約」を避けたのだった。

その三日後には、財務省が調査結果を発表した。

財務相の菅直人《かんなおと》（当時）は「柏木・ジューリック覚書」はすでに省内には存在しないとしながらも、やはり〈広義の密約〉であると認めた。さらに、文書が廃棄された可能性が高いことに触れ、文書管理の杜撰《ずさん》さについて謝罪した。

外務省は「四百万ドル密約」について直接的な評価を避け、財務省は「柏木・ジュー

リック覚書」について密約と認めた。ともに「広義の密約」とされながらも、実質的な判断は分かれた。

さらに一週間後、国会が動いた。

三月十九日、衆院外務委員会（鈴木宗男《むねお》委員長）は密約問題を議題に掲げ、参考人のひとりに西山を招いたのだ。

かつて毎日新聞政治部時代に駆け回り、忌まわしい事件の発端となる電信文をめぐる議論がかわされた国会で、西山は予定の倍となる二十分間、滔々《とうとう》と自説を語った。

事実上、西山の名誉は回復された。

そして、沖縄密約文書の開示を求めた情報公開訴訟の判決だけが残された。

第十三章　判　決

判決まで、あと四日——

法廷が結審し、最終準備書面を出してしまえば、弁護士といえども、まな板の上の鯉《こい》と同じだ。これだけの証拠がそろった裁判で勝てなければ、情報公開の扉は閉ざされたままになってしまう。小町谷はどこかで、そう思いつめていた。

「ねえ、勝てるかなあ」

夕食後、居間でくつろいでいたとき、素直に不安を漏らした。すると、憲法学者の夫はやわらかな声で言った。

「どんな判決が出るとしても、たとえ負けることになったとしても、歴史の女神クリオが見ていてくれるよ」

かりにこの法廷で主張が認められなくても、歴史という法廷では「国に非がある」とかならず認められるだろう。そう励ましてくれたのだ。

とはいえ、やはり負けたときのことを考えてしまう。でも次の瞬間には、不安を振り払うように法廷でのやりとりをなぞってみる。

翌日、思いもかけないことが起きた。

裁判長の杉原から、裁判所で面会したいとの意向が伝えられたのだ。

じつは判決の言い渡しに続いて「判決理由の要旨」を読み上げてもらえないか、と原告が事前に求めていた。

通常は判決しか読み上げられないため、結論に至った道筋や理由が傍聴人にはわからない。社会的な注目度も高く、情報の公開を求める訴訟でもあるだけに、国民すべてというわけにはいかなくても、せめて傍聴人には直接、判決の意味を伝えてほしい。

同時に、できることなら法廷内のテレビ撮影も冒頭に限らず、判決を言い渡すまで認めてほしい、と求めていた。

そうした要望に、裁判長みずからが答えるという。

午後四時すぎ、小町谷はほかの弁護士や原告らと、東京地裁で行政訴訟を担当する民事三十八部の小部屋に入った。被告である国の代理人はすでに席についていた。

まもなく、杉原が現れた。法衣ではなく、めずらしくグレーの背広を着ていた。席に座ると、法廷と変わらぬ穏やかな声で語りかけた。

「要望書がたいへん充実した内容だったので、電話でお答えするだけでは失礼かと思い、こうしておいでいただきました。また、判決を間近に控えたこの時期に、裁判所と原告だけが会うということはフェアでない、少なくともフェアでないように見られるおそれもあるので、被告にも来ていただきました」

杉原はまず、法廷内撮影の許可は裁判所全体の判断によるため認められないとして、これまでの経緯を説明した。続いて、判決理由の朗読について語った。

「裁判所としては、原告・被告双方の主張について、合議を尽くして判決で全部答えました。だから、判決文をじっくり読んでいただければ、おわかりいただけると思います」

そこで、弁護士の飯田が食い下がる。

「判決の朗読ですが、理由の要旨くらいは読み上げることができるのではないですか」

杉原は変わらぬ口調で応じる。

「判決要旨を読み上げるだけでも膨大な時間がかかるのです。ただ、原告の訴えにはすべて答えてありますから、判決文を読んでください。渾身《こんしん》の力を込めて判決を書きましたから。なかなか短くできなくて苦労しています」

杉原はこのとき、「渾身」という言葉を口にした。

国側の主張に沿う判決であるならば、あえて「渾身」などと口にする必要はないだろう。これまで原告の主張に理解を示す形で審理を進めてきたことと考え合わせれば、勝訴判決をほのめかしているのか。原告へのギリギリのメッセージのようにも受け取れるが、小町谷はまだ信じきれずにいた。

誠意を尽くそうとする態度と法律にもとづく判断は、当然のことながら粛然と分けられる。安心するのはまだ早い。本気で勝ちたいと思うからこそ、安易に希望的な観測をいだくことを戒めていた。

それほど、思い入れの深い法廷だった。

最後になるかもしれないという感傷よりも、情報公開に風穴を開けることができるか。十四年のキャリアの集大成ととらえるだけに、個人的にも負けるわけにはいかなかった。


そして、二〇一〇年四月九日。

午前五時、小町谷は目覚まし時計が鳴るより早く目が覚めた。窓の外の春の空はまだ、薄い灰色をしている。でも、不思議と気持ちは落ち着いていた。

前夜、訴訟に関するすべての資料にあらためて目を通した。すでに立証を終えている以上、いまさらなにを変えられるわけではない。それなのに、裁判を一から振り返るなど、かつてないことだった。

原告側が提出した書面や証拠、被告の国が作成した書面などを一枚一枚繰る。添付資料を除いても、原稿用紙に換算して千枚ほどになるだろうか。一年近くにわたった裁判をたどりなおしてみて、小町谷はある結論に達した。

「被告の国は『文書はない』と主張はしても、立証らしい立証をほとんどしていない。アメリカがすでに公表している公文書と、文書に署名した元外務省高官の証言が示す事実はものすごく重い。公平という裁判所の機能が働くのであれば、負けるはずはない」

一夜明けてなお、思いに変わりはなかった。

小町谷は書斎に入ると、報道陣に配るための声明文を書くことにした。冒頭に記すタイトルに迷いはなかった。

〈embracing win〉

戦後の日本を描いてアメリカ最高峰のピューリッツァー賞を受けたジョン・ダワーの名著『敗北を抱きしめて』から表現を借りた。ただ、「敗北」の代わりに「勝利」とうたい、全面勝訴をたからかに宣言する文章をつづった。

午前九時前、小町谷は都内の自宅をでた。

四ツ谷にある弁護士事務所によってから、霞が関へ地下鉄で向かった。地上につづく階段をのぼりきると、東京地方裁判所の建物の目の前にでる。通りをはさんだはす向かいに目をやった。

外務省の前の歩道に桜の木が並んでいる。例年なら散っていてもおかしくないのに、おだやかな陽気のためか、淡い桃色の花びらが残っていた。

この日、小町谷はめずらしく薄いピンクのジャケットを羽織っていた。寝室のクローゼットを見渡したとき、ふと桜のことが思い浮かんだからだった。

はたして、法廷の桜は咲きほこるのか。

正午すぎ、判決が言い渡される一〇三号法廷をのぞいてみると、廊下には傍聴者が二十人以上並んでいた。そのわきに、口頭弁論のたびに顔を合わせる裁判所の書記官がいた。

高齢の吉野が証言したときには、入退廷時に報道陣から離して誘導してくれた。裁判長と面会したときにも物腰やわらかく対応してくれた。毎回、こまやかな配慮に助けられてきた。そこには、立場を超えて人間的に触れ合うものがあった。書記官は小町谷に気づくと、かすかに会釈した。

ところで、弁護団と原告たちの間では、朝からメールが飛びかっていた。

〈判決を伝える旗をつくりましょう。勝訴なら「密約認める」、敗訴なら「不当判決」でいいでしょうか〉

問いかけたのは、お祭り好きの弁護士、飯田だった。

社会的に注目を集める裁判では、判決が言い渡されると関係者が旗をもって廷外に飛びだし、待ち受ける支援者へ報告する。同時に、旗を掲げる場面をメディアに撮影させる。法廷内の撮影が認められない裁判でおなじみの光景だろう。

しかし、この訴訟では、支援者を組織したり、特定のイデオロギーにもとづいて動いたりしてきたわけではない。関心を持つ市民がそれぞれ自由な意思で集まっているにすぎない。そのため、大勢の支援者が裁判所の敷地の外で判決を待ち受けているわけではない。

とすれば、旗をつくるのは単なるメディア向けのパフォーマンスということになる。外務省や財務省が直前に密約をめぐる調査結果を発表したこともあり、すでにメディアの関心は十分に高い。どんな結果が出るにせよ、よほどの事件や事故が起きないかぎり、新聞の一面で扱われることは間違いなかった。

五年前に西山がひとりで立ち上がったときと比べれば雲泥の差だ。あのとき、提訴のニュースは三十九行のベタ記事(朝日新聞二〇〇五年四月二十六日朝刊)だった。それがいまや、トップニュースに変わっている。その意味で、「西山vs.国」という構図から「国民vs.国」への転換は見事に当たったといえる。

それだけに、メディア向けの演出は必要ないと、小町谷は思っていた。すでにこの判決の重要さは理解されている。なにより、パフォーマンスを必要としないほどの判決が出ることを信じようとしていた。

〈いまからというのは、時間的に大変ではないでしょうか〉

〈外で支援者が待っているというわけでもないので、なくてもいいんじゃないでしょう

か〉
〈恥ずかしいから、そういうのやめませんか〉
否定的な声が相次ぎ、結局、旗づくりは見送られた。

午後一時四十二分。

原告はメディア向けに裁判所に入る場面の撮影を終えて、次々と入廷する。

裁判所のなかでは広い法廷とはいえ、原告席にはパイプ椅子が二列に並べられ、荷物を置く隙間もない。

紺色の琉球絣《りゅうきゅうがすり》に身を包んだ作家の澤地や、トレードマークのテンガロンハットを手にした琉球大学教授の我部、陳述書を書いた沖縄大学名誉教授の新崎をはじめ、原告二十五人のうち十六人が席についた。

ジャーナリストや研究者が多いなかで、異色の存在が加藤義春（六十七歳）だった。肩書といえば、元日本原子力研究所職員ということになるが、みずから「一市民」を名乗る。

事件が起きたときは、二十九歳。国が起訴状の一言によって問題の本質を見事なまでに「すりかえた」との印象が残っている。

五年前、西山が国家賠償請求訴訟を起こしたのを知り、自宅のある茨城県東海村から毎回、日帰りで法廷に足を運んできた。そして、この情報公開訴訟では原告のひとりに名を連ねたのだった。

「私には外交や政治上の難しいことはわかりません。ただ、こんなにも嘘が明らかなのに、国の嘘を許してしまっていいのか。ただ素朴にそれだけを思ってきました」

弁護団のもとには、あわせて二百万円を超えるカンパも寄せられた。そのなかには、ひとりで百万円を寄付した女性もいる。

〈民主主義のために使っていただくなら、こちらがいちばんいいと思ったんです〉

そんなメッセージが添えられていた。

これから下される判決は、こうした、いわば無名の人々も見守っているのだ。

午後一時五十七分、黒い法衣をまとった裁判長の杉原が姿を現した。

法廷にいる全員が一斉に立ち上がり、一礼する。裁判長がゆっくりと椅子を引き寄せて腰を下ろすのを確かめると、廷吏が告げた。

「ただいまから、二分間の撮影を行います」

法廷内のざわつきが消えた。明るく照らされた法廷で、裁判官、原告とその弁護団、被告である国の代理人、さらには九十四の傍聴席を埋めた報道陣と傍聴人のだれもが息をつめ、不思議な静けさが支配していた。

そのなかで、パチパチとキーボードを叩く音だけが聞こえる。原告席の最前列に座った弁護士の日隅がノートパソコンを広げて、両手の指先をせわしなく動かしていた。

「あと三十秒です」

廷吏の声が高い天井に抜けていく。

原告用のパイプ椅子に腰を沈めた西山は目をつぶったまま動かない。落ち着いているようにも、落ち着きのなさを隠そうとしているようにも見える。

グレーのジャケットに同系色のシャツを合わせ、めずらしくネクタイを締めている。深緑のペイズリー柄。妻が用意していた三本のなかから選んだ。さらに、ジャケットの上着の胸ポケットには、ネクタイと同じ深緑のハンカチも挿していた。口に出すことはなくても、決着の日だと思い定めているのだろう。

「密約は推認されるが、文書はやはり存在しない」

西山は事前に感触を探った新聞記者などの情報から、そういう判決が出るのではないかと予測していた。「不存在」とする処分の取り消しを求める裁判としては敗訴。でも、実質的に密約は認められる、という判断だ。

かりに負けるのだとしても、密約が認められればいい。ただ、「文書廃棄」については言及してほしい。そうすれば、自分の名誉を超えて重要な問いかけを後世に残すことができる。膨らみそうになる期待を押し殺して、そう考えていた。

まもなく、廷吏が撮影の制限時間がきたことを告げ、報道用のテレビカメラがあわただしく撤収された。

午後一時五十九分、壇上の杉原が顔を上げた。

「それでは、判決を言い渡します」

いよいよ、そのときがくる。法廷中が固唾をのむ。

「主文、一」

その瞬間、小町谷は勝った、と思った。通常、原告が負ける場合には「原告の訴えを却下する」と言う。つまり、最初の音が「げ」でないということは勝訴を意味していた。

「一」に続く言葉を待つ。

「外務大臣が原告らに対して平成二十年十月二日付でした行政文書を不開示とする決定を取り消す」

瞼《まぶた》を閉じてうつむき、膝に手を置いて耳を澄ませていた西山が目を開いた。

「外務大臣は、原告らに対し、行政文書の開示決定をせよ」

外務省が「不存在」としていた「四百万ドル」と「千六百万ドル」の密約文書を開示せよ、と国に求めたのだ。驚きの判決に、傍聴席にどよめきが広がる。

財務省に請求した「柏木・ジューリック覚書」についても、「不開示」決定を取り消して開示するよう国に求めた。

それだけではない。杉原は変わらぬ調子で続けた。

「被告は、原告ら各自に対し、それぞれ十万円を支払え」

最後に、訴訟費用は被告の負担とする、と告げた。

その間、二分三十秒あまり。

原告の訴えをすべて受け入れる、全面勝訴の判決だった。

その瞬間、西山は頬をつねる代わりとでもいうように左手で耳をつかみ、視線を宙に泳がせた。頬はかすかに震えていた。

司法は死んでいなかった。

杉原の背中が扉の向こうに消えかかるころ、傍聴席でだれからともなく拍手がわき起こり、法廷を拍手が包んだ。原告たちも握手や抱擁を重ね、涙を浮かべた顔もある。

歓喜が弾けるなか、法廷からまっさきに出てきたのは西山だった。開口一番、こう言った。

「メディアの貧困だな」

報道関係者の多くは事前に、「不開示」の取り消しを求めた訴えは形式どおり棄却されるのではないか、とみていた。その見通しが外れたことを指して憎まれ口を叩いたのだ。その天《あま》の邪鬼《じゃく》ぶりが、いかにも西山らしかった。

報道陣に取り囲まれて歩きながら、西山はなぜか厳しい表情を崩さない。むしろ、喜びを噛《か》み殺しているようにもみえる。

完全勝訴ですねと声をかけられると、即座に言葉を返した。

「完全勝訴じゃない。超完全勝訴だ」

矢継ぎ早に質問を受け、思わず「気が動転している」とも漏らした。

判決の余韻をかみしめる間もなく、小町谷は資料を鞄にしまった。泣くかとも思ったが、意外にも涙はでない。あまりに劇的すぎて、感情が追いついていかないのだろう。帰り支度を終えようとするころ、後ろから大きな声で名前を呼ばれた。

「小町谷さん！」

振り向くと、原告のひとりで憲法学者の奥平康弘だった。並びのよい白い歯を見せて、右手を差しだしていた。

二〇〇八年夏に情報公開請求をしたときは共同代表を務め、「不存在」の決定取り消しを求める情報公開訴訟では原告二十五人のひとりとして、ともに戦ってきた。

奥平は事件当時から「表現の自由」を訴えていた。最高裁判決で西山の有罪が確定した翌日の新聞に、談話が載っている。

〈判決は、こじれた人間関係という本件の特殊性によりかかって、結論を出しているように思う。取材の自由の尊重はうたっているものの、通常よりきびしい条件下で行われる取材方法が、法的にいかに保障されるかの一般的な原則はまったく示されていない。この点を抜きにして、取材方法の違法性、取材対象者への人権問題だけを指摘するのであれば、今回改めて法廷の場で取材の自由を問う意味はない〉（七八年六月二日付朝日新聞夕刊）

日本における情報公開の道をいちはやく、先頭に立って切り開いてきたのが奥平だった。その積み重ねがあったからこそ、ここまでやってこられた。情報公開訴訟を起こしてからも、「知る権利」をめぐる勉強会の講師役を引き受けるなど、小町谷にとってはいわば、「憲法の先生」にあたる。それだけに、なんとかして奥平のためにも「一勝を」との思いを抱いていた。

小町谷が少し照れながら右手を重ねると、驚くほど強く握り返された。これまでに流れた時間を思えば、力が入るのも無理はなかった。指の跡が残るのではと思うほどだった。

法廷をあとにすると、小町谷は東京地裁のとなりにある弁護士会館の一角へ移った。

記者会見を前に、七十二ページに及ぶ判決文を分析するためだ。

まず、原告の請求内容を記すところに目が留まった。わずか四文字しかない。

〈主文同旨〉

判決は、原告の訴えと同じである、という意味だ。原告の訴えがすべて認められたことを示す言葉だった。弁護士として訴訟にかかわって十四年。初めて見るものだった。

さきを読み進めるうちに、小町谷は再び、声を上げた。

「ワァオ！」

文書が存在することを原告が証明した場合、その後も文書は継続して保有されていると推認される。そのため、被告が文書を「不存在」とするには、文書が廃棄されるなどして保有が失われたことを証明しなければならない。そう書かれていた。判決は、小町谷の求めた「国の立証責任」まで認めたわけではなかったが、開示を求める側が課される立証のハードルを下げるものだった。

「ここは新しい判断ですよね」

わきにいた先輩の弁護士の目を確かめるようにのぞき込んだ。

驚きはまだ、あった。

〈米国国立公文書館で公開された文書を入手していた原告らが求めていたのは、文書の内容を知ることではなく、これまで密約の存在を否定し続けていた我が国の政府あるいは外務省の姿勢の変更であり、民主主義国家における国民の知る権利の実現であったことが明らかである〉

判決は「知る権利」に触れたうえで、外務省の姿勢を強く批判していた。

〈国民の知る権利をないがしろにする外務省の対応は、不誠実なものといわざるを得ず、これに対して原告らが感じたであろう失意、落胆、怒り等の感情が激しいものであったことは想像に難くない〉

小町谷は信じがたい思いで、そのくだりを二度、読み返した。まさに、情報公開の重い扉をいくらか開かせる画期的な判決だった。

そのころ、西山の妻、啓子は北九州の自宅にいた。テレビの前に座り、ニュース番組を探してチャンネルを渡り歩いてみても、どこも報じていない。もしかして、テロップが流れるかも。手元のリモコンだけをせわしなく動かしてみるものの、昼下がりのバラエティ番組に味気ない笑いがあふれているだけだ。

いない。

当時、啓子は検察側の冒頭陳述を傍聴したい、と弁護団に申しでている。しかし、もし法廷に西山の妻がいるとわかったら大騒ぎになる。取材攻勢にさらされることは間違いない。

「奥さんは家にいてください」

弁護団の言葉にしたがい、一度も法廷に顔をだしたことはなかった。いつも遠く離れて、祈るような思いで見守ってきた。

この日の朝、啓子は暗いうちに目を覚ました。玄関に近い寝室で横になっていると、新聞受けが音を立てて朝刊が届いた。それを合図に起きだした。

午前四時すぎ、台所に出ると、すでに夫は目覚めていた。眠れなかったのだろう。夜中もテレビとみられる光が廊下に漏れていた。

夫が新聞を読む間、啓子は風呂をわかした。夫が湯船につかっている間に、朝食を用意する。トーストにハムエッグとトマト、それに紅茶。朝早いだけにシンプルなメニューをそろえ、一緒に食卓についた。でも、とりたてて話すこともない。

そういえば数日前、夫の寝室に入ると、仏壇の前でろうそくの灯が揺れていた。めったなことで先祖に手を合わせたりすることはないのに、ひそかに拝んでいたようだ。燃

「あのときは大騒ぎしていたのに」

思わず、刑事裁判の一審のときと比べていた。

えかすのマッチ棒が捨ててあった。

夫にとっては三つ目となる裁判。刑事裁判の一審を除けば、五回続けて負けている。今度こそ勝てるのか、それともやはり負けるのか。口にはしないが、揺れる夫の胸のうちが痛いほどわかった。期待して裏切られれば、かえって失望が大きくなる。それだけに、余計な期待も想像もすまい。自身にもそう言い聞かせていた。

テレビの前でじりじりしながら時計に目をやると、午後二時を十分ほどすぎていた。もう、判決は言い渡されたはずだ。

勝ったのか、負けたのか。

たとえ勝ったとしても、夫から連絡が入ることはないだろう。啓子はリモコンを手にしたまま、むなしくチャンネルを変える。やはり、どこでも報じられてはいない。何度も見ているはずなのに、あらためて新聞のテレビ欄に目を落とす。ニュース番組があるのは早くても五時ごろのようだ。

ふいに、電話が鳴った。あわてて受話器を取り上げると、法廷で傍聴していた記者からだった。

「勝ちました。全面勝訴です。おめでとうございます」

「ああ、よかった。よかったわ……」

そう、思わず声が漏れた。短い言葉をかわして礼を言うと、電話は切れた。

受話器を置いてから、啓子は気がついた。判決の詳しい内容がわからない。それでも、とにかく勝ったのだ。密約は、国の嘘は認められたのだ。

それから、置いたばかりの受話器を手に取ると、諳《そら》んじている携帯電話の番号を押した。

「パパ、勝ったわよ」

朗報を最初に伝えたのは、ふたりの息子たちだった。

夕方をすぎると、各局のニュース番組はどこもトップ扱いで取り上げていた。ただ、全面勝訴と言われても、実感がわかない。あまりに裏切られ続けてきたからだろうか。胸のうちにわき上がるものを探そうとしても見つからない。

「離婚しなくてよかったのかもしれない。こんな劇的な人生を送ることができたのだから」

啓子は初めて、そう思えた。

そのうち、記者会見と思われる映像に切り替わり、夫の潤んだ瞳が映しだされた。皺を刻んだ目元が照明を浴びて光って見える。

「思ってた以上に、大変だったのね」

画面に向かって、思わず声をかけたくなった。

記者会見は判決から一時間半後、東京地裁に近い日比谷公園内にある松本楼で開かれた。

松本楼といえば、かつて沖縄返還に反対する学生たちから火炎瓶を投げられて全焼したことがある。いまでは有名な十円のチャリティー・カレーは、建物の再建を機にはじまったという。偶然にも、沖縄返還と因縁の深い場所だった。

原告団長の桂敬一に続き、会場に並んだ原告がひとりずつ感想を語る。四人目にマイクを握ったのが西山だった。

「私の名前が何度も出てくるけど、心外でありまして、これは私の裁判でもなんでもないんで」

会場に笑いが広がる。請求した文書のひとつ、「四百万ドル密約」といえば、西山の代名詞のようなものだ。にもかかわらず、あえて硬い表情を崩さない。

「これは、我部（政明・琉球大）教授が発見された秘密書簡三通を政府に開示せよという裁判であって、私、何にも関係ない。情報公開のシステムに風穴を開けるというのが、この裁判の最大の意義なんでしてね」

判決を聞いて「超完全勝訴」と口にしていた高揚感はない。むしろ、厳しい表情で言葉を継ぎながら、本音をのぞかせた。

「難攻不落だと思った。壁は厚いと思ったが、政治環境が変わった。半年前まで（自民党）政府は密約を否定し続けていたが、『情報革命』が起こったんです」

渦巻くようにせりあがる思いは封じ込めた。

続いて、となりに座る作家の澤地久枝にマイクが渡った。澤地はあえて、七二年当時に話を戻した。

「沖縄返還では、国民に何も知らせないという佐藤栄作首相のもと、『蟻のはいずる隙もないようにみえた国家機密』を西山さんが持ちだしたことによって裁かれたのです」

あらためて当時の事情を説明しながら、思いを明かした。

「（西山さんは）自分の人生も狂わされながら厭世《えんせい》的にもならず、うつにもならず、きちんとした態度で生きてこられたということに私は敬意を表します」

会場から拍手が起こるなか、澤地はとなりの西山に顔を向けた。

「あなたは『関係ない』と言うけど、非常に功績があったと私は思います」

そして、正面に向き直った。

「西山さん、誇りにしていただきたい」

フラッシュを浴びながら、西山は右手で顔を覆うようにしてうつむき、涙をこらえる。なかなか顔を上げることができない。

「民主主義へ向かう第一歩」

澤地は判決をこう評価しながら、

「（この国には）民主主義はないんじゃないかと長く思ってきました」

とも打ち明けた。

ちょうど一年前、この訴訟を起こしたとき、こんな場面があった。

記者会見の檀上に原告の代表や弁護士が並び、西山は部屋の片隅で記者たちにまぎれるように立っていた。あくまで自分は原告のひとりだから目立ってはいけない。そう考えてのことだった。

ところが、記者からは西山への質問が相次いだ。さすがに前へ歩みでようかと迷っていると、その腕をつかまれた。澤地だった。

「さあ、これからリベンジするのよ」

西山は思わず問い返した。

「だれに？」

答えはすぐに返ってきた。

「社会に、よ」

澤地はかつて、密約を裏づける米公文書を見つけた琉球大学で我部の「生徒」だった。沖縄に移り住んだ二年間、特別聴講生として国際政治の授業を取っていた。

あるとき、我部から密約文書のコピーを見せられて驚いた。二〇〇〇年に朝日新聞が報じる前のことだ。我部が沖縄返還にからむ資料を渉猟していることも知らなかった。

それだけに、確固たる証拠と思われる文書があるにもかかわらず、「密約はありません」とあからさまな嘘を塗り重ねる政府に憤りと無力感を覚えてきた。

三十八年前の嘘と、二十一世紀にもなお否定をつづける現在の嘘。

ふたつの嘘を許してきたのは結局、私たち一人ひとりではなかったか。

判決を受けた松本楼での会見は質疑応答に移った。記者たちの質問はやはり、西山に集中した。

――(事件以来、さまざまなことがあり)今日、こういう形になりましたが、どういう思いを抱いていらっしゃいますか。

「そんな個人的なジャンルについて答えるような性質の裁判じゃないんでね。お断りしますね」

長く取材を続けてきた記者からの質問にもかかわらず、西山はにべもなく吐き捨てるように言うと、マイクを握り直した。

「そういう問題のとらえ方が密約問題を引きずらせてきたんだよ」

となりで、澤地が引き取る。

「西山さんが怒るのも当然です。こんなに晴れがましい日に、『なんで、つまんない俺のことを聞くのか』と西山さんは思ってらっしゃるでしょ、ね」

となりに顔を向けると、西山に怒れ怒れとそそのかす。

長く抱え続けてきた心の澱《おり》を洗い流すかのように、ふたりは曇りのない笑顔を見せた。

その夜、祝杯をあげに繰りだした銀座の街角で、西山は次々に声をかけられた。まだ判決を知らないのか、高級クラブの店先に立つ黒服の男性たちは「がんばってください」と言った。そのいかつい顔は市井の人々にも記憶されるようになっていた。

翌朝、情報公開史上にも残る歴史的な判決を、新聞各紙は大々的に伝えた。西山が宿泊先のホテルでチェックアウトの手続きを取ろうとすると、フロント係の女性が深々と頭を下げた。

「西山様ですね。今朝の新聞読みました」

それこそが復権の証だった。

北九州の自宅に戻ってきた夫は、あらたまってなにかを口にするということもなかった。ただ、少しして買い物に出かけたとき、めずらしくカラーの白い花束を買ってきた。啓子は花瓶に活けて、玄関に飾った。

しばらくして、啓子は引き出しの奥深くにダルマがしまってあることを思いだした。いつ、どうやって手に入れたのか、あるいはもらったものなのか記憶ははっきりしないが、大小ふたつの、まっさらなダルマだった。

「パパ、これに目を入れましょうか。まだぜんぶ終わったわけじゃないから、小さいのだけ入れてみない」

どう答えるかと待っていたら、夫は「ああ」と素直に応じた。

高さ六センチほどの赤い玉を掌に載せると、夫は筆ペンを手にして目を細める。細かく震える筆先でおもむろに、左、右と目を入れた。

よく見ると、黒目の内側にわずかな塗り残しがあった。しかも丸はいびつだった。啓子は横から筆ペンを譲り受けて丁寧に修正してから、テレビのわきに置いた。

このときすでに、国は控訴していた。

外務省内であれだけ文書を探したにもかかわらず見当たらないのだから、存在しないものは存在しない。それが、情報公開を旗印に掲げるはずの民主党政権の答えだった。

「大きいのは、すべて終わってからにしましょうね」

啓子の問いかけにも、夫はテレビに気をとられているのか答えはなかった。

離れて暮らすふたりの息子からは祝いの品が届いた。七十歳を祝う古希の宴席で初めて飲んで以来、夫が好んで口にしている宮崎産の焼酎だった。贈られた二本の瓶を愛《いと》おしそうに抱えると、夫は目元に皺を寄せた。

「これがいちばんうまいんだ。ちょっと、氷とグラスをくれ」

ぶっきらぼうな言葉を浴びて、啓子は台所の食器棚へと足を向けた。きょうぐらい、一緒に飲めたらいいのに。下戸であることをかすかに恨みつつ、啓子はつまみを準備する。背中越しに、栓を開ける音が聞こえた。
それは、幻の銘酒と呼ばれる「百年の孤独」だった。

おわりに

旧東ドイツを舞台にした映画に、「善き人のためのソナタ」という作品がある。この邦題は、物語のなかで流れるピアノソナタの曲名からつけられている。

東西が分断されていた一九八四年、秘密警察シュタージ(国家保安省)の有能な保安局員ヴィースラーは、ある劇作家とその恋人の舞台女優が反体制的であるという証拠をつかむよう命じられる。さっそく劇作家の部屋に盗聴器を仕掛け、生活の一部始終を監視する。ところが、盗聴を続けるうちに、劇作家がピアノで奏でる美しい旋律に触れ、胸の奥深くに眠っていた感情を静かに揺さぶられていく。

そしてある日、ヴィースラーは報告書に嘘を記す。監視対象である劇作家をかばったのだ。国家の虚構を支える職務を手離し、ひとりの人間として守るべきものに忠実であろうとした結果、閑職に追いやられてしまう。

しばらくしてベルリンの壁が崩れ落ち、東西が統一されると、シュタージ機密文書の閲覧が許されるようになる。監視と密告の実態が白日のもとにさらされ、ヴィースラーによる盗聴の記録も明らかになる。

それは、ヴィースラーが嘘の報告をすることによって劇作家を守ろうとしていたことを示していた。そのことは物語の最後に、落ちぶれたヴィースラーにささやかな報いを用意することになる。

この作品は二〇〇六年三月、ドイツで公開された。

沖縄返還当時、外務省アメリカ局長だった吉野文六氏がメディアに密約を認めたのは、その直前のことだ。

私には、吉野氏が、職務を超えたさきにある価値に殉じようとしたヴィースラーとどこかで重なりあうように思えてならなかった。

それは、映画の舞台となったドイツが吉野氏と因縁の深い土地だったことと無関係ではないかもしれない。吉野氏は第二次世界大戦の直前に研修生としてドイツに渡り、ナチス政権の崩壊を目の当たりにしたばかりでなく、映画で描かれたころまで、駐西ドイツ大使を務めていた。

私は十一回におよぶインタビューを終えたあと、映画好きでもある吉野氏にこの作品のＤＶＤを送った。すると、律儀な人柄どおり、まもなく返事が届いた。

息をすることもためらわれるような旧東ドイツの閉塞した実情を知るだけに、吉野氏は深いところで心を動かされたようだった。はがきを埋めるように万年筆で書かれた感想のなかに、こんな一節があった。

〈人間には皆、過去がある（略）深く反省します〉

沖縄密約情報公開訴訟の法廷に立ち、吉野氏がかつての刑事裁判で否定した密約を認めたのは、それから三年後のことだった。

もちろん、吉野氏が刑事裁判で偽証した事実は消えない。それだけに、手放しで称賛するにはためらいもある。

しかし、政府に反旗を翻す形になっても最後に知りうる限りの事実を語ったことの価値は測りしれない。

嘘をつかないのではなく、嘘を嘘と認める。

それができなければ、民主主義は枯れていくばかりだろう。

事態が動いているときにすべてを明らかにすることはできなくても、ある時間を経たのちに、あるがままを語る。あるいは文書に語らせる。そうしなければ、歴史は歪められたまま記録されてしまう。それでは過去から学び、未来に生かすことはできない。同じ過ちを繰り返すことにもなりかねない。そして、嘘によって傷ついた人の心が癒えることもない。

嘘を嘘と認めること——

その難しさと尊さを思う。

歴史に向き合おうとしたのは吉野氏だけではない。夫の嘘と、国の嘘。「ふたつの嘘」に翻弄されてきた西山太吉氏の妻、啓子さんもまた、長い歳月を経て重い口を開いた。

忌まわしい記憶に向き合いながら、「二度と同じような思いをする人を出したくない」と話してくださった。事件が起きたとき、巻き込まれるのは当事者だけではないということもあらためて教えられた。心から敬意を表したい。

孤独のなかをひとりで闘い続けてきた西山氏の執念にも脱帽する。

みずからの名誉回復を超えて、情報公開という民主主義の糧を求める戦いに転じた途端、風向きが変わった。米公文書という「証拠」を見つけた琉球大学教授の我部政明氏に加え、作家の澤地久枝さんや弁護士の小町谷育子さんなど強力な援軍が次々と現れた。国が重ねてきた過去の嘘と、現在の嘘。「ふたつの嘘」をゆるがせにしないという決意がそこにあった。

自分のためではなく、国民にとっての利益を求めようと心を開いたときに初めて、それまで向かって吹くばかりだった風が背中を押してくれるようになったのは偶然ではないだろう。

情報公開請求に挑む前、西山氏が起こした国家賠償請求訴訟で代理人を務めた弁護士の藤森克美氏と事務所スタッフの末石（旧姓浜口）みどりさん、情報公開訴訟を支えた弁護士の飯田正剛氏、日隅一雄氏をはじめとする弁護士や原告のみなさんなど、重い扉をこじあける原動力となった人々の存在も忘れることはできない。取材手法だけが批判され、密約が問われないという不条理をかねてから指摘していたジャーナリストの故紫哲也氏もそのひとりだ。

この作品は第Ⅰ部と第Ⅱ部の二部構成になっている。

第Ⅰ部は、講談社から発刊されたノンフィクション新機軸雑誌「G2」創刊号（二〇〇九年九月）に、第Ⅱ部は第三号（二〇一〇年三月）にそれぞれ発表した作品をもとに、大幅に加筆・修正したものである。

雑誌掲載時に編集を担当していただいた山中武史氏と、単行本の編集を担当していただいた藤田康雄氏は、執筆の過程で率直な意見のやりとりに付き合ってくださった。深く感謝したい。

また、表紙に作品を使うことを許してくださった写真家の東松照明《とうまつしようめい》氏、印象的な装幀を手がけてくださった装幀家の川上成夫《しげお》氏、白血病との闘いを克服しながら著者近影のためにシャッターを切ってくださった写真家の小泉佳春《よしはる》氏にも、お礼を申し上げたい。

ところで、私の自宅のリビングには、幅二メートルを超える細長い木の机がどんと居座っている。一角を、ビルのように積み上げられた本の山が占拠している。食事をとり、酒を飲み、本を読む。ときには娘と絵を描き、妻とはケンカもする。そこに暮らしのほとんどが凝縮されている。購入してから四年、太陽の光に焼けて表面の焦げ茶が色褪《いろあ》せてきた。

この原稿も、そこで書いてきた。物語が夫婦を描いたものであったことも影響したのかもしれないが、文章をつづりながら、家族の存在をこれほど意識することになろうとは思いもしなかった。

それだけに、この細長い机のある家で暮らしをともにする妻と娘、となりに住む妻の両親、離れて暮らす私の両親に、あらためて謝意をささげたい。

沖縄密約を国は正式に認めていない。それどころか、一審で歴史的な判決が下された沖縄密約情報公開訴訟では控訴し、最終的にどう決着するかはわからない。

そして、この密約が結ばれた七二年の沖縄返還を原点とする沖縄の基地問題はいまだ解決されていない。佐藤栄作首相が当時掲げた「核抜き、本土並み」というキャッチフレーズもまた、嘘だったということになる。

沖縄密約はいまなお、この国のかたちを映しだす鏡である。

最後に、吉野氏が法廷での証言を終えたあと、しみじみと語った言葉を記しておきたい。

「嘘をつく国家はいつか、滅びるものです」

二〇一〇年晩秋

諸永裕司

追章　欠落

沖縄密約情報公開訴訟の劇的な一審判決から三回目の春を前に、西山啓子は七十八年の生涯を閉じた。骨髄腫だった。

「ちゃんと死なせなきゃ」

ことあるごとにそう口にしていただけに、夫を残したまま旅立つのはどれほど心残りだったろう。

それから十年になろうとする年の瀬、九十一歳になった太吉は自宅近くの老人ホームに入った。腎臓や心臓が悲鳴を上げ、支えなしでは歩くこともままならず、ひとりで暮らすことが難しくなっていた。

入所する前日、私が自宅を訪れると、応接間には書類や資料が床を埋めるようにあふれていた。あとで整理させてもらってもいいか、とたずねると、太吉はベッドに腰を下ろしたまま、言った。

「あんたの好きにすればいい」

もう自宅に戻ってくることはできないと、どこかで予感していたのかもしれない。

年を越し、松の内があけると、私は再び、北九州に足を運んだ。

主のいなくなった家の玄関を息子さんに開けてもらう。だれもいない家は冷え切っていて、板の間から冷気が立ち上ってくる。足早に廊下を進み、暖房のスイッチを入れる。それから、応接間に足を踏み入れた。

真ん中には啓子を祀《まつ》った祭壇があり、おだやかな表情の遺影の下に遺骨が置かれていた。亡くなったあとも、太吉は墓に入れず、手元に置きつづけていた。啓子が好んだルノワールの名作「二人の姉妹　テラスにて」の複製画も壁にかかっていた。

ただ、床には書類が散乱し、四つの引き出しの両脇に扉がついたタンスの上や本棚の前にも紙袋が積み重ねられている。襖《ふすま》が開いたままの押入れからは、いまにも紙の束が落ちてきそうだった。

膨大な資料や紙の束を前に気後れしながらも、一つひとつ取り出しては目を通していく。二〇〇五年以降、太吉が起こした裁判に関連する資料、太吉の執筆した原稿が載った雑誌や新聞の切り抜き、メディアとのやりとりに使った文字の薄れたファックス用紙、市民からの講演を依頼する手紙などが次々とでてきた。

ただ、かつての事件にまつわるものといえば、色褪せた裁判記録くらいだった。歴史的な価値のあるものがでてくると期待していたわけではなかったが、かすかに拍子抜けしたような思いがした。

書類の合間から時折、広告やチラシ、ときにはレポート用紙の切れ端などがこぼれ落ちる。筆跡はどうやら啓子のものらしい。文字の列を追うと、ときに抑えきれない叫びのようなものが記されている。思わずたじろぐほど強い言葉が走り書きされたものもある。心の声が迫ってくるようだ。

私は腰を上げ、となりの部屋に向かった。かつて啓子が使っていた空間は物置のようになっていて、すでに使われなくなった掃除機や家電などが雑然と置かれていた。奥に小さな棚があり、『手しおにかけた私の料理』といった本の背表紙が見える。「マリア・カラス」「ショパン」「アヴェ・マリア」などのCDも並んでいる。

啓子はここで寝起きし、暗闇に閉ざされたような日々を凌《しの》いでいた。この北向きの六畳間だけが、ひとりになれる空間だった。

そういえば、太吉からの唯一のプレゼントだったという真珠のネックレスはあるだろうか。結婚七年目の贈り物はタンスの引き出しにしまってある、と聞いていたことを思いだす。探してみたが、どこにも見あたらない。

まもなく、ビニール紐《ひも》で括《くく》られたノートの束が部屋の隅に置かれているのが目に入った。束はふたつ。いちばん上に重ねられたノートの表紙には、年月日が記されている。どうやら啓子の日記らしい。そう気づいて、あわてて紐をほどいた。

事件直後の日記は見せてもらっていたが、これほどの分量を書きためていたとは知らなかった。

はたして、太吉が目にしたことはあったのだろうか。

たずねたくても、老人ホームに入って以降、話をすることはできなくなっていた。施設内にコロナウイルスが広がり、太吉も感染したため、個室に隔離されたのだ。スマホはおろか携帯電話も持たないうえ、共用電話のある食堂への行き来も禁じられている、と聞いていた。

息子さんからの差し入れのオレンジジュースやヨーグルトを受け取り、世話をしてくれる施設の職員と短く言葉をかわす以外、ほとんど口をきくことはないという。

片づけは三日ほどで終わった。

文字どおり孤独な時間のなかで、何を思っているのだろう。何度かはがきを送ったが、返事はないまま時がすぎた。

二〇二三年二月二十四日の朝、息子さんから電話が入った。

「父が亡くなりました」

ベッドの上で息絶えているのを、見回りにきたホームの職員が見つけたという。入所から二ヵ月、啓子が旅立ってからちょうど十年と二日。まだ暗い、夜明け前のことだった。

晩年は、啓子が案じたとおり過酷な日々を送っていた。

そばにいてくれた妻が消えてしまってからは、眠れなくなった。真夜中に起き上がり、遺骨を置いた部屋の灯《あか》りをつけ、遺影に語りかけるが、言葉は返ってこない。記憶にある声をたどれば、喪失感が押し寄せる。

悲しみを紛らわせるように酒をあおった。耐えきれなくなると、深夜でも知人の電話を鳴らした。そうしてなんとか夜をやりすごすと、朝からボートレースに出かけた。

気持ちをつなぎとめていた裁判が終わると、講演に招かれることも少なくなり、メディアへ登場する機会も減った。ほとんど唯一といっていい熊本の旧友も亡くなった。

それでも、本の執筆はつづけた。『決定版 機密を開示せよ――裁かれた沖縄密約』『検証 米秘密指定報告書「ケーススタディ沖縄返還」』『記者と国家――西山太吉の遺言』など、七十五歳から書いた著作は六冊にのぼる。最後に世に送り出したのは亡くなる二ヵ月前、評論家の佐高信《さたかまこと》との対談をまとめた『西山太吉 最後の告白』だった。

最後の三年ほどはコロナウイルスの蔓延《まんえん》と重なり、なかなか人と会うことが叶《かな》わなかった。虚勢を張ってでも強気なふりをする太吉が、みずから「淋しい病」と口にするようになっていた。

国家の嘘に翻弄され、世間から指弾され、それでもなんとか生き延びてきた、メディア史に刻まれる事件の主人公はひっそりと旅立った。葬儀のあと、火葬場で骨を拾ったのは親族を含めてわずかに七人だった。

亡骸《なきがら》を見送り、私が思い浮かべたのは、天上で再会しているかもしれない啓子のことだった。その半生を『ふたつの嘘』として二〇一〇年にまとめて以降も、解けない疑問があった。

なぜ、太吉と別れなかったのか――。

事件後は、戦う相手である国を喜ばせるだけだ、と踏みとどまった。

ただ、最高裁で負け、裁判が終わったあとならば、いつでも離れられたのではないか。ギャンブルに明け暮れるばかりか、乱暴な言葉を投げつけ、ときには手を上げた。心を通わせることのできない夫とは、事件から長い時間が流れても別れなかった。

別れられなかったのか、別れきれなかったのか。

最初にたずねたとき、啓子は首を傾《かし》げてみせた。

「なんででしょうね。私にもわからないわ」

その後、何度か同じ問いを投げかけたこともあったが、答えは変わらなかった。単純に割り切れるようなものではないのかもしれない。入り混じる思いを言葉にするのも簡単ではないだろう。

「きっと、死ぬまでの宿題ね」

そう言ったまま、啓子は最後まで凛とした佇《たたず》まいを崩すことなく彼岸へ渡ってしまった。心の内に渦巻いていた思いとはどんなものだったのか。

もしかしたら、その答えとなるものが日記に記されているかもしれない。ノートを数えてみると八十二冊あった。

啓子の心の軌跡に立ち入る前に、密約をめぐる裁判の帰趨《きすう》について報告しなければならない。画期的な判断が示された一審判決後、司法はどのような結論に達し、国はどのような決着を図ったのか。

啓子と並ぶもう一人の主人公である弁護士、小町谷育子の目を借りて振り返ることにしよう。

◆

沖縄密約情報公開訴訟で焦点となっていたのは、ある密約文書だった。

「議論の要約」というタイトルが付され、沖縄返還に際して米軍用地の原状回復補償費四百万ドルを日本が肩代わりすることに日米間で合意したものだ。吉野文六・外務省アメリカ局長とリチャード・スナイダー米駐日公使がそれぞれイニシャルで署名している。

情報開示請求に対して、外務省は「不開示（不存在）」という決定を下した。

しかし、米側はその「議論の要約」文書をすでに米公文書館で公開している。日本側の当事者である元外務省アメリカ局長の吉野は「密約はあった」と証言し、歴史的な資料もそれを裏付けている。

そうであれば、外務省も同じ文書を保有しているに違いない。

「不開示」という決定を取り消せ——。

そう求めた裁判で、二〇一〇年四月、東京地裁の杉原則彦裁判長は、国は国民の「知る権利」をないがしろにしたとして、文書の開示を迫る判決を下した。直後の記者会見で、訴訟を率いてきた弁護士の小町谷育子はこう語っていた。

「全面的な勝訴については、感激とか、驚きとかいうものを超えているような気持ちでおります」

とはいえ、決して浮かれているわけではなかった。むしろ、判決前からこう口にしていた。

「あまり勝ちすぎるとよくないのよね」

画期的な判断というのは、これまでに積み上げられた常識から離れたものになるだけに、簡単に受け入れられるとは限らない。その後、高裁や最高裁で覆されることも珍しくない。そのため、「勝ちすぎは要注意」というのが法曹界の常識なのだ。

国は即日、控訴した。

それから約一年半。

東京高裁の判決は二〇一一年九月二十九日に言い渡されることが決まった。

このとき、小町谷は所属する弁護士事務所を一時的に離れ、司法研修所の教官（民事弁護）になっていた。司法試験に合格した司法修習生たちが実務家になるための研修機関だ。

名誉と責任のある仕事とはいえ、任期は三年で、通常の弁護士業務のような報酬が払われるわけではない。業界内では「懲役三年、罰金一千万円」ともささやかれていた。

小町谷はそれまでも誘いを受けていたが、断っていた。だれかに教えられるほどの仕事を残しているわけではない、と思っていたからだ。それが、専門とする情報公開をめぐり、注目を集めた裁判（一審）に完全勝訴したことで心境の変化が生まれ、引き受けたのだった。

ただ、高裁の判決日には司法研修所の講義が入っており、判決は仕事を終えてから知った。

〈原判決を取り消す〉

文書は存在しないため、ないものはない――。

逆転敗訴だった。

外務省は国内外の公館を含めて四千冊あまりのファイルを調べ尽くしたものの、密約文書は見つからなかったとする主張が認められ、小町谷らが全身全霊で勝ち取った一審判決は覆されてしまったかに思えた。

ただ、気になることを耳にした。

青柳馨《あおやぎかおる》裁判長は判決を言い渡す際に次のように言い添えた、という。

「判決を読んでもらえれば、わかりますから」

裁判長はなぜ、そんなセリフを口にしたのだろう。

小町谷は、あらためて判決を読み直してみることにした。

高裁判決はまず、焦点となる密約文書については「第一級の歴史的文書」と位置づけたうえで、交渉の経緯を記した記録などから、「密約はあった」としていた。一審判決につづいて、密約そのものは認めていた。

次に、原告の立証責任を軽減する判断についても、一審と同じように認めていた。つまり、外務省に「過去に文書はあった」ことを立証できれば、外務省は「その後も継続して文書をもっている」とみなされる。逆に、外務省が「文書は存在していない」というのであれば、文書を廃棄したり、別の場所に移管したりしたことをみずから示さなければならない、と指摘していた。

一審で半分開いた扉が閉ざされたわけではなかった。

ではなぜ、勝訴から敗訴へと真逆の結論に至ったのか。

判決はこう書いていた。

〈かつて外務省においては（略）本件各文書1（注：米軍用地の原状回復費四百万ドルの肩代わり密約文書）を秘匿する意図が強く働いていたことが窺《うかが》われる〉

〈情報公開法の制定により、（注：外務省は）情報公開請求に応じて（略）公開しなければならなくなり、それまでの外務省の説明が事実に反していたことを露呈することを

防ぐため、その施行前に（略）秘密裏に廃棄し、ないし外務省の保管から外したという可能性を否定することができない〉

つまり、情報公開法が施行されると文書を開示しなければならなくなり、「文書はない」としてきたそれまでの説明は嘘だったことが明らかになってしまうため、外務省が情報公開法の施行前に廃棄したか、保管からはずした可能性を否定できない、というのである。

訴訟のなかで、外務省は「廃棄した」と認めたわけではなく、どのように管理されていたかは「わからない」としていた。それでは、きわめて重要な文書がいつのまにか失われたことになってしまう。そのため、青柳裁判長はさらに踏み込んだ判断を示したのだろう。

〈これらの文書は、通常の管理方法とは異なる方法で、通常の場所とは異なる場所に限られた職員しか知らない方法で保管された可能性が高（い）〉

いつ、どこに、どのように移されたのか。事実関係は示されていないものの、国に責任があると示唆していたのだ。

判決を要約すると、文書は「第一級の歴史的文書」にあたり、密約はあったと認められる。そのうえで、国は隠そうとする意図をもって通常とは異なる形で保管している可能性が高い。そのため、外務省内に文書はない。ただ、裁判で争われているのは、外務省が密約文書を「不存在」とした決定が妥当だったかどうかだ。その点でいえば、外務省内に文書はないため決定は妥当であり、敗訴ということになる。

よく読んでもらえばわかるという言葉どおり、判決は「逆転敗訴」という表層的な評価とは裏腹に、国の隠蔽にまで言及するものだったのだ。

事件の発端となった外務省の機密電信文には、〈問題は実質ではなくＡＰＰＥＡＲＡＮＣＥである〉と記されていた。この表現を借りれば、高裁判決を次のようにとらえ直すことができる、と小町谷はいう。

「見かけは『負け』だが、実質は『勝ち』に近いとも言える」

それでも、密約文書の開示を求める原告たちは納得できなかった。そもそも、行政がどんな文書をもっているかを市民が知る術はない。そのうえ、求めている文書を行政がもっていると証明しなければならないというのは情報公開の理念に沿わない、と考えていたからだ。上告して、最高裁の判断に委ねることになった。

二〇一四年七月十四日、最高裁（千葉勝美《かつみ》裁判長）はついに決定を下す。

事実認定について疑義は示さず、一審、二審のとおり「沖縄密約」はあった、とする司法判断が確定した。

一方、主張立証責任については、文書が作成・取得された経緯など個別の事情を考慮しなければ判断できないとした。さらに、

〈特に、他国との外交交渉の過程で作成される行政文書に関しては、公にすることにより他国との信頼関係が損なわれるおそれ又は他国との交渉上不利益を被るおそれがある〉という一般論にとどまった。

あたかも、外交文書は通常ではない管理をしても許されると言っているようにも読め、外務省の「捨て得」を問うことはなかった。

それでも、五年あまりにわたった争いを、おもしろかったと小町谷は振り返る。

「少なくとも、密約はあった、と最高裁が認めたことに意義はあったと思います」

一方、国はどう動いたのか。

岡田克也外相（当時）が設けた「いわゆる『密約』問題に関する有識者委員会」は、「文書が存在しない」ことを理由に「広義の密約」と独自に認定した。

調査の過程で不自然な文書の欠落が見つかったことから、岡田外相はみずからを委員長とする「外交文書の欠落問題に関する調査委員会」も立ち上げた。四百万ドルの密約文書も「欠落」の一つとされた。

委員会は、実情を知り得る立場にある事務次官、北米局長（アメリカ局長）、条約局長の経験者六名のほか、条約局長とアメリカ局長の経験者二名からヒアリングをしたものの、吉野文六氏（元アメリカ局長）のほかに文書を見たり、記憶したりしている者はいなかった、としている。

しかし、委員会が「存在していたとすれば（略）永久保存に分類された」（有識者委員会）とする歴史的な密約文書がなぜ消えたのかについては触れていない。

岡田外相としては、密約を解明するために手を尽くしたのだろう。だが、聞き取りをした外務省の高官たちは、密約文書を廃棄または保管からはずした当事者である可能性が高い。捜査機関でもない委員会が実態を解明するには限界があったといわざるをえない。

情報公開訴訟が光を当てた密約文書は、最後まで見つからなかった。それでも、「広義の密約」とする有識者委員会の結論を受けて、メディアは一斉に「密約は認められた」と報じた。そのため、密約問題は決着したかのような印象が広まった。

結果として、二つの委員会は「密約問題」の幕引きを図るための煙幕のような役割を果たしたように見える。

小町谷はいま、ＢＰＯ（放送倫理検証委員会）の委員長という公職を務め、東京・青山にひとりで事務所を構えている。床から天井までつづく書棚には、かつて好んだカエルの代わりに、ミッフィーが並ぶ。

なかでもお気に入りは、十六世紀のオランダで生まれたデルフト陶器製のものだ。白地に紺という清楚《せいそ》な色づかいで知られる。高さ三十センチほど、世界中で親しまれる愛嬌ある顔立ちが静けさをたたえている。その姿に魅せられて、迷った末に奮発して手に入れた。

ミッフィーの生まれた国には二年あまり滞在していた。アムステルダム大学の情報法研究所で研究にたずさわり、「法律の世界の首都」とも言われるハーグの法律事務所でも働いた。自由で風通しのよい雰囲気が肌にあっていたという。

オランダに渡る前に教官を務めた司法研修所では、年度末の締めくくりとなる最終講義は何を話してもよいとされていた。小町谷が三度ともテーマに選んだのは「沖縄密約情報公開訴訟」だった。

〈No records, no history〉

その思いはずっと変わっていない。

◆

西山啓子が残した日記にはたしかに、ひとりの人間が生きた歴史の断片が刻まれていた。

もっとも古いものは、結婚した翌年の一九六〇年。その後、事件前後の二十年あまりが抜けているものの、亡くなる五ヵ月前までじつに半世紀に渡って書き留められたものだ。

沖縄密約情報公開訴訟の一審判決がでたとき、啓子は抗がん剤治療を受けていた。

半年ほど前から歩くたびに胸苦しさを覚え、異変に気づいていたものの、太吉の講演が重なるなどしたため、なかなか病院へ行くことができなかった。ようやく診察を受けたところ、骨髄腫と診断され、そのまま入院となった。二〇〇九年十二月十八日のことだった。

〈このまま発病しないで済めばと頭では願っていたが（略）本当にきつい数年間であったから心身共に〉

しかし、きついと言えば、結婚当初から心労が絶えることはなかった。結婚した翌年の日記に、こう記されている。

〈時には、私たちの結婚は間違っていたのではなかったろうかと迷い、疑い、そして時にはそれを全面的に否定したり……〉（一九六〇年六月十三日）

その後、三行ほど黒く塗りつぶされたあとに、こう続く。

〈夫婦の絆は色々の困難や苦しみ、楽しみ即《すなわ》ち、喜怒哀楽を共にしてこそ強じんなものになって行くものと思う。その意味で、私の考え方は甘いのかもしれないが、我慢でき

るだけして行こうと思う。そして彼も又、家庭生活の重要性というものをはっきり認識すべきであると思う〉(同)

ともに暮らし始めて一年たらず、三ヵ月後には赤ん坊が生まれるというのに、夫との間には溝が生まれていた。太吉は実家からの仕送りまでギャンブルに使ってしまう。締め切りの遅い新聞記者とはいえ、午前様も珍しくない。

〈今までの色々な嘘、私はもう沢山だ‼ 私はバカだった。もっと結婚は慎重にすべきだったのに。何という最悪の事態におちいってしまったのだろう。昨年の今頃は、幸福だと思っていたのに‼ 一ヶ年と一ヶ月目の今日、こんなみじめな気持ちになるとは。神様、これも私の試練なのでしょうか〉(同年十二月十二日)

しかしこの後、文字どおりの試練が襲いかかる。

夫婦間の諍いではなく、国家が乗りだしてきて、夫が逮捕されたのだ。結婚十三年目に訪れた波乱の日々を、のちにこう振り返っている。

〈私の背中には鉄だろうか石だろうか、ずしりと重い十字架がはめこまれ、動けばうめき声が出る様な気がした。（略）苦しめば、私共の憎しみの向う先はその苦しみの原点を容易にさがしあてるだろうから〉（二〇〇四年十二月十四日）

〈力のない目は無表情で、不精ヒゲを生やして、ガウン姿で背中を丸めた働き盛りの男が座り込んでいるのをみるのは辛かった。（略）憎しみ、愛情などというものを通りこした、胸を引き裂かれるような感情と、只空虚さが胸をよぎっていた。（略）すべてを失った一人の人間が虚脱状態におちいっているのに生きていかねばならない。何のために。家族の存在はこの様な時には慰めになるというよりむしろ苦痛な存在であるかもしれない〉（※日付不明。以下※印同様）

「タイトロープの連続」という日々のなか、啓子は倒れたらおしまいだ、とみずからに言い聞かせていた。同時に、最後の一線、家庭崩壊だけはさせまい、と思い定めた。

〈国を相手にたたかう時、家の中がもめていたのではたたかえない。
自分自身の事は　（以下、空白）
私としては即、決着つけたい気持ち強かったが、今はダメ、己との戦い、西山との戦い、国との戦い、それをこえられなければいけない〉（ホテルのメモ用紙のような綴《つづ》り）

（※）
〈「国家の機密」にふれたものの結末はこうなるぞとみせしめの様になりたくない。それみた事かと手をたたいて喜ばれる様な事はしたくないという思いが深まっていった〉（簡易便箋の半分）（※）

とにかく、西山を死なせてはいけない。その思いを強く持っていた。

〈魔のさすというか、そこに入り込む空虚さ、寂寥《せきりょう》さが連鎖して生むものが恐《こわ》かった〉（ホテルのメモ用紙のような綴り）（※）

そして、こう考えるようになる。

〈国家が国家の国益という名の下にどんなに（リーク、ゆうどう）ひどいことをしたか、しっかりこの眼《め》でみて行こうと決心した〉（※）

夫はまもなく故郷に近い小倉に移り住み、十年ほど別居暮らしがつづいた。ふたりの息子が独り立ちできるようになると、啓子は見知らぬ土地で再び、夫と暮らしはじめる。その理由についてははっきりと触れた文章は残っていない。ただ、時期はわからないが、メモ用紙のような紙にこう書きつけていた。

〈しっかりと意思をつらぬいて生きていきました、という、生を送ってほしい。ささえなければ。悲愴《ひそう》なものでなく、できることはしなくては〉（※）

しかし、夫の荒みぶりは予想をはるかに超えていた。バブル崩壊による株暴落で資産を失い、それでも毎日のようにボートレースへと出かけていく。しかも、負けて帰ってくる。日記には、日付のとなりにギャンブルを示す（g）が並ぶようになる。

〈株のため、この三年、心の休まる時がなかった。不眠症、いらいら、過食等ストレス続きの生活。人間の生活ではない。嫌なことは皆私に頼み、自分は（g）も止めず〉

（一九九一年十一月十七日）

〈今日も（g）に行く。もう止めるからみていてくれと云った言葉は嘘。もう何度誓っては破った事か。信用してしまう私自身のおろかさを歯がゆく思う。（略）もう死ぬま

でダメだろう。私自身ももう抜け出したい〉（九五年八月十七日）

〈年金が入ったら今日まで一日を抜かして連日（g）。どうにもならない。どう云ってもダメ。大喧嘩すれば、両隣、下につつ抜け。結果として何も残らない。只恥ずかしい。恥ずかしい想《おも》いと、疲労感のみ。無力感のみ。（略）くやしさにふるえる思い。いいえ、ふるえています〉（九六年二月二十九日）

九階にある狭い3DKの空間で諍いは絶えず、逃げ場もない。

〈断崖に立つ人生　悲しむ心空にする〉（九〇年十月二十一日）

事件から二十年近くたって、だれにも明かせない胸の内を吐きだすように、こんな詩をつづっていた。

〈さようなら私の人生
さようなら私の一生
もう二度来ないけれど

何も思うまい
ただ静かに……さようなら
（略）〉

〈心臓がドキドキと重苦しく鼓動する
身体中が苦しんでいる
そして全体が苦しんでいる
私、全部が苦しんでいる
負けられない！　という気持ちと
負けてしまいそうな気持ちが闘っている
神様助けてくださいなんて言ってはだめ
神様にはもっと助けなければならない人がたくさんいるのだから
早く今がすぎて欲しい（略）〉（九一年十一月十五日）

〈粉々に飛び散ってしまった私の心
ずいぶんずいぶんたってから
粉々になって見えるか見えないかの様に

粉の様にとび散ってしまった私の心
やっと一つずつ一つずつ一緒になった
そして何日も何日もかかって
何ヶ月も何ヶ月もかかってやっと元に戻りかけたら
又飛び散ってしまった……
そして又
一緒になって元に戻ろうとするのに……
もう心は元に戻らない
もう心は元に戻れない
私の心
心も身体もズタズタの日々
只平穏な時が欲しい
静かに過ごさせてほしいだけなのに
今はそれすら許されない〉(九一年十一月二十九日)

〈あああれは夢　悪い夢でした
指がふるえ　足がふるえています

そして心が、心がふるえています
そのふるえている心の中から憎しみが生れてきます
心は憎しみのためにあるのではありません
心は
心は喜びでふるえ　成功でうちふるえるものなのです
ゆがんだ心　ねじれた心　荒れた心　貧しい心　非情な心
それは心ではありません
苦しい心は月日がやさしく包んでくれるでしょう
でも消えることはないでしょう〉（九二年十二月）

願うような穏やかな日々はなかなか訪れない。

一九九三年、ＢＳ放送で早慶戦九十周年の記念番組を一緒に見ているときだった。なつかしい映像が古い記憶をよみがえらせたのか、啓子はふいに、大切にされてこなかった悔しさがこみあげた。それを口にすると、夫は言った。

「お前がバカだからだ」

心身ともにへとへとになりながら支えてきたのに、との思いが溢《あふ》れる。

〈その間、自分は何をして来たかかんがえてみたらいい。人間として恥ずべき事の積み重ねではないか。非難ばかりしたわけでもなく、一生懸命その時その時精一杯カバーし、切り抜けて来たではないか。一つ一つ思い返すだけでも茨、苦難の連続であった。何一つ分っていない。（略）なさけない人だ〉（九三年十一月二十八日）

〈一度血が昇ると、正気のかけらもなく怒鳴りまくり、今日は手を上げた。（略）何をするか分らない!!〉（九七年十月三十日）

そうしたなかで、啓子はみずからに課してきたことがあった。泣かないことだ。

〈すがる人がいて一度、涙を流してしまったら、自分をささえている物がすべて足もとからくずれ、立ち上がれなくなることを無意識の中で感じ取っていたのかもしれない。（略）
自分の心の（略）深くにしまい扉をしめて意識的になんでもない様に止めていたな、と。
泣かない　一度泣いたらせきを切ってしまう。それを恐れていた〉
（紙切れ　マグナムドライ感謝祭キャッシュバックキャンペーン広告　二〇〇一年）

〈何故《なぜ》泣かなかったか、涙を流さなかったか。
泣いたら負ける、泣いていたら破めつ
本当に心から泣くのは（太）が先に死んだら、その時
私が先に死んだら、あの世に行ってたっぷり泣きます〉（※）

ときには、空をみてやりすごした。

〈じっと夜空をみつめて、空を眺めるといつも悠久という思いにとらわれる。（略）魂が高められる様な気がする。人間て、いつでもその年齢なりに忘れてしまいたい様なとってあるものだと思う。でも、50をすぎて、忘れてしまいたい、すべて無になりたいと思う事が多すぎる。それだけに今は空と向き合う時間を多くしなくてはいけないのかもしれない〉（一九八六年）

〈時として花づくりをできない時もあったが、心の中に花はいつも咲き乱れ、又作ることの出来る日への期待で胸をふくらませて咲かせ続けた〉（※）

ときには、みずからを叱咤《しった》するかのような言葉もある。

〈人間なんて皆一人ぼっち、淋しいものなのよ。そんな事とっくの昔に分かっていた事でしょう。何を今更そんな「私は一人で淋しい。孤独だわ」なんて顔をして、しょぼくれている。しっかりおし、ひろ子。早くお化粧、そして何事もなかった様に普通のかおをして、さりげなく振る舞うのです。さあ、頑張って‼〉（※）

一方で、自立の道を模索したこともあった。

大学に入り直して児童心理学を学ぼうと考えたのだった。傷つけてしまったこどもたちの心を癒すにはどうしたらよいか、夫婦関係がこどもに与える影響はどんなものなのかを知りたかったようだ。

そして、離婚（Divorce）を指す「D」というアルファベットがところどころに現れる。

〈何度（D）を考えたか分からない

結局、二人で高めて生きていく人生を歩めなかった事にくいは残るが――〉

（「原家具　さよならセール」のチラシ裏）（※）

もうダメだと思ったことは一度や二度ではなかった。

〈あなたとの30年は悪夢の連続でした。（略）
私も精も根もつきはてました。でも、私は西山家を守りたかった。
いまわしいあの事件で都落ちはしたけども、西山は立派にやっている。
せめてそれが私たちに残された、精一杯の抵抗ではないのでしょうか。（略）
私が■（判読不明。以下同）われすれば、何とか西山の対面は保てる。何とか……、必死でした〉（九〇年頃）

〈もう限界だろう。今後の自分の人生を考える時、ぎりぎりの選択だろう〉（九一年）

〈好むと好まざるに拘《かかわ》らず、いつも刃の上を歩くようなところに己自身を置く人生を歩んだ人だと思われる。それは周囲がなせることか己がみちびいているようなものなのか――■なのであろう。そこから抜けられる事もできず■にのたうちまわっていた。つかの間にそれからのがれるために、時にＭ、時に沼、時にギャンブルであった。己がまねいた人生としても■がしれつをきわめた。
それは引く事を知らぬ男の悲劇だったのだろうか〉
（「コパル電子株式会社」のＦＡＸ送信用紙／九一年）

事件から二十五年後、めずらしく外務省の女性事務官について触れたくだりもあった。

〈Hの事思い出して不愉快な日が続く。早く想い出の中から拭い去らないと、私自身も破滅してしまいそうな気がする〉（九七年二月二十八日）

夫を見捨てれば、そのまま野垂れ死ぬような最期を迎えるだろう。啓子には、それが容易に想像できたに違いない。それでは国に蔑まれるだけでなく、身を削るようにして支えてきた啓子の半生もまた、意味をなくすことになる。

気持ちは振り子のように揺れた。

〈さいころと違って振り出しに戻すのは簡単でない所も人間だからなのだろう〉（※）

〈結婚を続けるのも地獄、離婚するのも地獄。どちらも絶望に向かって歩いている道のりだった〉（※）

一方で、この苛烈な境遇からようやく逃れられる、と思ったこともあった。
〈浮気をする元気があれば結構（略）全く違う血が流れている。
もう離れても大丈夫と思った事もあった　↓が、〉
切り離されたレポート用紙にはそう書かれているものの、「が」のさきは空白になっている。別の紙には、こうあった。
〈西山が故郷ですべて順調に行っていたら
離婚はできたのではないかと思う〉
別居後、太吉が落ち着いて第二の人生を歩んでいれば、そのまま別れられた。でも、ギャンブルに溺れ、借金を重ね、みずからを見失っていく姿を見せつけられる。「しっかりと生きてほしい」「ちゃんと死なせなきゃ」。そう思うがゆえに、啓子は夫と離れることを選べなくなったのだろう。
そうだとすると、事件によって引き裂かれたはずの二人は、事件によって逆に離れることができなくなってしまったようにも見える。

もうひとつ、啓子を繋《つな》ぎとめたものがあるとすれば、それは日々こなさなければならない仕事だった。

じつは、日記に書かれている半分ほどは、義父のもっていた土地に建てたビルの管理業務に関することだった。ビルといっても個人向け賃貸の部屋が八十四室。その管理を啓子が担っていた。

家賃は銀行振り込みではないため、毎月、一軒ずつ訪ねて回収する。ときに、「ご主人にお渡ししました」と言われて面食らう。夫を問い詰めると、借主から払われた家賃はギャンブルに使ってしまった、と渋々認める。それが一度や二度ではなかった。

そのたびに、啓子は恥ずかしさと情けなさ、そして絶望感にとらわれる。

管理人の仕事をしていても、心弾むようなことはほとんど起きない。むしろ、心がささくれだつような出来事がつづく。

エレベーターに消火器の泡がぶちまけられ、ゴミ捨て場にゴミが溢れる。廊下の電気が切れた、部屋のガスの不具合がある。そのたびに呼び出されて対処する。ときに、屋上で中学生がキスしている、高校生がシンナーを吸っている、との情報が寄せられたりもする。

ビルの裏には九州最大の暴力団「工藤《くどう》会」の事務所があった。ゴミ出しや駐車をめぐるささいなトラブルが起き、啓子がひとりで乗り込んでいくこともあった。

暴力団事務所のさきには競輪場があり、訳ありの入居者も少なくない。そのため、暴力団対策を担当する四課や、詐欺などを担当する二課など、たびたび警察官が訪ねてくる。不倫、別れ話、蒸発……。見聞きする話から、ときとして社会の底辺をのぞく。さすがに殺人・強盗を担当する一課が来ることはなかったが、湯船に浸《つ》かったまま孤独死した借主を見つけたこともあった。

北九州に越してきてから、啓子はあえて友達をつくらなかった。詮索されたり、説明したりしたくない。人から距離を置き、ただ黙々と管理人の仕事をこなすことに徹した。そうすることで、なんとか日々をやりすごしてきたのだろう。

〈国家権力にさからった人間はこんな悲惨な人生をたどるのだというサンプルになってはいけない、何としても。一応、人生を普通に全《まっと》うさせたいという願望もあった〉（※）

ただその一念で太吉を支え、自分を支えてきたのではないか。

事件から四半世紀がすぎ、ようやくかすかな光が射《さ》す。二〇〇〇年、密約を裏づける米公文書が見つり、二〇〇二年にも別の文書が明らかになった。

そのころから、夫のかかえる空洞に思いをはせるような記述がでてくる。

〈西山が苦しさのはけ口を求めgに逃げるという心の荒廃、苦渋を理解していなかった〉（※）

〈どれだけ精神的かっとうが深いものであったのであろうと、後になって気がついた。只止めさせようという意識が強く

（g）なんて情けないとの思いで〉（ホテルのメモ用紙のような綴り）（※）

〈不器用な人　上手に心を収める方法がみつからなく苦しんでいた

その深さに対して理解が足りなかったのかなと思う〉（※）

さらに、元外務省アメリカ局長の吉野文六が密約を認め、太吉が情報公開訴訟に踏み切るころには、こんなくだりがある。

〈（太）曰《いわ》く「死んだ方が楽になるだろうとは思ったが、死ぬわけにはいかん。絶対に死ぬわけにはいかん。全部をなすりつけられてしまう」。その決心を早く聞かせてくれていたら、もっと楽に生きてこられたものを――〉

きっと夫も口にできなかったのだろうと思いやりながらも、果てしなく思える日々を振り返って、率直な思いをつづっている。

〈長い間の肩の荷が下りた思いと空虚感、虚しさも又感じた〉

それでも、米公文書の発見、外務省元局長の証言につづき、太吉は密約問題の参考人として衆議院に招かれて証言もした。

〈今迄の空白の数10年間を埋めるに充分すぎる毎日であったと思う。今流に云えば、サプライズ‼　の連続〉

夫がようやく光を浴びはじめた影で、啓子は抗がん剤治療に耐えていた。体調は思うように回復しない。

二〇一〇年の暮れには啓子を描いた『ふたつの嘘』が刊行され、年があけると、映画化の話が舞い込んだ。

〈映像化の問題（手紙同封）現在では考えられない〉（一月二十日）

さらに二〇一二年になると、山崎豊子原作の『運命の人』がドラマ化される。

〈フィクションと云っても限度がある〉（二月二十六日）

原作が「文藝春秋」に毎月、発表されていたころの苦い記憶がよみがえる。「許せないような場面がかなりある」と記しながら、毎週日曜の夜にはチャンネルを合わせていた。楽しむためではなく、どれだけ事実からかけ離れているかを確かめるためだった。そして、ようやくたどりついた最終回は、珍しくふたりで一緒に見た。ラストシーンが流れたあと、夫が口を開いた。

「どうも長い間、ご迷惑をかけて申し訳ありませんでした。ありがとうございました」

なんとも他人行儀な口ぶりだが、率直な思いだったのだろう。言いながら二度、三度と頭を下げたという。

その後、日記は間隔が空きはじめ、内容も次第に短くなり、みずからの病状を記すことが増えていく。

夏の終わりに急遽《きゆうきよ》、再入院すると、しばらく微熱がつづいた。それでも、半世紀を超えて連れ添った夫の誕生日を忘れてはいなかった。

〈9／10（太）81才〉

その三日後、不動産会社とのやりとりを記したのが最後となる。ただ、そこには「505入金なしtelする事」と書きつけたノートの切れ端や、入居者の一覧表も挟まれていた。

二〇一三年二月二十二日、啓子が息を引き取ったのは、故郷の湘南《しょうなん》から遠く離れ、夫と暮らした北九州にある病院だった。

亡くなる一年ほど前に、こうつづっていた。

〈もし会わなかったら、もし生まれてなかったら、もし結婚してなかったら。一生、人生はもし……の連続。それを後で思ってどうなる物でもない。未練にすぎない。それは必然なのだろう。偶然ではないのだ、と強く思って生きて行くより仕方がない〉

〈他の道を歩むせんたくもあったはずです。どちらをせんたくした方が良かったのか、いまだに答えは出ていません。あの世へ行ってゆっくり考えてみましょう〉

（ホテルのメモ用紙のような綴り）（※）

また、事件に触れて「悲劇に終わらせてはならない」「「ジャーナリズムの敗北だけで終ってほしくなかった」とも記している。夫がみじめに人生を終えたら、だれも機密に挑戦する人がいなくなり、権力者を喜ばせるだけだ、と。

〈風化させたり過去として封印してはいけない事件何をみなければいけないのか。国家によって目くらましにあう事がどういう事なのか（略）しっかりとみ分ける目を持たなくてはいけない〉（※）

〈歴史的に将来、どの様な位置付けをされるのか。興味はあるが、その頃は生きていない〉（二〇〇六年六月）

事件はずっと啓子にまとわりついて、離れることなかった。

〈事件以来、心の喪に服していた。いつも心は黒の喪服をまとっていた。これは一生脱ぐ事はできないだろう。そして、それはもう心と一つになり、両者の区別はない状態になってしまっている／裁判に勝つ時迄、政府が密約を認める時まで、一生脱げないかも

しれない……の覚悟は出来ている〉（二〇〇七年五月十九日）

啓子が亡くなってから約一年九ヵ月後、機密漏洩に厳罰を科す、特定秘密保護法が施行された。「国の安全」「外交」「公共の安全及び秩序の維持」の三分野で、国の存立にとって重要とされる情報が保護の対象となり、秘密を守る厚い壁ができた。

このとき、元検事総長の松尾邦弘《まつおくにひろ》氏はインタビューに応じ、沖縄密約をめぐる本音を明かしている（二〇一四年十二月十日付朝日新聞／村山治《むらやまおさむ》記者）。

「（沖縄密約事件では）政権中枢や外務省関係者は明白に虚偽の証言をした。検察の調べに対しても、上から下まで虚偽の供述を重ねていたのです。国家権力は、場合によっては、国民はもちろん、司法に対しても積極的に嘘を言う。そういうことが端無くも歴史上、証明されたのが密約事件です。歴史の中で、あそこまで露骨に事実を虚偽で塗り固めて押し通したものはありません」

情報公開をめぐる裁判で、沖縄密約は認められた。

だが、肝心の文書は失われたままだ。その責任を外務省は負っていない。

それどころか、国はいまだに密約を認めていない。

沖縄返還の際に日米間で結ばれた密約群は、巨額の駐留経費を日本が肩代わりする「思いやり予算」の原点であり、いまにつづく沖縄の過剰な基地負担の出発点である。

あるいは、外交交渉をまとめるために密約を結ばざるをえない場合があるかもしれない。それでも、半世紀を超えて真相を明かさないのは異常というべきだろう。

啓子と太吉が暮らした北九州市の自宅には、食器棚の上に埃《ほこり》をかぶった大小のダルマが残されていた。

「(黒目を入れるのは)すべてが終わってからにしましょうね」

そう言って、啓子が撮り置いていた大きなダルマには右目だけが入っていた。いつか裁判に勝ち、国が密約を認める日が訪れることを願って、夫に託したのだろう。

太吉は、最後に会ったときもこの国の民主主義の行く末を憂い、メディアのふがいなさを嘆いていた。

清廉潔白とはほど遠い。自分自身でも持て余すほどの不器用さがまわりを傷つけ、軋《あつ》轢《れき》も生んできた。事件で取材源を守れなかった責任も消えない。それでも事実を追い求める姿勢は変わらなかった。紛れもなく「ブン屋(新聞記者)」だった。

「私が死ねば、だれも(密約を)問わなくなる」

そう言うと、ぶっきらぼうにある遺言を口にした。

片目のダルマはいま、私の手元にある。

文庫あとがき

どのように伝えたら、沖縄密約の核心を届けることができるだろうか。

そう考えていたのは、もう二十年近くも前のことになる。

事件から四半世紀がすぎてアメリカから密約を裏づける公文書が出て、文書に署名がある元外務省局長の吉野文六さんも密約を認めた。それでもなお、密約の中身より、密約が明らかになるまでの経緯を問題視する声が消えていなかった。

あるとき、裁判を通じて面識をえた澤地久枝さんからこう言われた。

「事件が起きるとき、巻き込まれるのは本人だけじゃない。そこにいる家族もまた事件の影響を受けるのよ」

『妻たちの二・二六事件』をはじめ、第二の当事者ともいうべき家族や遺族の目を通した作品をいくつも生み出してきた作家ならではの言葉だった。

ふと、西山太吉さんの妻、啓子さんの顔が浮かんだ。取材のたびに足を運んだ北九州のご自宅で、夫に投げかけるまっすぐな言葉を耳にした。会話の中で時折のぞかせる鋭い視点には、事件の本質を衝くものがあると感じていた。

もうひとり、法廷で国の嘘に向き合うことを選んだ弁護士の顔も浮かんだ。家族ではないが、小町谷育子さんの目も借りてみよう、と思った。

西山さんによる一人称の物語から離れ、いわば二人称と三人称の視点から、終わっていない事件を描いてみようと考えたのだ。そうすることで、西山さんの事件ではなく、私たちの政府、つまりは私たちの問題であることを浮かび上がらせたい、との思いがあった。

この『ふたつの嘘』が単行本として刊行されたのは二〇一〇年十二月。東日本大震災が起きる少し前のことだ。その後、版が途絶えたこともあり、沖縄密約情報公開訴訟の一審判決以降の動きについては宙に浮いたままになっていた。

それだけに、刊行から十三年あまりを経て、その後の物語と合わせて再び世に出す機会を与えられたことをありがたく思う。残念ながら、そのきっかけは西山さんの死であったのだが。

この間、沖縄密約訴訟にかかわった多くの方が亡くなっている。原寿雄さん、新崎盛暉さん、柴田鐵治さん、北岡和義さん、奥平康弘さん、弁護士の日隅一雄さんや清水英夫さん。そして、吉野文六さんや横路孝弘さんも他界した。

西山さんの一周忌を迎える二日前、啓子さんが亡くなって十一回目となる命日に、私は関門海峡をのぞむ小高い丘を訪れた。ふたりが眠る墓前に、文庫版のために書き加えた追章を供えた。まもなく風が舞い、原稿を綴《と》じたファイルが地面に落ちた。

「俺は読まないよ、と親父が言ってるのかもしれませんね」

そう言って、長男の正人さんが笑った。

道端には、啓子さんが好きだったという水仙が咲いていた。強い風に吹かれつづけたためか、傾いている。でも、倒れはしない。その一輪、一輪に亡き人たちの面影が重なった。

二〇二四年春

諸永裕司

参考文献

澤地久枝『密約――外務省機密漏洩事件』（岩波現代文庫）
三木健『ドキュメント沖縄返還交渉』（日本経済評論社）
西山太吉『沖縄密約――「情報犯罪」と日米同盟』（岩波新書）
西山太吉『機密を開示せよ――裁かれる沖縄密約』（岩波書店）
我部政明『沖縄返還とは何だったのか――日米戦後交渉史の中で』（ＮＨＫブックス）
河野康子『沖縄返還をめぐる政治と外交――日米関係史の文脈』（東京大学出版会）
佐藤榮作『佐藤栄作日記』全6巻（朝日新聞社）
楠田實著、和田純・五百旗頭真編『楠田實日記――佐藤栄作総理首席秘書官の二〇〇〇日』（中央公論新社）
政策研究院大学C．O．E．オーラル・政策研究プロジェクト『吉野文六（元駐ドイツ大使）オーラルヒストリー』（政策研究大学院大学C．O．E．オーラル・政策研究プロジェクト）
柏木雄介述、本田敬吉・秦忠夫編『柏木雄介の証言――戦後日本の国際金融史』（有斐閣）
栗山尚一著、中島琢磨・服部龍二・江藤名保子編『外交証言録　沖縄返還・日中国交正常化・日米「密約」』（岩波書店）
山崎豊子『運命の人』1～4巻（文藝春秋）
筑紫哲也『猿になりたくなかった猿――体験的メディア論』（日本ブリタニカ）

渡邉恒雄『君命も受けざる所あり――私の履歴書』（日本経済新聞出版社）
秋山幹男・河野敬・小町谷育子編『予防接種被害の救済――国家賠償と損失補償』（信山社）
大野正男『弁護士から裁判官へ――最高裁判事の生活と意見』（岩波書店）
新崎盛暉『沖縄現代史』（岩波新書）
佐野眞一『沖縄　だれにも書かれたくなかった戦後史』（集英社インターナショナル）
司馬遼太郎『街道をゆく6　沖縄・先島への道』（朝日文庫）
朝日新聞社編『沖縄報告　復帰前　1969年』（朝日文庫）
朝日新聞社編『沖縄報告　復帰後　1982～1996年』（朝日文庫）
伊佐千尋『逆転――アメリカ支配下・沖縄の陪審裁判』（文春文庫）
伊佐千尋『沖縄の怒り――コザ事件・米兵少女暴行事件』（文春文庫）
大田昌秀『沖縄、基地なき島への道標』（集英社新書）
大田昌秀『沖縄の決断』（朝日新聞社）
若泉敬『他策ナカリシヲ信ゼムト欲ス』（文藝春秋）
琉球新報社地位協定取材班『日米不平等の源流――検証「地位協定」』（高文研）
琉球新報社編『日米地位協定の考え方・増補版――外務省機密文書』（高文研）
屋良朝博『砂上の同盟――米軍再編が明かすウソ』（沖縄タイムス社）
新原昭治『あばかれた日米核密約』（新日本ブックレット）
中馬清福『密約外交』（文春新書）

外岡秀俊、三浦俊章、本田優『日米同盟半世紀——安保と密約』（朝日新聞社）
太田昌克『盟約の闇——「核の傘」と日米同盟』（日本評論社）
薬師寺克行『外務省——外交力強化への道』（岩波新書）
孫崎享『日米同盟の正体——迷走する安全保障』（講談社現代新書）
豊田祐基子『「共犯」の同盟史——日米密約と自民党政権』（岩波書店）
坂元一哉『日米同盟の絆——安保条約と相互性の模索』（有斐閣）
手嶋龍一『たそがれゆく日米同盟——ニッポンＦＳＸを撃て』（新潮文庫）

本書は、二〇一〇年十二月、講談社より刊行された『ふたつの嘘
沖縄密約［1972-2010］』を文庫化にあたり、新たに「追章　欠落」を
加え『沖縄密約　ふたつの嘘』と改題し加筆修正したものです。

初出
第Ⅰ部「G2」創刊号（二〇〇九年九月）
第Ⅱ部　同　　第三号（二〇一〇年三月）

集英社文庫

沖縄密約《おきなわみつやく》　ふたつの嘘《うそ》

2024年4月25日　第1刷　定価はカバーに表示してあります。

著　者　諸永裕司《もろながゆうじ》
発行者　樋口尚也
発行所　株式会社　集英社
東京都千代田区一ツ橋2-5-10　〒101-8050
電話　【編集部】03-3230-6095
【読者係】03-3230-6080
【販売部】03-3230-6393(書店専用)
印　刷　中央精版印刷株式会社　株式会社美松堂
製　本　中央精版印刷株式会社

フォーマットデザイン　アリヤマデザインストア　マークデザイン　居山浩二

ISBN978-4-08-744641-8 C0195